KATHRYN ORMSBEE

Tash e Tolstói

Tradução
LÍGIA AZEVEDO

O selo jovem da Companhia das Letras

Copyright © 2017 by Kathryn Ormsbee
Publicado mediante acordo com Lennart Sane Agency AB.

O selo Seguinte pertence à Editora Schwarcz S.A.

*Grafia atualizada segundo o Acordo Ortográfico da Língua Portuguesa de 1990,
que entrou em vigor no Brasil em 2009.*

As citações originais utilizadas nesta edição foram retiradas de *Anna Kariênina*, de
Liev Tolstói (Trad. revista de Rubens Figueiredo. São Paulo: Companhia das Letras,
2017) e *Guerra e paz*, de Liev Tolstói (Trad. de Rubens Figueiredo. São Paulo:
Cosac Naify, 2012).

TÍTULO ORIGINAL Tash Hearts Tolstoy
CAPA Nik Neves
PREPARAÇÃO Paula Marconi de Lima
REVISÃO Renato Potenza Rodrigues e Érica Correa

Dados Internacionais de Catalogação na Publicação (CIP)
(Câmara Brasileira do Livro, SP, Brasil)

Ormsbee, Kathryn
    Tash e Tolstói / Kathryn Ormsbee ; tradução Lígia Azevedo. —
1ª ed. — São Paulo : Seguinte, 2017.

    Título original: Tash Hearts Tolstoy.
    ISBN 978-85-5534-046-8

    1. Ficção — Literatura juvenil I. Azevedo, Lígia. II. Título.

17-05284   CDD-028.5

Índice para catálogo sistemático:
1. Ficção : Literatura juvenil 028.5

[2017]
Todos os direitos desta edição reservados à
EDITORA SCHWARCZ S.A.
Rua Bandeira Paulista, 702, cj. 32
04532-002 — São Paulo — SP
Telefone: (11) 3707-3500
www.seguinte.com.br
contato@seguinte.com.br

f /editoraseguinte
y @editoraseguinte
▶ Editora Seguinte
editoraseguinte
◎ editoraseguinteoficial

Para Virginia Sebastian, a melhor tia-avó do mundo

Se há tantas cabeças quantas são as maneiras de pensar,
há de haver tantos tipos de amor quantos são os corações.

Liev Tolstói, *Anna Kariênina*

Você acabou de assistir a mais um capítulo deprimente de *Famílias Infelizes*, uma websérie trazida a você por Liev Tolstói e Seedling Produções.

ELENCO

Anna	Serena Bishop
Aleksei	Jay Prasad
Dolly	Klaudie Zelenka
Kitty	Eva Honeycutt
Liévin	George Connor
Stiepan	Brooks Long
Vrónski	Tony Davis

EQUIPE TÉCNICA

Produtoras	Jack Harlow e Tash Zelenka
Diretora	Tash Zelenka
Editora	Jack Harlow
Roteiristas	Jack Harlow e Tash Zelenka
Design gráfico	Paul Harlow
Música	Tony Davis

Novos episódios toda terça e quinta às onze da manhã!

NÃO É ENGRAÇADO COMO ALGO pode ser uma piada por muito tempo e de repente não ser mais?

Você ri de uma nova música pop horrível até o fatídico dia em que se pega ouvindo vinte vezes seguidas sem nenhuma ironia. Ri da ideia de quiabo frito até a fatídica tarde em que sua família para em uma lanchonete no meio do nada e você decide pedir só de brincadeira, mas, do nada, esse vira seu prato favorito. Ri de palhaços até a fatídica noite em que vê *A coisa* na televisão e fica traumatizado para o resto da vida.

Mesmo na Antiguidade, tenho certeza de que os romanos conversavam sobre esse tipo de coisa durante os banhos públicos:

— Ei, Gaio, não seria engraçado se um dia todos aqueles bárbaros invadissem a cidade?

— Ora ora, Tito Flávio, isso é coisa da sua imaginação.

Por muito tempo, meus dois melhores amigos e eu brincamos que um dia seríamos famosos. Era uma piada que sempre surgia quando estávamos de bobeira.

— Um dia, quando eu for famoso, vou ser dono de toda a Nova Escócia.

— Um dia, quando eu for famosa, vou comprar o vestido da Kate Hudson em *Como perder um homem em dez dias*.

— Um dia, quando eu for famosa, vou ter um carro conversível e viajar pra todo lugar a cento e quarenta quilômetros por hora.

A gente inventava essas coisas absurdas e inalcançáveis, e dava risada. Era uma brincadeira. Até que deixou de ser.

UM

A PRIMEIRA COISA QUE VOCÊ PRECISA SABER sobre mim é: eu, Tash Zelenka, estou apaixonada pelo conde Liev Nikoláievitch Tolstói. Esse é o nome oficial dele, mas, como somos próximos, gosto de chamá-lo de Leo.

Eu o conheci em uma livraria quando tinha catorze anos. Era o começo do ano letivo e eu tinha estabelecido metas ambiciosas. A aula de inglês era fácil demais: depois de duas semanas já estava morrendo de tédio, então pesquisei romances famosos e fiz uma lista dos livros que leria naquele ano. O primeiro era *Anna Kariênina*, de Liev Tolstói. Dá para dizer que foi Anna Arcádievna Kariênina quem nos apresentou.

Foi amor à primeira frase. Caso esteja curioso, aqui está ela: "Todas as famílias felizes se parecem, cada família infeliz é infeliz à sua maneira".

Não é *perfeito*? Leo sabe exatamente o que dizer para conquistar uma garota. Fiquei acordada até as três da madrugada lendo os primeiros vinte capítulos de *Anna Kariênina*. Me apaixonei e continuo apaixonada.

Leo e eu somos tipo Romeu e Julieta. O destino não está nem um pouco a nosso favor. Para começar, meu pai não o aprova, porque ele é russo demais. Preferiria que eu estivesse apaixonada por um bom autor tcheco, como Václav Havel ou Milan Kundera, que são caras ótimos, mas você já tentou ler *A insustentável leveza do ser*? Está mais para *A insuportável pretensão do ser*...

Outro obstáculo: Leo está morto. *Bem* morto. A sete palmos debaixo da terra há cento e sete anos.

Mas o caminho para o amor verdadeiro nunca foi fácil.

E aqui vai a segunda coisa que você precisa saber sobre mim: sou produtora. Um projeto de produtora, pelo menos. E não, não estou tentando fazer o próximo *Cidadão Kane*, mas tenho um canal no YouTube com a minha melhor amiga, Jacklyn Harlow, e estamos fazendo uma websérie — uma adaptação contemporânea de *Anna Kariênina*. Viu só? Fechamos o círculo e, caso não tenha ficado claro ainda, agora você sabe: Tolstói é uma parte muito importante da minha vida.

— Vamos de novo? Começando pela fala da Eva: "Eu sei o que diz".

É sexta à tarde e estamos na minha casa, gravando uma cena essencial pra websérie. Estou atrás da câmera profissional, enquanto Jack monitora o som. O irmão mais velho dela, Paul, que é meu outro melhor amigo, segura um microfone boom sobre a cabeça dos atores, George e Eva.

A gravação de hoje não é muito complicada e só envolve dois membros do nosso elenco de sete pessoas. Mesmo assim, é absolutamente vital que tudo corra bem, porque essa cena é o clímax de uma parte superimportante da trama, que está sendo preparada há uma dúzia de episódios.

E é uma cena de beijo.

Filmar uma cena de beijo não é tão esquisito quanto você pensa. É *dez vezes* mais esquisito. Para começar, exige que duas pessoas que não estão apaixonadas ajam como se estivessem. Enquanto isso, você fica atrás da câmera, gravando tudo como se fosse um tarado. O que é particularmente engraçado no meu caso, porque esse tipo de coisa nem me interessa. Para piorar, é preciso que essas mesmas pessoas se beijem *muitas vezes*. Tipo "Ah, desculpa, você não mexeu os lábios do jeito certo" ou "Opa, tem um pouco de saliva ali, vamos ter que fazer mais uma vez".

Neste caso específico, estamos na quarta tomada. Estou bem desconfortável, mas tentando ser profissional. Procuro me manter assim independente das circunstâncias. Mas seria bem mais fácil se George e Eva não estivessem brigando.

— Peraí — George diz, depois das minhas instruções. — Preciso de um minuto.

— Ai, meu Deus... — Eva diz. Ela leva as mãos à cabeça quando ele começa um exercício de respiração, seguido por um de elocução.

George está repetindo "Bá, bó, bu, bé" de maneira forçada quando Eva o interrompe com um grito:

— A gente nem tem falas, é só pegação!

Isso faz Paul rir tanto que o microfone entra no enquadramento, chacoalhando no mesmo ritmo que ele.

Me desespero. Nesse ritmo, nunca vamos conseguir a tomada perfeita — aquela em que tudo se encaixa e a atuação parece a coisa mais natural do mundo. George e Eva costumam se dar bem. Essa briguinha começou porque há uma hora George disse que Eva estava com bafo e precisava chupar uma bala antes da cena. E, embora George certamente tenha sido um escroto, eu só quero que Eva esqueça isso, porque, embora seja uma boa atriz em circunstâncias normais, ela não consegue fazer um olhar apaixonado quando quer matar alguém.

— Não é melhor a gente fazer um intervalo? — Jack sugere, tirando o fone de ouvido.

Concordo.

— O.k., tirem cinco minutos, vocês dois. Vão dar uma volta ou algo do tipo. Deixem isso pra lá.

Eva não discute e sai da sala agitada. Pouco depois, ouço o barulho da torneira sendo aberta na cozinha. George continua onde está, fazendo seus exercícios de voz como se nada tivesse acontecido.

Viro para Jack com um olhar de "Me mate agora mesmo". Ela dá de ombros. Jack pode ser irritantemente tranquila às vezes. Duvido que não esteja tão frustrada quanto eu.

Nossa websérie, *Famílias Infelizes*, não está indo muito bem. Não estou falando de grana, porque o canal não rende nada mesmo. Mas nossa base de fãs não é o que esperávamos quando começamos o projeto em dezembro. A meta era chegar a mil seguidores, o que seria difícil, claro, mas possível. Estamos no fim de maio e temos meros quatrocentos, nem metade do esperado.

Não é que Jack e eu achássemos que íamos nos tornar uma sensação da internet da noite para o dia, tipo Justin Bieber, mas pensamos que receberíamos um pouco mais de atenção. Temos alguns espectadores fiéis que deixam comentários, mas é meio que isso. Nenhuma rede de fãs. Nada de pedidos enlouquecidos pelos próximos episódios. Nem sinal de mil seguidores. Não falamos muito a respeito, mas acho que estamos depositando todas as nossas esperanças nesse episódio com George e Eva. Porque, se alguma coisa pode fazer nossa websérie bombar, é uma cena de beijo. Como Jack disse uma vez, o público adora uma pegação. Não entendo por que, mas posso muito bem jogar esse jogo.

George está fazendo um trava-língua — "Três tigres tristes" — quando vou até ele e dou um tapinha no seu joelho.

— Ei.

Ele olha para mim como se eu o tivesse insultado ao interromper seu ritual solene, mas para e levanta as sobrancelhas, esperando.

— Hum... Será que você poderia pedir desculpas pra Eva?

George parece ainda mais ofendido.

— Por quê?

— Porque você foi meio grosso, ela ficou brava e agora não dá pra acreditar no beijo de vocês.

— Mas eu não acho que tenho que me desculpar.

Solto um suspiro, tentando manter a calma. Às vezes dirigir é como cuidar de uma criança pequena: requer muita paciência, pulmões fortes e a habilidade de convencer criaturas egoístas a fazer o que você quer.

— Eu sei que não — digo. — E entendo completamente. Mas será que poderia me fazer um enorme favor e *fingir* que quer se desculpar? Não vamos conseguir uma tomada boa a menos que vocês façam as pazes. Estou te pedindo isso porque você é sempre muito profissional no set.

Posso sentir Jack olhando para mim — provavelmente tão impressionada quanto enojada com a puxação de saco descarada. Não é segredo que George se considera o melhor ator do elenco. Embora pelas costas eu o chame de "estrelinha", não tenho problema nenhum em usar o termo "profissional" só para conseguir voltar a filmar.

George morde a isca. Depois de um "Por favor?" meu, ele acena com a cabeça sem dizer nada e vai para a cozinha como um soldado marchando rumo às linhas inimigas.

Assim que sai, Jack bate palmas em câmera lenta de maneira dramática.

— Muito bem — Paul diz.

— Só estou fazendo meu trabalho. Pode soltar o microfone agora, Paul.

— Jura? Nossa, que bom. — Ele o abaixa, apoiando-o com cuidado no sofá da sala, onde George e Eva estavam se beijando de maneira pouco convincente há alguns minutos.

— É melhor guardar suas forças para amanhã — Jack diz.

Amanhã é a formatura de Paul e de Klaudie, minha irmã, na nossa escola, a Calhoun. Estou tentando não pensar a respeito. É impossível imaginar aquele lugar *sem* Paul. Mas pelo menos ele vai continuar estudando na cidade.

Ouço alguém pigarrear de leve atrás de mim. Viro e vejo

que George e Eva estão na porta. Ele parece um pouco irritado, mas satisfeito. Ela também parece um pouco irritada, mas calma. Já é um avanço. Consigo me virar com um pouco de irritação.

— Certo — digo. — Prontos pra tentar de novo?

George e Eva se posicionam no sofá, sentados em frente a um tabuleiro de Scrabble. Paul pega o microfone e assume seu lugar. Jack põe o fone e vai para a frente das câmeras com a claquete.

Desta vez, vai ser melhor. Desta vez, sei que vamos conseguir a tomada perfeita. A energia mudou. A raiva desapareceu dos olhos de Eva. Os dois finalmente estão prontos. Agora é só uma questão de ligar a câmera.

— Do começo — digo. Aperto o REC e aceno com a cabeça para Jack, que bate a claquete e sai da frente. — E... Ação!

DOIS

VOU MORRER DE INSOLAÇÃO antes de ver minha irmã receber o diploma.

O sol brilha sobre as arquibancadas do estádio de futebol americano da Calhoun. Estou sentada entre meu pai e Jack. Paul acabou de receber o diploma dele, e estamos no extenso deserto alfabético entre as letras H e Z. Faz um calor de trinta graus e está superúmido. Achei que tinha acertado quando escolhi usar meu macaquinho verde-limão de linho, pensando que o tecido ia me manter fresca. Não considerei a possibilidade de suar tanto a ponto de criar duas marcas constrangedoras e cada vez maiores no assento. Não olhei no espelho, claro, mas posso imaginar a situação. Quando se trata de suor e menstruação, as garotas apenas *sabem*.

Então aqui estou eu, torrando no sol e provavelmente desidratada, pensando em como posso sair do estádio sem precisar levantar, quando Jack se aproxima e diz:

— Olha seu celular.

Ainda estão no M no palco, então concluo que não vou perder nada de muito importante.

— São onze e meia — digo a Jack.

— Não, dá uma olhada no canal.

Ela enfia o próprio celular na minha cara.

Aperto os olhos.

— Não consigo ver nada com esse sol.

Jack larga o aparelho no meu colo.

— Se vira.

Faço uma cabaninha com as mãos. A tela ainda reflete a luz, mas dá pra ler. Nosso canal no YouTube parece o mesmo de sempre. O banner salmão com as palavras Seedling Produções rabiscadas, o logo da melancia sobre um fundo radiante e duas listas de vídeos: uma do meu vlog pessoal e outra da websérie. Nada de extraordinário.

Jack não está sorrindo, então espero más notícias.

— O que foi? — Arregalo os olhos, tentando ver alguma coisa diferente. — Alguém *hackeou*? Não entendi…

— Olha o número de seguidores.

Costumo dar uma olhada nisso uma vez por semana, aos domingos, quando subo o meu vlog da segunda. Da última vez, estávamos com quatrocentos e nove. Lembro o número exato porque me fez pensar na música dos Beach Boys. Fiquei cantarolando o resto do dia, até que Klaudie me mandou calar a boca e disse que mal podia esperar para se mudar em agosto.

Em média, meu vlog tem cerca de cem acessos por semana, enquanto *Famílias Infelizes* tem um pouco mais. É um público pequeno, mas fiel. Acho que é tudo o que se pode esperar quando se é uma youtuber amadora de dezessete anos que passa a maior parte do dia na escola. Ou pelo menos é tudo o que *eu* espero quando confiro a caixinha com o número.

Quarenta e três mil duzentos e oitenta e sete.

A Seedling está com mais de *quarenta mil* seguidores.

— Cara — sussurro.

Meu pai bate no meu joelho com o folheto dobrado. Ele me lança um olhar duro de brincadeira e acena com a cabeça para o palco. Olho para ele fingindo arrependimento, mas não largo o celular de Jack. Continuo olhando a tela. Atualizo a página, certa de que é algum erro. O número muda para quarenta e três mil duzentos e noventa e três.

As pupilas de Jack estão dilatadas e seu cabelo roxo parece mais púrpura que o normal. Suas bochechas estão vermelhas e, embora talvez seja por causa do sol — maldito seja quem inventou as formaturas ao ar livre —, acho que boa parte se deve à perplexidade.

— Cara — repito. — Não pode estar certo.

— Alguma coisa aconteceu — Jack diz. — Alguém importante deve ter mencionado a gente. Não tem outra explicação.

Ainda estou olhando para a tela quando uma mão surge à minha esquerda. Levanto o olhar e vejo minha mãe se esticando por cima do meu pai com uma expressão dura *de verdade*. Ela pega o celular e levanta a sobrancelha como quem diz: "Natasha Zelenka, é demais pedir que você se concentre por uma hora nesse importante rito de passagem?".

Balanço a cabeça. Satisfeita, ela solta o celular. Minha mãe é assim: severa, mas é tão fácil tranquilizá-la que sua severidade se torna completamente inútil. Devolvo o aparelho para Jack e volto os olhos para o palco como uma filha exemplar, o que é irônico, porque todo mundo sabe que esse é o papel da Klaudie.

Minha irmã é mais bonita, mais alta e mais inteligente que eu. Ninguém nunca precisou me dizer isso. É uma verdade tão obviamente dolorosa quanto uma amputação sem anestesia. Ela vai para a Vanderbilt no outono. Vai estudar engenharia química, fazer mestrado e doutorado. Vai trabalhar com isso, casar, ter sete filhos e ainda ser presidenta nas horas vagas.

Honestamente, não invejo o futuro perfeito dela, porque isso significa menos pressão para a Tash do Futuro casar e ter filhos. Minha teoria é: desde que o filho mais velho faça tudo certinho, o outro pode despirocar. Tipo William e Harry. Eu sou o príncipe Harry. Com a diferença de que meus ancestrais eram dissidentes políticos tchecos e pescadores neozelandeses, não a realeza britânica. E não sou a irmã mais bonita, como já disse.

Klaudie pode ficar com a perfeição e os filhos. Estou mais do que feliz de acompanhar da arquibancada — hoje, literalmente. Só que, cara, mais de *quarenta mil* seguidores. E eu nem conferi o número de views ainda.

Conforme as pessoas cujos sobrenomes começam com P sobem no palco, minha mente viaja do estádio no centro do Kentucky e se perde no reino selvagem da internet. Jack está certa: alguém — alguém *importante* — mencionou a gente. Quem? E o que quer que tenha dito será que foi… *Positivo?*

Sinto um frio no estômago. A sensação de ver os cinco dígitos mágicos no contador foi maravilhosa, mas agora estou começando a pensar que talvez isso não seja uma coisa boa. E se fomos criticados? Mas as pessoas não seguem canais com críticas negativas. Ou seguem? Quem sabe esse tipo de coisa? Especialistas em relações públicas? Será que tem um tutorial no YouTube sobre o que fazer quando seus vídeos viralizam? *Viralizar.* Sempre achei essa palavra péssima. Como se toda a população da internet fosse um corpo perpetuamente doente, afetado por uma doença depois da outra. Não tem um termo mais simpático? Tipo, "Se tornar uma supernova". É muito mais legal e provavelmente uma analogia melhor: uma explosão colossal, seguida por um enfraquecimento gradual rumo ao esquecimento.

Agora, pelo visto, a Seedling se tornou uma supernova. Explodia em uma demonstração maluca de luz e cor naquele mesmo instante, quando eu deveria estar refletindo sobre os discursos e derramando uma lágrima enquanto minha irmã passava o pompom do lado esquerdo para o direito do capelo. Por que isso não aconteceu no meio de janeiro, quando fazia frio, o tempo se arrastava e eu não tinha nada melhor para fazer do que assistir às dez temporadas de *Friends* na Netflix? Por que está acontecendo agora, em meio a outro Evento Muito Importante?

De canto de olho, vejo Jack balançando os joelhos e movendo os dedos frenéticos pela tela do celular.

Uma hora, digo a mim mesma. *Você pode esperar uma hora.*

Meu corpo não concorda. Meu estômago parece estar produzindo ácido em excesso e minha cabeça zumbe com ideias e possibilidades. Hashtags, fanarts, posts delirantes — tudo devotado à Seedling. Talvez até uma Tuba Dourada. *Calma, Tash*, digo a mim mesma. *Se controla.* Chegaram à letra T. A fila de Klaudie — que é a última — se aproxima do palco. Vejo minha irmã com seu capelo verde-escuro adornado com as palavras "RUMO À VANDERBILT".

Quando Klaudie souber da notícia, talvez decida ficar em Lexington filmando com a gente. Talvez leia todos os artigos que mandei sobre como as pessoas que tiram um ano sabático antes da faculdade se tornam adultos mais bem resolvidos e realizados.

— Seria ótimo se meus planos fossem estudar teatro ou cinema — ela disse na época. — Mas nenhuma escola politécnica vai ficar impressionada com o fato de eu ter passado um ano brincando com uma câmera.

O comentário deu início a uma briga enorme em março, cujas feridas ainda não cicatrizaram completamente. Não me importo que Klaudie seja perfeita ou tenha um plano, mas ela não precisa ser tão condescendente a respeito. Não tenho certeza se ela vai ficar feliz de verdade quando souber que viralizamos ou se vai dizer: "Que legal, Tash. Sei como esse projetinho é importante pra você", com os lábios apertados e uma cara de tédio.

Desde que Klaudie soube que tinha entrado na Vanderbilt, com frequência tem apertado os lábios e feito uma cara de tédio, repetindo o tempo todo que não vê a hora de agosto chegar.

— Klaudie Marie Zelenka.

Minha fileira, formada por parentes e amigos, se inclina, atenta, quando minha irmã sobe ao palco. Ela atravessa o espaço com passos calculados, postura excelente e um sorriso aberto, mas não exagerado. Aperta a mão do sr. Hewittt, o diretor, que lhe entrega o diploma. Ouço gritinhos mais altos vindos do bolo dos outros alunos — provavelmente de Ally e Jenna, suas amigas. De repente ela já foi embora, e o último formando, Charlie Zhang, sobe para seu próprio momento fugaz de glória. E é isso.

Tão... anticlimático.

Acho que também vai ser assim daqui a um ano, para mim, Jack e os outros alunos. É deprimente. Mas quem sabe? Com os quarenta e três mil seguidores (e contando!) da Seedling, talvez eu nem me forme. Posso já ter feito fortuna e estar em uma mansão na Califórnia.

Dessa vez, nem tento me acalmar. Porque aquilo com que brinquei por tanto tempo não é mais brincadeira. É *real*.

Como você já deve imaginar, meu quarto tem um monte de parafernália relacionada ao Tolstói. Tenho um pôster gigante dele em cima da cômoda e meia dúzia de citações em cartolinas coloridas coladas nas paredes, que são trocadas o tempo todo.

Esta é uma das frases atualmente expostas: "Mas, veja bem, meu caro: não existe nada mais forte do que estes dois soldados: paciência e tempo".

Totalmente verdade. Como agora, quando a cerimônia de formatura acabou e o tempo se move INCRIVELMENTE devagar, só pra testar minha paciência. Não quero nada além de me trancar no quarto, abrir meu laptop e descobrir o porquê, o quem e o como dessa explosão do número de seguidores. Mas só porque o evento da formatura acabou não quer dizer que o dia da formatura tenha acabado. Depois das fotos e dos abraços do lado de fora do estádio — durante os quais mantive as mãos bem rentes ao corpo em uma tentativa de esconder as manchas de suor —, tem uma festinha programada na casa dos Harlow.

Gosto de pensar que Paul e Jack Harlow seriam meus melhores amigos no mundo mesmo se não morassem na minha rua. Que todas as corridas de bicicleta, batalhas de pistolas de água e viagens para acampar teriam acontecido ainda que eles vivessem do outro lado da cidade. O que tenho com eles é uma amizade verdadeira que resistiu à estagnação do verão e aos longos invernos. É uma grande confusão de risadas, tornozelos quebrados, vozes na rua e primeiros palavrões. Amizades assim têm que ser coisa do destino. Meu laço com Paul e Jack transcende a conveniência e as decisões imobiliárias dos nossos pais. Ninguém me convence do contrário.

É claro que a localização vem bem a calhar num dia como esse, quando Paul e Klaudie podem fazer uma festa de formatura conjunta. Os Harlow entraram com a casa, porque eles têm piscina e uma churrasqueira melhor. Nós ficamos com a comida, porque meu pai é o melhor cozinheiro de Lexington, Kentucky. É uma relação simbiótica perfeita a uma distância de quinze segundos de carro, do número 12 para o 24 da Edgehill Drive. Já fizemos várias festas assim. Paul e eu fazemos aniversário com uma semana de diferença em agosto e sempre comemoramos juntos. Tenho certeza de que supero todo mundo em número de festas na piscina. A não ser Paul, claro.

É a primeira celebração conjunta nos Harlow na qual eu não estou envolvida diretamente, e fiquei meio surpresa quando Klaudie topou. Ela não faz parte da turma. Nunca quis fazer. É só um ano e três meses mais velha que eu, mas desde que começou a engatinhar sente a necessidade de agir como se fosse minha mãe. Quando fiquei amiga de Paul e Jack, imediatamente assumiu que nós três éramos crianças demais para ela. Nunca foi *má* conosco, mas fez questão de manter uma aura de intocável.

Então, considerando o histórico, a notícia de que estava planejando comemorar a formatura com Paul me surpreendeu, ainda que não fossem exatamente os dois comemorando juntos, mas os Harlow e os Zelenka — o que era *muito* natural.

Nesse momento, esta Zelenka está procurando pelos seus Harlow. Preciso encontrar Paul e dar os devidos parabéns por ter sobrevivido a mais de uma década de ensino público. E preciso encontrar Jack para processar o que está acontecendo com a Seedling. Acessei o canal de novo no caminho para cá, e as inscrições passaram de quarenta e cinco mil. Por alguma razão, meus olhos estão lacrimejando. Não tenho certeza de que meu corpo seja capaz de lidar com qualquer emoção do tipo que estou experimentando.

Desde que cheguei à festa, não parei de encontrar uma infinidade de amigos e parentes que acham que é necessário me dar os parabéns pela formatura da minha irmã, como se eu tivesse alguma coisa a ver com isso. Acabei de escapar das garras de um vizinho bem-intencionado e vi que Jay Prasad estava parado à beira da piscina. Ou melhor, balançando na beira da piscina. Ele sempre faz isso quando está desconfortável.

— Jay! — grito, dando um abraço nele.

Jay balança para trás e me leva com ele. Oscilamos de um jeito meio estranho até recuperar o equilíbrio.

Ele é amigo meu e de Paul, então, automaticamente não é amigo de Klaudie. É baixinho e magro, um membro insubstituível da equipe da Seedling.

— Não conheço ninguém aqui — Jay diz, ajeitando os óculos tortos.

Dou uma olhada em volta, avaliando o pessoal.

— Verdade. Mas que bom que você veio. Paul vai ficar feliz.

Pego a mão dele e damos a volta na piscina. Paul está sentado no alto do trampolim, com uma regata e ainda de capelo. Parece envolvido em algum tipo de aposta feita por uns caras que estão na escadinha.

— Paul! — grito. — Olha só quem está aqui!

— JAY! — Paul grita. Ele se arrasta pelo trampolim, depois levanta e afasta os caras da escada. Parece um rei acenando para os súditos.

Ele e Jay trocam um cumprimento elaborado, então Paul vira para mim e me dá um beijo na bochecha.

— Onde você estava se escondendo? — ele pergunta.

— Queria te dar parabéns, mas minha família fica se metendo no caminho.

Paul se aproxima de mim e percebe que meus olhos ainda estão meio molhados.

— Você estava chorando, Tash? Triste porque vai me perder? Ninguém mais na escola vai te achar legal só porque me conhece?

— Aham — digo. — Se alguém me deu alguma popularidade foi o Tony.

Tony está no último ano da Calhoun e participa da websérie. Ele tem um moicano e sem dúvida é o cara mais descolado que conheço. Também é ex-namorado da Jack.

— TONY! — Paul é o tipo de cara que aproveita qualquer chance para gritar o nome dos outros. — Ele está aqui?

Jay começa a balançar de novo. Algumas pessoas são um livro aberto — dá para saber o que sentem sem muita dificuldade. Jay é um livro escancarado.

— Provavelmente vai passar na festa de todos os amigos que ele tem — digo.

— Não sei que festa pode ser mais importante que a minha — Paul diz, fingindo birra. Mas não dá muito certo, porque ele não é nada mimado.

— Aí está você — diz uma voz incisiva atrás de mim. Jack. Me afasto para que ela entre na roda.

— Descobri tudo — ela diz.

— O quê? — pergunta Jay.

Paul cruza os braços e levanta tanto as sobrancelhas que elas desaparecem sob o cabelo escuro bagunçado.

A voz de Jack é profunda e baixa quando ela diz:

—Viralizamos.

Os garotos perguntam juntos: "Quê?".

— Bom — ela começa a explicar —, mais ou menos. Não é como se a Ellen DeGeneres fosse chamar a gente pro programa dela. Mas tivemos um aumento absurdo nas views e inscrições. Acho que podemos chegar a cinquenta mil seguidores hoje.

Os dois, ainda mais incrédulos, perguntam outra vez: "Quê???".

— Agora vem a melhor parte — Jack continua, e fico impressionada que ela consiga dar a notícia sem esboçar um sorriso. — Adivinha quem é a responsável? *Taylor Mears*.

— QUÊ?

Dessa vez, eu me junto a Jay em um grito perplexo.

Identifico na hora a cara de culpa de Paul. Ele não é muito ligado nesse tipo de coisa — webséries, paródias, vídeos em geral —, simplesmente fica de fora de alguns papos. Nomes, termos e muitas histórias se acumularam ao longo de meses de filmagem. Taylor Mears é um desses nomes.

— Ela é uma celebridade da internet — explico para Paul antes que ele pergunte. — Basicamente inventou esse formato de websérie. Tipo, muitos anos atrás, quando nem todo mundo tinha uma câmera e podia criar uma.

— *Cathy e Heath*, cara. — Jay está abismado com a ignorância de Paul. — Você nunca ouviu falar? Elas nunca te forçaram a ver um capítulo?

— Já ouvi falar — Paul diz, ficando vermelho. — Só não sabia... o nome. Taylor Spears?

— Mears — Jack corrige. — Ela escreve, produz e ainda faz a Cathy. É uma deusa. Tem um vlog e mencionou a gente nele. Disse que a nossa é uma das melhores webséries amadoras que ela já viu.

— ELA DISSE ISSO? — quase grito.

Pego as mãos de Jack e aperto, balanço e levanto, animada, mas ela não me acompanha. Jack não é o tipo de amiga que dá gritinhos. Ela é fria — quase congelante — e tem sempre um sorriso sombrio no rosto. Mas, mesmo que nunca se rebaixe a pular e gritar, sei que está tão animada quanto eu. Posso ver isso em seus lábios pintados de roxo, que esboçam um leve sorriso.

— Me mostra — digo. — *Agora.*

— Claro, tá aqui.

Jack puxa o celular e abre o YouTube. O rosto de Taylor Mears está pausado em um sorriso animado. Ela aumenta o volume e aperta o play.

O nome do vídeo é "Novos e notáveis!". Começa com Taylor explicando que tem visto várias webséries desconhecidas produzidas por amadores que trabalham com pouco dinheiro. Ela diz que quer compartilhar as que considera as melhores e que não estão tendo a devida atenção. *Famílias Infelizes* é a primeira delas. Taylor diz com seus olhos enormes e pidões:

Se eu fosse você, corria pra ver. Já tem quarenta episódios, então reserve um tempo pra ficar em dia. Não sei como essas meninas fizeram pra deixar um romance russo imenso tão acessível, mas pode acreditar: elas conseguiram. É uma abordagem bem inteligente reduzir o elenco aos sete personagens principais: Anna, Aleksei, Vrónski, Dolly, Stiepan, Liévin e Kitty. Eu estou amando a parte de Liévin e Kitty. Os dois atores são muito bons e fofos, você vai se envolver super. Então, se estiver procurando uma alternativa à leitura do livro para a escola ou se só quer ficar acordado até tarde vendo um drama bem-feito, dê uma olhada em Famílias Infelizes.

Compreensivelmente, a reação de Jay é:

— Cacete.

A minha é o silêncio. Por tanto tempo que Jack pergunta:

—Você está tendo um troço? Se ainda estiver comigo pisca duas vezes.

Mas não estou com ela. Fico atordoada e quieta o resto da festa. Nem consigo aproveitar o bolo. Tudo o que as pessoas dizem soa como estática nos meus ouvidos.

— Você está viajando demais — Paul me fala depois de um tempo.

— Não consigo acreditar... — começo a dizer, mas nem termino.

Ele me dá um tapinha no rosto.

—Vai pra casa, Tash. Ninguém nem vai notar. Você é inútil aqui agora.

Palavras duras, mas sei que não é sua intenção. Seus olhos estão cheios de afeto.

— Ele tem razão — Jack diz. —Vá se recuperar.

Meus melhores amigos me conhecem bem. Preciso me enfiar na cama e descobrir tudo o que puder sobre as estatísticas do canal e a repercussão nas redes sociais. Tenho que vestir um pijama confortável, pegar uma caneca gigante de chá Earl Grey da Twinings e botar o novo álbum da St. Vincent para tocar no último volume. Tudo que existe entre mim e esse cenário ideal é um ruído branco, um desfile de movimento sem sentido.

—Valeu — digo para eles. — Aproveite seu dia — completo só para o Paul.

Ele bate continência em resposta.

No caminho de casa, penso numa coisa e me pergunto se é imperdoavelmente egoísta. *Hoje pode ser o grande dia de Paul e Klaudie, mas é o meu também.*

TRÊS

DOU PLAY DE NOVO. E de novo. É a nona vez que assisto ao vídeo da Taylor Mears. Quando cheguei em casa, a primeira coisa que fiz foi ligar a chaleira elétrica. Então, tirei o macaquinho suado e vesti o short do pijama e uma camiseta folgada. Despejei a água fervendo na maior caneca que tenho, pus um saquinho de Earl Grey dentro dela e subi correndo para o quarto. Botei St. Vincent para tocar no máximo. Percebi que não dava para ouvir a música *e* a Taylor Mears ao mesmo tempo, desisti da primeira e vi "Novos e notáveis!" mais oito vezes.

Depois de mais um tempo, digo a mim mesma que preciso me concentrar em outra coisa ou meu cérebro vai fundir. Então faço o que estava morrendo de vontade e de medo de fazer desde que cheguei em casa: acesso o site da Seedling. Estamos com quarenta e oito mil e sessenta e três inscritos. Clico no primeiro episódio de *Famílias Infelizes*, chamado "Stiepan Jones é um traidor FDP". Tem mais de oitenta mil views. *Oitenta mil.* É claro que esse número é uma gota no oceano para alguém como Beyoncé, mas para uma websérie é bom demais. Dou uma olhada nos outros episódios. O número de views cai drasticamente no segundo e no terceiro, o que é normal, mas estabiliza a partir daí em torno de sólidos trinta e quatro mil.

Trinta e quatro mil pessoas assistiram aos capítulos mais recentes de *Famílias Infelizes.* Tudo bem, talvez não *exatamente* trinta e quatro mil. As primeiras quinhentas visualizações foram minhas e da Jack, dando replay repetidas vezes. Mas *milhares de pessoas* viram nossa websérie. Nosso roteiro, nossa direção e nossa filmagem às vezes de má qualidade. Milhares de desconhecidos. Milhares de pessoas que não têm nada a ver comigo. Ao redor do país. Talvez do mundo.

Rio descontroladamente. Levo a barra da camiseta até o rosto numa alegria infantil. É isso que as pessoas querem dizer com "bêbado de poder"? Estou me sentindo tonta.

Ainda soltando gritinhos, dou uma olhada nos outros canais — meu vlog pessoal, *Chá com Tash*, e o canal de música de Jack e Tony, *Ecos Potentes.* Esse último costumava ser o mais popular dos nossos projetos, mas os dois não postam nenhum vídeo novo desde que terminaram, em fevereiro, e Jack discretamente tirou os links do canal da página principal. O vlog e o *Ecos Potentes* não têm nem de perto os acessos que *Famílias Infelizes* tem, mas há um aumento significativo nos números de ambos. E as pessoas começaram a fazer comentários. Mais do que a meia dúzia que sempre recebemos do pequeno grupo de fãs devotados. Tem *cinquenta e dois* comentários no meu primeiro vídeo, em que divago incoerentemente sobre *Adoráveis mulheres*, de Winona Ryder, enquanto tomo chá inglês.

socorro, que coisa mais fofa!!!!!

Alguém acha que eu sou a coisa mais fofa. A MAIS fofa. (!!!!!)

Vi um pôster da St. Vincent no fundo. Demais! <3

Finalmente alguém que compartilha minha devoção. (Jack diz que ela é pretensiosa. Paul acha que as letras são incompreensíveis.)

Então vejo os marcadores de "Gostei" e "Não gostei". Quatrocentas e trinta e duas pessoas gostaram do vídeo. Nove pessoas não gostaram.

Nove?

Entro em pânico. Não um único hater, mas *nove*? Do que não gostaram? Minha voz é irritante? Não se interessam pelo livro original? Por que se deram ao trabalho de marcar que não gostaram do meu vlog? Esse vídeo é uma divagação meio inocente, na verdade. Quem perde seu tempo dizendo que não gosta de divagações inocentes?

Talvez eu esteja analisando demais.

Decido me concentrar nos comentários. Nos MUITOS comentários. Começo pelo primeiro capítulo de *Famílias Infelizes*.

Kitty/ Liévin vai rolar, né? Affff, agora vou ter que ler o livro.

Ai, o olhar que a Dolly dá pro Stiepan em 3:11... Sei que eu deveria ficar triste por ela, mas é engraçado!

quero a camiseta da Anna. MUITO. onde vende?

Stiepan é um cretino, mas amo ele. Acho que essa é a ideia.

quem liga pro Vrónski? quero mais Kevin.

Comentário depois de comentário depois de comentário. Não me satisfaço. Isso pode ser considerado um vício? Ler um atrás do outro, nesse ritmo frenético, é um ato repreensível de narcisismo?

Não é como se os comentários fossem sobre *mim*. São sobre os atores e sobre um livro do meu falecido namorado russo. Um livro que Jack e eu adaptamos — de maneira engenhosa, de acordo com os comentários e com a própria Taylor Mears. Uma adaptação que dirigimos. Um projeto que é cem por cento nosso.

O celular toca. É Jack.

— Está fazendo o mesmo que eu? — pergunto.

— Estou, se você estiver olhando o Tumblr.

— Ainda estou na página da Seedling. Você leu os comentários?

— Não, mas dá uma olhada na nossa hashtag no Tumblr. As pessoas estão fazendo GIFs. GIFs de verdade. Temos um monte de seguidores e recebemos um monte de mensagens. As pessoas querem saber quanto a série vai durar, se vai ter conteúdo extra, segunda temporada e financiamento coletivo. Alguém *perguntou* se vamos fazer financiamento coletivo.

—Ai, meu Deus.

— E fomos loucamente tuitados e retuitados. Ainda não entrei no e-mail da Seedling, mas tenho certeza de que nos encheram de perguntas por lá também. Quando a coisa fica desse tamanho, é preciso contratar alguém? Estou meio em pânico.

— Não somos *tão* grandes.

— Hum, cinquenta mil seguidores é bem grande. Pra gente como a gente, pelo menos.

—Tem certeza de que isso não é uma alucinação coletiva?

— Paul está bancando o idiota completo. Só queria saber quem era Kevin, e eu tive que dar um curso rápido sobre ships. Ele nem sabia o que era isso, Tash. Dá pra acreditar? Como pode passar tanto tempo com a gente e nem aprender a arte de criar nomes pra casais?

— Esse é o nosso Paul.

—Totalmente sem noção — Jack concorda.

— Mas você tem que admitir: Kevin é um nome de casal bem ruinzinho.

— É melhor do que Litty. Não sei por que, mas me parece meio... obsceno.

— É... Bom, como vamos lidar com isso? — pergunto.

— Precisamos de um plano. Taylor postou o vídeo ontem à noite, temos que agir logo.

— Vou aí amanhã e pensamos em alguma coisa. Preciso repassar a edição da semana passada com você antes de subir o episódio.

— Mas temos que pelo menos mandar um e-mail para o elenco hoje. Caso não saibam o que está acontecendo.

— Boa ideia. Imagina só a cara do George... — A voz de Jack assume um tom profundo e maquiavélico. — O cretino vai se achar o próximo Laurence Olivier.

Digo que cuido do e-mail. Quando desligo, vejo que recebi uma mensagem. É do meu pai.

Oi, sumida. O jantar é às sete, caso decida sair da caverna.

Vejo as horas. Pouco mais de seis. Talvez eu esteja mais calma e composta às sete. No momento, não parece que eu vá sair da caverna pelas próximas quarenta e oito horas.

Entro no meu e-mail para escrever a mensagem para o elenco. Como dar a notícia? *Parabéns, vocês agora são famosos!*

Entre as novas mensagens, vou imediatamente para a de thomnado007@gmail.com. Meu peito se agita, depois explode, depois recolhe os pedacinhos e se refaz. *Thom.*

Abro.

Tash,

Tá, sei que ainda não respondi seu último e-mail, mas, puta merda, acabei de ver e precisava dar os PARABÉNS. QUE DOIDO. Tô muito orgulhoso de você.

Aliás, andei pensando... É claro que você pode dizer não, mas não quer me passar seu celular? Seria legal trocar mensagem. Se achar esquisito, deixa quieto, tudo bem.

Bom, parabéns mesmo. Você merece.

Thom

Meu peito tinha acabado de se refazer quando explodiu uma segunda vez. Abro um sorriso que toma conta do meu rosto, fazendo minhas bochechas de reféns. *Muito orgulhoso.* Isso significa alguma coisa quando vem de Thom Causer, um youtuber famosinho. E ele quer meu celular. Thom Causer *pediu* meu celular.

Embora tenha a minha idade, ele faz vídeos há muito mais tempo. Ficou famoso quando tinha catorze anos e fazia umas pegadinhas com Wes Bridges, seu amigo da escola. Então passou a falar de coisas mais sérias com *YouTubo de Ensaio*, uma série semanal de vídeos de dez minutos em que discute a ciência por trás de filmes de sucesso. O vlog tem cerca de um ano, mais ou menos o mesmo tempo de *Chá com Tash* — série semanal de vídeos de dez minutos em que discuto a adaptação cinematográfica de um livro clássico enquanto experimento um chá diferente.

O vlog do Thom é muito mais popular que o meu, porque ele já tinha um público da época em que fazia pegadinhas. Mas, meses atrás, alguém tagueou nós dois em um tuíte sobre vlogs divertidos relacionados a cinema. Fiquei muito feliz de ser mencionada ao lado dele. Certamente não estava esperando que Thom me mandasse uma mensagem dizendo que gostava dos meus vídeos e perguntando há quanto tempo eu me interessava por produção. Trocamos e-mail e temos escrito regularmente nos últimos seis meses. Falamos de amenidades, como nossos filmes e fandoms favoritos, mas meu coração ainda entra em modo autodestrutivo sempre que o nome dele surge na minha caixa de entrada.

Não contei a ninguém sobre Thom. Não direito, pelo menos. Comentei com Jack quando ele mandou a primeira mensagem, mas ela não pareceu muito interessada. Não falei nada sobre a correspondência contínua que estabelecemos — parágrafos longos e espirituosos, cheios de comentários e até notas de rodapé, às vezes. E-mails que recentemente começaram a caminhar na instável corda bamba entre a amizade e o romance.

Não sei por que não falo dele. Não é como se fosse motivo de vergonha. Não é como se fosse algo depravado. Talvez me sinta esquisita porque nunca o encontrei cara a cara ou ouvi sua voz ao telefone. Bom, isso não é tecnicamente verdade. Ouço sua voz toda vez que assisto a um novo vídeo do *YouTubo de Ensaio*. Mas nunca o ouvi falar somente comigo. Nunca o ouvi dizer meu nome.

Mas agora ele quer meu número, e isso parece grande. Significativo. Um Passo em Certa Direção. Mensagens de celular parecem tão mais íntimas que e-mails. Mais imediatas e pessoais. Se Thom e eu estamos balançando na corda bamba, é isso que vai nos levar da amizade para... algo além?

De novo, talvez eu esteja analisando demais.

Fico constrangida com o tempo que levo para responder. Penso nas possíveis interpretações de cada palavra e até da pontuação. Não quero que Thom pense que o pedido me abalou, tampouco quero parecer desesperada. Eventualmente, me contento com um agradecimento animado pelos parabéns e uma confirmação de que amaria — nem pensar, *gostaria muito* — de trocar mensagens por celular. Então passo meu número. E envio. Enfio a cara no travesseiro e suspiro, como a bobona que sou.

Preciso de uma distração. Por sorte, tenho uma. Saio do e-mail — posso fazer o comunicado para o elenco depois — e entro no Twitter da Seedling. Passo pelas notificações, curtindo os elogios (*Acabei de assistir a todos os episódios de @Famílias_Infelizes e TODO MUNDO devia ver*) e deixando as que exigem resposta (*@Famílias_Infelizes, POR FAVOR diga que vão adaptar Dostoiévski tb*) para quando Jack e eu decidirmos como vamos lidar com esse grande acontecimento.

Parece que estou fazendo isso há poucos minutos quando meu pai grita do andar de baixo que o jantar está pronto. Pisco diante da tela do laptop. Estou com fome. Estava animada demais na festa para comer direito, então só dei uma garfada no bolo. Mas minha alma tem fome de mais: mais e *mais* comentários, questões e bajulação em geral.

O que significa que talvez eu tenha um problema.

O que significa que talvez seja melhor ir jantar com minha família.

Olho para a parede em frente à cama, onde está o pôster de noventa centímetros por um metro e vinte de Tolstói. É uma foto granulada em preto e branco dele com vinte anos. Leo está sentado com o cotovelo apoiado preguiçosamente no braço de uma poltrona chique. Está usando um sobretudo pesado e um cachecol grosso. Encara a câmera. Ou, melhor dizendo, *franze a testa* para a câmera, como se dissesse: "Por que tenho que posar para esta foto quando estou tão ocupado sendo um jovem perturbado e inteligente?".

Apoio o queixo nas mãos e pergunto a Leo:

— Estou enlouquecendo?

Ele franze as sobrancelhas escuras para mim.

— É melhor jantar com minha família como se fosse uma pessoa normal, né?

Leo franze a testa.

É impossível não amar esse cara.

— Foi o que pensei.

Em um momento de autocontrole admirável, fecho o laptop e pulo da cama. Desço a escada e nem levo o celular comigo.

Faço um intervalo saudável, mas uma hora depois estou de volta ao quarto. Fico acordada até as quatro da manhã, passando pelos vídeos, notificações e hashtags. Logo começo a bolar um plano. Pego no sono com a mão no touchpad.

QUATRO

JACK E PAUL CHEGAM NA MANHÃ SEGUINTE, logo depois do café. Jack veio planejar. Paul veio porque, como ele mesmo diz, nos ver trabalhando é mais interessante do que ficar sozinho em casa no domingo de manhã.

Jack e eu sentamos na cama, enquanto Paul se espalha no chão, seus braços e pernas tão abertos que parece que está pronto pra ser torturado numa roda medieval. Leo está conosco, claro, franzindo a testa na parede.

—Você está confortável? — pergunto a Paul.

— Estou meditando — ele responde.

— Isso não…

Paul leva um dedo aos lábios e diz:

—Você tem os seus costumes, eu tenho os meus.

Me dou por satisfeita. Também medito, embora não seja uma budista determinada como minha mãe. Não que eu me orgulhe, mas sou uma religiosa de meia-tigela. Ponho a culpa no fato de ter um pai católico ortodoxo e uma mãe budista. Gosto de dizer que estou confusa, o que era verdade quando era pequena. Você também ficaria se seu pai comesse carne e sua mãe, não, se sua sala tivesse imagens de santos e uma estátua de Buda, se você se dividisse no Natal entre a missa e o centro zen.

Eu podia ter sido confusa quando era criança, mas, com dezessete anos, só posso culpar a preguiça. Vivo dizendo a mim mesma que preciso me decidir, porque, se tem algo em que todas as religiões concordam, é que fazer as coisas pela metade não dá certo. Não vou alcançar a iluminação desse jeito, e tem uma frase na Bíblia que ouvi há um tempão em uma missa de Páscoa e que me assombra desde então: "Assim, porque és morno, e não és frio nem quente, vomitar-te-ei da minha boca".

Meu ponto é: sou péssima no que se refere a religião, por isso não tenho o direito de dizer a Paul como se deve meditar.

— Tenho um plano — digo a Jack, virando meu laptop para ela. — Fiquei trabalhando nisso ontem à noite.

Jack se inclina sobre o documento do Word aberto e levanta uma sobrancelha.

—Você dormiu?

— Cinco horas.

— Hum...

Jack bate a unha na tela e lê.

Jack: responde Twitter e YouTube
Tash: responde Tumblr e e-mail

Jack: agradece aos fãs em todas as plataformas
Tash: agradece a Taylor Mears por e-mail

Jack bufa.

— Sério? Você acha que a Taylor Mears se importa?

— Ela se importou o bastante para nos mencionar no vlog.

— Tá, mas esse é o trabalho dela: indicar conteúdo novo. Ela não espera que todo mundo agradeça. Já deve ter esquecido da gente. Vai parecer meio...

Meu rosto fica tenso.

— Meio o quê?

— Puxação de saco.

— Você nem vai precisar escrever, sou eu que vou fazer isso.

— Mas não tem sentido. Deixa isso pra lá.

— Não.

— Argh, o.k., tanto faz.

Do chão, Paul diz:

— Acho que seria simpático.

— Viu? Paul acha que seria simpático.

— Paul põe geleia de uva na pizza, o que invalida todas as opiniões dele — Jack diz.

Voltamos à lista:

Tash e Jack: terminar o roteiro, marcar as datas de filmagem durante o verão, pensar no novo projeto pra não perder o buzz

Jack ri, o que, vindo dela, nunca é um som exatamente feliz. É mais para sinistro, como se ela risse da dor de seus inimigos. Ela prende o cabelo roxo em um coque descuidado no topo da cabeça em meio às risadas.

— *Para não perder o buzz* — ela repete, rindo. — Nossa, Tash. Não estamos falando de negócios.

— Estamos falando *exatamente* disso — digo, irritada.

— Vídeos podem ser arte, mas também são um negócio. Podemos ganhar dinheiro com isso. Não só com financiamento coletivo, mas, tipo, com anúncios. Precisamos manter as pessoas interessadas. Senão, vai ser pior do que se nunca tivéssemos sido descobertos. Não podemos ser um fracasso.

Jack se apoia na parede, os olhos indistintos e impassíveis, e dá um bocejo.

—Você se estressa à toa. A gente ficou famoso literalmente da noite pro dia. Temos direito a um tempo pra pensar a respeito.

— Mas eu já pensei a respeito — digo, levantando a voz. Odeio quando Jack fica assim, indiferente e distante. — Fiquei acordada até as quatro só pensando.

— Bom, eu não pedi pra você fazer isso. Achei que íamos pensar *juntas*.

Tínhamos mesmo combinado isso, então tudo o que posso dizer é:

—Você está sendo tão negativa...

Jack levanta a sobrancelha com piercing.

— Hum... Você não me conhece?

— O que quero dizer é que não pode recusar minhas ideias a menos que tenha outras.

— Certo. Minha alternativa a escrever pra Taylor Mears é *não* escrever. Minha alternativa a pirar é *pegar leve*.

Não achei que a reunião fosse ser assim. Pensei que Jack ficaria agradecida por eu ter planejado tudo e concordaria que era a coisa mais sensata a ser feita. Imaginei que ela ia me apoiar. *Será* que eu a conhecia? Jack — a *verdadeira* Jack — nunca ia se comportar desse jeito. Não importa quantas vezes a gente volte a essa dinâmica — eu tentando organizar tudo e ela indo em direção ao caos —, não consigo compreender como ela pode ser tão irritantemente... *tranquila*.

Não quero brigar em uma manhã de domingo, então retraio minhas garras e sigo em frente.

— Estimamos as datas de filmagem até o fim do verão — digo, passando para a segunda página do documento do Word —, mas acho que precisamos confirmar tudo agora. É importante que o elenco inteiro reserve a agenda. Com um público maior, não podemos atrasar os episódios.

Jack está de olhos fechados, com a cabeça apoiada na parede.

— A gente pode fazer o que quiser. As pessoas tiram folgas, fazem intervalos no meio da temporada. Às vezes surgem dificuldades técnicas. Vai ficar tudo bem.

Minhas garras estão se mostrando de novo, e não consigo controlá-las dessa vez. Sou como um lobisomem em noite de lua cheia.

— Você sempre diz que vai ficar tudo bem, mas sabe *quem* faz tudo ficar bem? Eu. Fica tudo bem porque eu sempre tenho um plano. Porque eu penso em toda a logística. Sei que você é péssima em dar ordens, mas não precisa ficar me criticando quando estou fazendo todo o trabalho.

Jack abre os olhos e se endireita.

— Você está fazendo todo o trabalho. Uau, acho que o material bruto se edita sozinho. Talvez na semana que vem *você* comece a dizer que escreveu o maior romance de todos os tempos... Quem é esse tal de Tolstói mesmo?

— Não foi isso que eu quis dizer, você sabe.

— Tanto faz. — Jack levanta da cama. — Bom, vou deixar você fazer todo o trabalho.

Ela sai, batendo a porta.

— Hum — diz Paul.

Desço da cama com um travesseiro na mão e o cutuco.

— Chega pra lá — digo. — Vou meditar também.

Paul vira de bruços, abrindo espaço para mim. Jogo o travesseiro e sento nele, cruzando as perna e endireitando a coluna.

— Quer que eu saia? — ele pergunta.

Balanço a cabeça, virando as palmas da mão para cima e unindo os indicadores aos polegares.

— Beleza — Paul diz. — Vou ficar quieto.

Ele fica, e eu começo uma meditação da compaixão direcionada a Jack, porque no momento não quero nada além de socar a cara dela. Sigo os passos que minha mãe me ensinou quando eu tinha dez anos. Primeiro, estabilizo a respiração — inspiro pelo nariz e expiro pela boca. Então, foco o animal mais fofo possível: um filhote de cocker spaniel. Sinto carinho e uma ternura incontrolável. Me concentro nessas emoções e as transfiro devagar para Jack. Só desejo coisas boas para ela. E paz.

Cinco minutos depois, ainda estou brava, mas a fervura descontrolada ficou branda.

—Você estava visualizando Jack como um cachorrinho de novo? — Paul pergunta.

Cometi o erro de contar aos dois sobre a meditação da compaixão, e Paul disse que era a coisa mais engraçada que já tinha ouvido. Ele ainda acha que é muito mais divertido do que realmente é.

— Dizem que nunca se deve misturar amizade e trabalho — comento.

— Isso é idiotice. Um monte de amigos fizeram negócios juntos. Lewis e Clark. Os irmãos Wright. Hum. Siegfried e Roy.

— Não força.

— Tá. Mas isso não é trabalho de verdade. É arte. E arte é uma colaboração.

— Ela me deixa louca.

— E você a deixa louca. É por isso que funciona.

Deito de costas. Viro para Paul, que está com o rosto apoiado no carpete.

— *A gente* não se deixa louco — digo.

— Do que você está falando, Zelenka? Eu odeio você.

— Rá!

Por um momento ficamos em silêncio, e consigo ver a poeira se movendo em meio à luz do sol que entra pela janela aberta. Estico a mão esquerda no carpete para pegar a mão de

Paul. Nossos dedos se cruzam com familiaridade. Ficamos de mãos dadas assim desde pequenos, antes que fosse esquisito. Por isso, mesmo agora, não é. Quer dizer, seria esquisito com qualquer outro cara. Qualquer outro que não Paul.

— Quando é a matrícula? — pergunto.

— Em algumas semanas.

—Você sabe que aulas vai fazer?

— O primeiro semestre é de matérias básicas. Eles querem ter certeza de que sei soletrar e somar, o que... não é uma certeza.

— Para com nisso.

Dou um chutinho no pé dele.

Quando se trata de escola, Paul sempre se coloca para baixo. Tudo bem, ele repetiu duas vezes, o primeiro e o quinto anos. Não, ele não tirava notas incríveis nem conseguiu uma bolsa na universidade. Mas se inscreveu na BCTC, a faculdade de Lexington, como se fosse sua única opção. Nem considerou a possibilidade de ir para a Universidade do Kentucky, muito menos de sair do estado.

Paul não vai deixar Lexington por causa do pai. O sr. Harlow assustou todo mundo há quatro anos quando descobriram um câncer de próstata incipiente em um exame de rotina. Os médicos disseram que foi sorte terem identificado tão cedo e iniciaram o tratamento adequado.

A partir daí, tudo aconteceu como nos filmes: o sr. Harlow parecia cada vez mais doente e menos vigoroso, e não saía de casa durante longos períodos. Todos os amigos da família passavam por lá para rezar, oferecer ajuda ou levar comida. A sra. Harlow e minha mãe tiveram várias conversas pelo telefone que terminaram em lágrimas. Meu pai fez um monte de comida para eles. E então, um dia, recebemos a alegre notícia de que o câncer tinha entrado em remissão.

Mas os filmes não me prepararam para o efeito do câncer em Jack e Paul. Foi mais complicado com ela. Ela sempre foi mal-humorada, então era difícil dizer quando estava triste de verdade. Eu ficava sentada na cama com Jack por um tempo antes de notar as lágrimas rolando por seu rosto. Foi nesse ano que ela começou a tingir o cabelo — numa mistura chocante de rosa e laranja. Fiquei surpresa quando fez isso. Era tão... previsível. Mas ela não pareceu se importar com o fato de atender às expectativas de todo mundo. Nunca se importou com o que os outros pensavam, chegando ao ponto em que, sempre que suspeitava que alguém — como um professor — tinha uma boa opinião a seu respeito, se sabotava falando um palavrão na classe ou indo mal numa prova. Vi o padrão se repetir inúmeras vezes, desde os primeiros anos da escola, mas piorou quando o sr. Harlow ficou doente.

Com Paul, a tristeza e o medo eram mais claros. Ele não é o tipo de cara que tem medo de chorar ou abraçar em público. Então eu tinha uma ideia melhor de como aquilo era pesado para ele.

Os meses de terapia hormonal do sr. Harlow acabaram com Paul — os sorrisos vacilantes e os momentos em que sua mente parecia deixar o próprio corpo indicavam o sofrimento que sentia. Eu o abracei bastante naquele ano. Descobri que, mesmo quando tento reconfortá-lo, Paul me abraça de um jeito que parece que sou eu quem precisa de conforto.

Mesmo depois das boas notícias, Paul não parecia completamente feliz. Ele me disse uma vez, quando Jack não estava por perto, que tinha um pressentimento ruim.

—Vai voltar.

Fiquei tão chocada que só consegui responder como um robô:

— Os médicos disseram que as chances dele são muito boas.

— Eu sei, mas tenho essa sensação de que vai aparecer de novo, justo quando não deveria. No aniversário dele, no casamento de Jack, no Natal. Sempre acontece na pior hora.

E, mesmo que eu tivesse dificuldade para imaginar um casamento tradicional para Jack, não tinha argumentos contra o resto. O sr. Harlow recebeu o diagnóstico na semana em que havia sido promovido para um cargo que exigiria bastante dele e três dias antes da Ação de Graças. Mas, afinal, existe uma hora boa para essas coisas acontecerem? Quando é um momento oportuno para más notícias?

— Nunca achei que sairia de Lexington — Paul me disse.

— Nunca fiquei ansioso para ir embora, como acho que é o normal. Agora sei que nunca vou sair. Não posso.

Eu discordava dele, mas não me sentia no direito de argumentar.

Entretanto, me sinto no direito de dizer a Paul para parar de se diminuir. Olho para ele quando não responde à minha reprimenda. Dou outro chutinho em seu pé, dessa vez mais forte.

— Os professores vão amar você — digo, apertando sua mão. — Você é o aluno perfeito. Sempre atento. Cheio de perguntas.

— De perguntas idiotas. E o que você está dizendo? Que não importa se eu for mal nas provas desde que impressione os professores?

— Não. Mas grande parte da nota é subjetiva. Às vezes eles arredondam pra cima só porque gostam de você.

— E você sabe disso porque...?

— Porque eu *sei*.

Digo isso com um sussurro dramático que deveria parecer misterioso, mas só é esquisito.

— Você é assustadora às vezes — diz Paul. — Supera até a Jack.

— Quando você crescer e se tornar um designer gráfico — digo, porque esse é o plano dele —, vou ter um monte de números diferentes de telefone só pra ficar te assustando com exigências impossíveis. Ou apenas um sussurro sinistro.

— Mal posso esperar.

Sento e me sinto mais uma boneca que uma menina de dezessete anos de carne e osso.

— Melhor ir atrás de Jack — digo.

Paul concorda, ainda com a cara no carpete.

— É. Melhor ir atrás de Jack.

Ele se põe de pé e oferece a mesma mão que eu estava segurando, então me puxa com tanta animação que voo na direção da porta.

Não demoramos muito para achar a irmã dele. Ela está na

cozinha, comendo a primeira de duas fatias de pão com manteiga de amendoim e mel. Paul é alérgico, então os Harlow preferem não ter nada com amendoim em casa, o que quer dizer que Jack tem que aproveitar quando me visita.

— Minha criptonita — Paul diz quando vê o que ela está comendo e se apoia contra a geladeira.

Sento no banquinho ao lado de Jack. Pego a fatia de pão sobrando, mordo um pedaço, mastigo e engulo.

— Desculpa — digo. — Sei que você faz um monte de coisa.

— Sei que você sabe — diz Jack. — Você me imaginou como um filhote fofinho?

Limpo um traço de manteiga de amendoim do lábio inferior.

— Muito fofinho.

— Olha — ela diz. — Não me importo com a maneira como a gente divide as coisas. Vou fazer minha metade e, se você quiser mandar cartas e cartas puxando o saco da Taylor Mears, fique à vontade. É só que... — Jack dá uma batidinha na beirada do prato e o gira quarenta e cinco graus. — Não vou deixar que isso mude a minha vida. A arte faz isso: toma conta de tudo. Talvez não seja um problema pra você, mas a história está aí pra mostrar que alguns dos melhores artistas eram péssimos com as pessoas em volta deles. Como Tolstói. E não quero ser assim. Não vou abandonar minha família para viver no interior da Rússia como um mendigo.

— Que bom, porque penso nisso toda noite: será que Jack vai fugir pra Sibéria?

Ignoro a crítica ao meu querido Leo, porque esse não é o ponto.

Jack revira os olhos. Faça o mesmo. Estamos bem.

— Só mais uma coisa — digo. — Precisamos aprovar tudo com o elenco. Pode ser no domingo que vem, quando vamos nos reunir.

Jack bufa.

— Aposto dez dólares que George já escreveu seu discurso pra quando ganhar a Tuba Dourada.

— Acho que vou ter um troço — Paul diz.

CINCO

Nessa noite, somos só meus pais e eu no jantar. Klaudie está com Ally e Jenna e pretende passar a noite fora, como parte do fim de semana de comemoração da formatura. Sei que isso é difícil para o meu pai. Não que Klaudie seja a favorita, mas os dois têm uma ligação especial. É curioso porque teoricamente ele deveria gostar mais de mim. Eu sou mais barulhenta e aberta, como meu pai, enquanto Klaudie é mais reservada, como minha mãe. Eu me pergunto se ele gosta tanto dela porque é diferente dele em termos de personalidade, mas parecida em termos de interesse. Klaudie gosta de cozinhar; eu não tenho certeza de qual é a função de uma espátula. Ela pode conversar sobre estatísticas do basquete universitário por horas; eu me envolvo com o campeonato como qualquer outro cidadão de Lexington, mas não vejo sentido em memorizar porcentagens de arremessos livres quando os jogadores só vão se profissionalizar no ano seguinte. Klaudie gosta de exatas como meu avô gostava; eu sou até razoável em matemática, mas prefiro teatro, ficção e respostas incertas.

Essa ligação especial provavelmente ia me incomodar mais se eu não fosse a preferida da minha mãe. Não de um jeito épico, como em um romance do Steinbeck, mas uma leve preferência nunca mencionada. Talvez muito disso seja por causa do relaxamento de regras que eram rígidas com a Klaudie e de todos os sorrisos e piscadinhas, coisas que devem ser mais comuns com qualquer filho mais novo. Talvez seja porque eu medito com frequência, enquanto Klaudie anunciou no ensino médio que era ateia. Talvez.

De qualquer maneira, mesmo que não tenha captado uma vibração muito negativa do meu pai, dá pra saber qual é o seu humor com base na comida. Ele fez goulash, e só cozinha isso quando está triste. O ar na sala de jantar se enche de um aroma rico de carne enquanto meu pai põe alguns bolinhos em nossos pratos cheios de sopa.

Tecnicamente, o cheiro de carne só vem do prato dele, porque eu e minha mãe somos vegetarianas. Isso é normal em casa: meu pai faz o jantar para ele e Klaudie e uma versão sem carne para nós duas. Na maior parte do tempo funciona bem, mas, quando se trata de goulash, é meio deprimente porque a graça do prato é justamente a carne.

A receita é da vovó Zelenka, então deve ser comida no lugar onde seu espírito é mais presente — aqui, na sala de jantar, cercados pelas fileiras de porcelana pintada de flores e jarras de cristal acumuladas ao longo dos cinquenta anos desde que meus avós chegaram de Praga.

Eles morreram em um acidente de carro quando eu tinha nove anos. É um jeito horrível de morrer, mas é especialmente injusto com eles, porque até então a vida deles tinha sido incrível, e bater o carro em uma estrada à noite é um fim banal demais.

Meus avós moravam em Praga durante a Guerra Fria. Estavam na faixa dos vinte anos em 1968. Caso você não conheça a história tcheca, foi quando o governo comunista local implementou uma série de reformas garantindo mais direitos aos cidadãos, que foram à loucura com a liberdade recém-conquistada e fizeram um monte de coisas superartísticas e desafiadoras, como distribuir jornais sem censura e tocar rock'n'roll. Vovó Zelenka costumava dizer: "Foi uma época aterrorizante. Aterrorizante e maravilhosa". Ela dizia tanto isso que Klaudie e eu inventamos uma nova palavra — "aterrorilhosa" —, e você ficaria surpreso com a utilidade dela.

Em julho de 1968, meu avô recebeu um convite para trabalhar como professor visitante de engenharia química na Universidade do Kentucky. Então eles se mudaram para os Estados Unidos e, três semanas depois, os soviéticos ficaram tipo "O QUE É TODA ESSA CONFUSÃO EM PRAGA? VAMOS ENTRAR COM TANQUES. SOMOS OS BORG, RESISTIR É INÚTIL, RESISTAM E SERÃO ASSIMILADOS". Não ouvi isso da minha avó, mas sim em *Jornada nas Estrelas: A Nova Geração*. Ela tinha um jeito mais eloquente de contar as coisas: "Os malditos soviéticos chegaram e fizeram o que faziam de melhor: destruíram tudo".

De qualquer modo, foi ruim para a população tcheca, e meus avós se consideraram sortudos por estar do outro lado do Atlântico quando isso aconteceu. O trabalho de professor visitante se tornou integral e foi assim que dois tchecos se estabeleceram definitivamente no meio do Kentucky. E é por isso que nós, seus descendentes, estamos comendo goulash em uma casa simples construída no meio do século XX em um subúrbio a oeste dos Apalaches. A vida é estranha assim. Pego um bolinho e molho bem no meu goulash. Fico olhando enquanto o caldo penetra a massa, deixando-a escura.

—Você está tão quieta, Tasha — minha mãe diz.

Klaudie e eu brincamos que ela sempre está tentando fazer as pessoas falarem, já que é fonoaudióloga. Mas não deixa de ser verdade. Minha mãe tem esse jeito calmo e subversivo de espremer as palavras das pessoas. Acho que deve ter alguma coisa a ver com seu sotaque neozelandês, do qual ela não desistiu mesmo depois de vinte anos nos Estados Unidos. Digo "desistiu" e não "perdeu" porque minha mãe é especialista em sotaques. Ela poderia se passar por escocesa das Highlands se quisesse, então certamente poderia falar como alguém do Meio-Oeste — mas prefere não falar.

— Estou pensando no vovô e na vovó.

Sou honesta, sem pensar que pode não ser a melhor coisa para dizer quando meu pai já está meio cabisbaixo. Eu o encaro, e o olhar distante em seu rosto me machuca. Ele me pega observando, se sacode e sorri.

— Bom! — meu pai diz, batendo na mesa. — Eles estariam muito orgulhosos de vocês duas. Sua irmã indo pra Vanderbilt, você se tornando Woody Allen...

Faço uma careta.

— Pai, já falei que odeio Woody Allen. Prefiro ser Orson Welles ou Elia Kazan.

Ele põe um pedaço grande de carne na boca.

— Que ambiciosa, hein? — meu pai diz, com a boca cheia.

Ele dá uma piscadela, e eu reviro os olhos de maneira brincalhona.

— Na verdade... — digo, antes de perceber que não tenho ideia de como dar a notícia.

É tarde demais para voltar atrás. Meus pais estão me olhando com uma expressão interessada.

— Na verdade...? — minha mãe repete.

— Hum... — eu digo. — Bom, a websérie estourou ontem. Uma menina famosa mencionou a gente, e as visualizações explodiram.

— Tasha, isso é *incrível* — minha mãe diz, carinhosa.

— É uma ótima notícia — meu pai concorda. — É aquele negócio do chá?

Tenho sempre que lembrar que meus pais são trinta anos mais velhos que eu e não posso esperar que entendam rapidamente o que aconteceu.

— O negócio do chá é meu vlog. A websérie é a versão moderna de *Anna Kariênina*.

— Ambiciosa — meu pai repete, sorrindo. — Essa é minha garota.

O orgulho dele me deixa realmente contente, assim como o fato de que consegui distraí-lo dos pensamentos tristes. Mas parece que é apenas momentâneo, porque em seguida ele diz:

— É difícil acreditar que os jantares vão ser assim agora. É melhor se acostumar a ser filha única. Vai ter toda a nossa atenção, então esqueça os garotos, porque só pode terminar em lágrimas.

— Obrigada, pai — digo, seca.

Decido que é melhor não dizer que os jantares não vão ser *sempre* assim. Só por um ano. Então eu também vou para a faculdade. Vanderbilt é minha primeira opção. Na verdade, é minha única opção. Amo Nashville, e a faculdade tem uma escola de cinema excelente. Mas a sra. Deter, minha orientadora, vive repetindo que, com as minhas notas, vai ser difícil entrar e que cinema não é uma boa escolha.

— Não se especialize cedo demais — ela disse em março. — Você pode manter seu leque de opções aberto. Assim, se decidir que cinema não é pra você, pode trabalhar com outras coisas. E, se realmente decidir fazer isso, pode ir para Los Angeles ou Nova York fazer um estágio ou pós-graduação com um diploma mais versátil em mãos.

A sra. Deter não apenas acha que não devo me especializar em cinema, mas que devo esquecer a Vanderbilt e ir para a Universidade do Kentucky.

— Você pode ter uma formação sólida em comunicação, artes ou quem sabe letras — ela disse, numa tentativa corajosa de me aconselhar. — Além disso, vai sair quase de graça, já que você mora no estado e é aluna da GSA. Pense a respeito, Tash.

Eu pensei. E o que penso é: *Se não sair de Lexington agora, vou ficar presa aqui pelo resto da vida. Vou inventar motivos para as coisas não terem dado certo e virar uma bêbada fracassada, saída diretamente de uma música do Bruce Springsteen.*

Sei muito bem que não sou Klaudie. Não sou inteligente o bastante para ganhar uma bolsa por desempenho escolar em uma universidade privada como a Vanderbilt. Vou ter sorte, *muita* sorte, se for aceita. E, sim, vai me custar muito dinheiro, mas não é assim que funciona? Todo mundo na faixa dos vinte está afundado em débito estudantil. E é a *Vanderbilt*. Feita de pedras, grades e colunas de marfim. A Universidade do Kentucky é uma mistura de prédios experimentais feios dos anos 1970. Cheia de vento e trânsito durante a temporada de futebol americano. E é tão... familiar. Cresci passando por suas ruas, fazendo aula de piano na Escola de Artes e vendo peças no auditório. Preciso de algo novo. Fora do Kentucky. Um lugar onde metade dos formandos da Calhoun não vai estar.

E não é como se eu fosse totalmente irresponsável. Tenho um plano. Já pesquisei empréstimos estudantis e estou trabalhando meio período na Old Navy durante as férias. Sei que meu salário inteiro não vai cobrir nem um semestre de livros, mas pelo menos estou fazendo *alguma coisa*. Estou batalhando pelo meu sonho. É assim que se faz, não?

— Pensamos em ver um filme — minha mãe diz, garfando um bolinho. — Topa?

Mastigo a comida devagar. Ultimamente, meus pais querem passar mais tempo comigo. A formatura é uma época sensível, e os dois querem me espremer entre eles no sofá em uma tentativa de diminuir a dor pela partida iminente da outra filha. Não seria uma proposta atraente mesmo se eu não tivesse um laptop para me fazer companhia pelo resto da noite.

— Estou meio cansada — digo, com cuidado.

Meu pai parece chateado quando diz:

— Quem sabe outra hora, então? Nós quatro juntos. Você e sua irmã podem escolher o filme.

Isso quer dizer que Klaudie vai escolher, porque temos gostos totalmente opostos e ela tem o supertrunfo agora, porque é seu "último verão".

— Legal — digo. — Hoje vocês podem ter uma noite romântica.

Minha mãe ri de um jeito fofo.

— Eu, seu pai, Tom Cruise e uma garrafa de vinho. Muito romântico.

—Vida louca — meu pai diz, esticando a mão para pegar a da minha mãe.

— Para o quarto vocês dois — digo, satisfeita, levando o prato e o copo para a cozinha.

Lavo minhas coisas, dou um beijo nos meus pais e subo para ver os números e as notificações mais recentes da Seedling. Me sinto só um pouco culpada por não ter aceitado o convite deles.

SEIS

É DOMINGO, O ÚLTIMO DIA DE MAIO, e estou suando de novo. Sempre me engano ao pensar que o ar-condicionado está em uma temperatura boa o bastante para a reunião com a equipe. É meio assustador o quão depressa a temperatura corporal de nove pessoas transforma meu quarto em uma sauna. E isso *antes* de ligar as luzes para a filmagem.

Estão todos aqui com exceção de Eva, que me mandou uma mensagem dizendo que vai chegar dez minutos atrasada.

Estou sentada na cama ao lado de Jack, olhando com meus óculos para uma pasta amarela grossa no meu colo. Jay Prasad está do outro lado, chacoalhando a cama ao rir de uma piada que Serena Bishop acabou de contar. Ela está sentada na minha mesa com as pernas cruzadas, ainda em sua imitação perfeita de personagem de desenho animado para adultos. Serena consegue imitar celebridades de um jeito que deixaria todo o elenco de *Saturday Night Live* de boca aberta. Ela é muito talentosa. Por isso é nossa Anna Kariênina.

Eu a conheci na primeira semana da GSA, um programa de artes estadual. Fiquei amiga de Jay logo no primeiro dia, quando ele perguntou se podia sentar do meu lado porque eu estava com uma camiseta do Pokémon e, de acordo com ele, "Qualquer fã do Charmander tem que ser legal". Estávamos em turmas separadas — ele em teatro, eu em novas mídias —, o que queria dizer que não tínhamos as mesmas aulas, mas almoçávamos e passávamos o tempo livre juntos. Serena estava na turma de teatro com ele e, quando os dois ficaram amigos, nós duas ficamos também.

Era assim que funcionava na GSA: amizade instantânea por proximidade. Acho que porque todos os bolsistas eram mais ou menos do mesmo grupo social. Éramos os garotos esquisitos, meio modernos e artísticos. Os que ficavam além do horário da escola. Os que passavam os fins de semana ensaiando. A única diferença que havia era entre os alunos de escola pública e os alunos de escolas particulares. E o que tenho a dizer sobre isso é: nem todo aluno de escola particular é um idiota metido, mas todos os idiotas metidos são de escolas particulares. Isso é certo.

Serena estuda na Scapa, uma escola particular de Lexington, e é alta e linda, de um jeito elegante e muito adulto. Eu ficava bastante intimidada quando estava com o pessoal do teatro no refeitório e ela virava uma garrafa de dois litros de fanta em um desafio. No fim, o refrigerante escorria pelo queixo e pelo pescoço dela — riachos laranja correndo por sua pele escura. Eu olhava admirada, pensando como aquela garota era doida, divertida e nem um pouco egocêntrica.

Nas duas semanas que se seguiram, nós três nos tornamos inseparáveis. Nos despedimos com lágrimas no último dia. As dos dois eram muito impressionantes. (Atores. Típico.) Mas encontramos conforto no fato de que morávamos a cinquenta quilômetros de distância — Serena e eu em Lexington, Jay um pouco mais para o interior, em Nicholasville. Prometemos manter contato, o que ficou muito mais fácil de cumprir depois que Jack e eu começamos os testes para *Famílias Infelizes*, em dezembro.

Serena e Jay eram perfeitos para os papéis de Anna e Aleksei, mas Jack demorou um tempo para decidir. Ela insistia em dizer coisas como: "É, mas talvez eles não sejam a melhor opção" e "Não precisamos escolher *agora*. Eles seriam bons para os papéis, mas ainda estamos fazendo testes".

Finalmente tive coragem de confrontá-la.

— É porque eu conheci os dois na GSA, não é?

Jack não respondeu, o que queria dizer que era.

Ela não tinha passado no curso, mas não porque não fosse qualificada o bastante. Jack se inscreveu para a turma de artes visuais, mandou seu portfólio, recomendações dos professores e carta de intenções. Foi por causa dessa carta que ficou de fora.

Caros cretinos todo-poderosos,

Vocês sabem que são a irmandade do mundo das artes, né?

Ficam sentados aí, se sentindo o máximo por causa do seu mes-

trado em belas-artes na Juilliard ou onde quer que seja, escolhendo adolescentes para seu programa de verão como se fosse um concurso de popularidade. Conheço uma porção de artistas talentosos que se inscreveram e foram rejeitados. Sabem por quê? Porque arte é algo subjetivo e no fim se resume àquilo que as pessoas que avaliam gostam ou não. Mas vocês agem como se quem entrasse para a porcaria do seu curso merecesse um troféu. Como se essas pessoas tivessem passado por um teste mágico em que todos os outros falharam.

Não é assim que funciona.

Você acha que Van Gogh, Clapton ou Tarantino se inscreveram em programas de verão? Não. Eles estavam ocupados demais fazendo arte de verdade, arriscando e errando sozinhos, sem precisar que nenhuma falsa autoridade dissesse que eram bons o bastante.

Aqui vai meu portfólio. Eu acho que ele é incrível e é toda a aprovação de que preciso.

Vão se foder,

Jacklyn P. Harlow

Passei vários dias tentando convencer Jack a escrever outra carta. Ela só respondia:

— Não vou parar de pensar assim, então por que deveria mudar o texto?

Entendo perfeitamente o que ela disse. Conheço um monte de gente supertalentosa da Calhoun que foi recusada pela GSA. E, sim, sei que é uma espécie de concurso de miss e que é injusto. Mas, se era uma chance de aprender sobre cinema e roteiro com profissionais qualificados, de conhecer outros artistas da minha idade de todo o estado, de ganhar uma bolsa para a faculdade, por que não aceitaria? Às vezes você tem que seguir as regras injustas da vida. A menos, claro, que você seja Jack Harlow. Aí você joga de acordo com as suas próprias regras, não importa quantas oportunidades perca em nome da sua "ideologia".

Não gosto quando Jack faz isso. Fico realmente assustada, porque quando ela assume uma posição tão intransigente significa que alguém está certo e alguém está errado. E, embora eu tente pensar que Jack apenas quisesse pegar pesado com a GSA, há uma suspeita na parte mais sombria da minha alma que sussurra que *eu* estou errada. Talvez eu seja fraca, uma vendida, o tipo de pessoa contra quem os filósofos gregos alertaram a humanidade. Talvez Jack seja mais forte.

Ela não pegou no meu pé por me inscrever na GSA. Não disse nada de negativo quando fui aceita. Me mandou cartas e pacotes durante as três semanas que passei no campus da Universidade da Transilvânia. Não foi arrogante, não me julgou, não revirou os olhos. Quando voltei para casa com uma cópia digital do curta da minha turma, Jack viu com o entusiasmo adequado. Ela até disse que Serena era boa. Mas, quando chegou a hora, sentadas na minha cama com uma porção de currículos, fotos e rascunhos de possíveis distribuições de papéis, Jack não conseguia dar sua aprovação total a Jay e Serena, e eu sabia o motivo: eles eram da GSA. Eram vendidos pretensiosos e, por extensão, eu também era. Isso machucava.

— Você não é melhor do que a gente porque não fez o programa.

— Não é disso que se trata — ela respondeu.

— Não?

— Olha — Jack finalmente disse —, tenho um pouco de medo de que vocês três formem uma panelinha. Porque tiveram aquelas três semanas de intimidade. Vocês vão ficar falando disso e fazendo piadas que não vou entender.

Jack demonstrando vulnerabilidade era algo tão inesperado que nem consegui ficar brava.

— Não vai ser assim — eu disse. — Prometo. Somos todos artistas ocupados, com nossos próprios projetos com que nos preocupar. Não vamos ficar falando do passado, só do futuro.

Isso a convenceu. Talvez não por completo, mas o suficiente para concordar com a escolha dos dois como protagonistas.

Como eu tinha prometido, não tocávamos no assunto da GSA. Pelo menos não o bastante para Jack se incomodar.

Encontramos Eva, George, Tony e Brooks na leitura-teste que fizemos no auditório da escola, graças à ajuda do sr. Vargas, nosso professor de teatro. Eva Honeycutt estava no primeiro ano, mas eu a conhecia de algumas peças em cuja produção tinha trabalhado. Ela recebia os papéis costumeiros de Garota Número Três ou Membro do Coro que os alunos mais novos precisam aguentar até o último ano, quando finalmente podiam brilhar como protagonistas. Mas eu tinha visto muitas improvisações dela para saber que daria conta de um papel importante. Além disso, tinha o rosto perfeito para fazer Kitty — uma estrutura óssea delicada, bochechas rosadas

71

e um nariz pequeno. Eva trabalha como modelo para alguns negócios locais e dá para notar por quê. Ela sabe como virar o queixo e semicerrar os olhos de um jeito que fica ainda mais fofa. Para completar, tem uma voz fina e delicada. Nenhuma das outras garotas chegou perto de capturar a doce ingenuidade de Kitty Cherbátskaia como ela.

George Connor é um dos babacas de escolas particulares que eu mencionei, mas o cara é profissional. Ele estuda com Serena na Scapa e já foi para Londres duas vezes se apresentar na Academia Real. É muito centrado e sempre me pergunta se pode fazer "uma ou duas mudanças" no diálogo, o que quer dizer que vai improvisar. O problema é que nunca consigo ficar muito brava com George porque ele improvisa *bem*. Às vezes sai até melhor que o roteiro, tenho que admitir. Quando começamos a gravar, George se transforma em um Liévin bondoso e honesto. Ele tem uma química com Eva. Qualquer um pode ver. Então fazemos vista grossa quando George é um idiota e só rimos dele pelas costas.

Brooks Long está no segundo ano de teatro na Universidade do Kentucky. Eu e Jack ficamos meio chocadas quando ele apareceu para o teste. Distribuímos panfletos no campus, mas nunca pensamos que alguém de lá viria ao auditório da escola e levaria nosso projeto a sério. Sei que parecemos jovens e *ambiciosas* — tomando o termo emprestado do meu pai. Comicamente ambiciosas até, se você nos perguntar quantos romances clássicos já adaptamos (nenhum), quantas webséries dirigimos (nenhuma) e quanta experiência temos com uma câmera profissional (muito pouca).

Para nossa sorte, Brooks nos deu o benefício da dúvida. E mais ainda: ele é o Stiepan perfeito. O personagem é tempestuoso e animado, cheio de falhas e ainda assim adorável. Com a câmera desligada, Brooks é um profissional. Mas nunca fica para as nossas festinhas. Não é distante, só é... mais velho. Está do outro lado daquele abismo ainda intransponível que separa o último semestre da escola e o primeiro da faculdade.

No momento, ele está encostado na porta do meu armário, conversando com Klaudie. Pergunta sobre a Vanderbilt, claro, porque universitários só conversam sobre isso: universidade. Enquanto olho as marcações vermelhas no roteiro de filmagem de hoje — anotações à mão sobre o posicionamento dos personagens, enquadramentos, escolhas de iluminação —, pesco alguma coisa da conversa. Brooks pergunta a Klaudie por que ela não continua com o teatro, já que é tão boa. Ela responde que quer concentrar toda a energia na engenharia, porque é perfeita e tem muitos talentos aos quais pode se dedicar.

Bom, é mais ou menos isso que ela diz.

Às vezes me arrependo de ter sugerido que Klaudie fizesse Dolly. Mas, há um ano, ela não era tão chata. Há um ano, quando Jack e eu contamos nossa ideia, ela ficou animada de verdade e disse que deveríamos parar de sonhar e fazer a websérie antes que outra pessoa fizesse. Então eu disse que imaginava Dolly, a esposa dedicada cujo coração Stiepan parte com sua traição (a *namorada* dedicada cujo coração Stiepan parte com sua traição em *Famílias Infelizes*), mais ou menos como ela. Klaudie disse que seria legal pelo menos fazer o teste, e tudo fluiu a partir daí. Ela se dá bem com Brooks e tem memória ótima, então sempre posso contar que tenha decorado as falas. Foi assim que se juntou ao elenco.

Por último, escolhemos Tony Davis, nosso Vrónski, cujo interesse em *Famílias Infelizes* parece tão natural quanto o interesse de um golfista profissional por física nuclear. Simplesmente não faz sentido. Sua agenda é lotada. Ele vai a todas as festas e tem uma banda — uma banda que soa mais como unhas jogadas num processador de alimentos, mas, *ainda assim*, uma *banda*. Antes da websérie, nunca tinha se aproximado do grupo de teatro da escola. Eu nem sabia que ele sabia atuar. Mas Tony apareceu para o teste um dia, em toda a glória de seu moicano e de sua jaqueta de couro. Ele *era* o conde Aleksei Kirílovitch Vrónski. Não poderia fazer outro tipo de papel.

Então nossa alegre e pequena companhia estava formada: sete atores e duas cineastas, totalizando nove integrantes. Exatamente como a Sociedade do Anel. Bom, não exatamente. Mas na minha cabeça eu era Gimli, porque não tem ninguém mais legal do que ele.

— A gente não devia começar logo? Alguém pode atualizar a Eva depois.

Levanto os olhos do roteiro e vejo George à minha frente de braços cruzados.

— Ela já vai chegar — digo, tampando meu marcador de texto.

— Mas não é justo que todo mundo que foi profissional e chegou no horário tenha que esperar por ela.

Esse é o comportamento normal de George — todo esse

74

papo de profissionalismo e de como ninguém além dele sabe do que se trata. Costumo ignorar. Como eu disse, é um preço pequeno a pagar por seu talento. Mas hoje minha paciência está curta. Minha mente está dividida entre o roteiro e a repercussão nas redes sociais. Ontem, eu até *sonhei* que checava nossas notificações.

— George — digo, levando as mãos à cabeça —, só...

— Tá. Vamos começar.

Olho surpresa para Jack. Ela não costuma ceder. Mas, a julgar por sua cara, também está sem paciência hoje.

— Vamos lá, pessoal.

Jack não grita. Ela só faz isso quando está brava, não quando está feliz, animada ou precisa que todos a ouçam. Sua voz para chamar a atenção é muito parecida com a de alguém que recita entediado a lista telefônica. Ninguém a escuta.

Não tenho nenhum problema em gritar.

— Gente! — Levanto e balanço os braços. — Vamos começar.

George senta na cadeira da escrivaninha com um sorriso convencido no rosto que estou morrendo de vontade de socar.

O quarto fica em silêncio, com exceção do som abafado que sai do fone de ouvido de Tony. Ele olha pra mim de seu lugar no chão, tira o fone e pede desculpas. Antes que desligue a música, percebo que está ouvindo *a si próprio*. Sua banda. Meu Deus. Se egos fossem bexigas cheias de hélio, este quarto ia se desprender da casa e voar diretamente para a lua.

Todo mundo volta a atenção para mim. Limpo a garganta e noto a marca de suor no meu colarinho. Eu devia ter ido para o corredor e baixado a temperatura antes de começar o discurso. Agora é tarde; já estou no modo "falar em público".

— Certo — digo. — Imagino que todo mundo já tenha lido meu e-mail e visto que viralizamos. Hoje de manhã, estávamos com quase sessenta e cinco mil seguidores, o que é incrível. Era isso que queríamos: mais exposição, mais envolvimento. Também parece que vamos ter dinheiro pra mais projetos. E, claro, se começarmos uma campanha de financiamento coletivo, vamos poder levantar uma quantia pra pagar por todo o trabalho que foi feito até agora. Queremos que todo mundo saia ganhando, porque sabemos o que é ser um artista quebrado, e Jack e eu achamos que é importante pagar pelo tempo de vocês sempre que possível.

— Amém — diz Brooks com uma piscadinha.

— Muito bem — continuo. — Mas vamos continuar trabalhando normalmente. Imprimimos o calendário final de filmagem, então peguem um e confiram com a agenda de vocês. Tentamos conciliar com os horários de todo mundo, o que significa que teremos que trabalhar em alguns fins de semana. Sentimos muito por isso.

Olho rapidamente para a lista de tópicos que fiz pela manhã.

— A principal coisa a ter em mente é que Jack e eu vamos cuidar de toda a interação nas redes sociais. Não queremos que se preocupem com isso, e vai ser mais fácil se respondermos às perguntas por meio da conta da Seedling. Então, se alguém taguear vocês individualmente, mandem pra gente.

A porta do quarto se abre e Eva entra com um sorriso constrangido no rosto.

— Desculpa — ela sussurra, chamando mais atenção ao andar na ponta dos pés e dar um pulinho para passar pelo Tony do que se tivesse entrado normalmente.

— Deixa eu ver se entendi — Tony diz. — Não é pra gente interagir com os fãs?

Ele sorri do mesmo jeito de quando faz um comentário engraçadinho na aula.

— Preferimos que não — digo. — Não por falta de confiança, mas sabemos que é exaustivo. E todos sabemos como as coisas podem se complicar nas redes sociais. Um comentário mal compreendido ou um deslize e vamos ter que correr atrás do prejuízo.

— Faz sentido — diz Serena. — Na verdade, fiquei feliz que tocaram no assunto. Tive algumas menções no Twitter, só coisas legais. Mas não quero ficar respondendo perguntas.

— Não vai precisar — digo. — Falando em perguntas, alguém tem dúvidas?

Serena levanta a mão e diz:

— Acho que não era disso que você estava falando, mas viram os GIFs que estão rolando? São *incríveis*. George e Eva, todo mundo está obcecado por vocês. Ou melhor dizer *Kevin*?

A pretensão no sorriso de George chega a seus olhos. Ele se inclina para trás na cadeira e dá de ombros, como se dissesse: "Não posso fazer nada se sou incrível".

Eva solta uma risadinha feliz e comenta:

— Ninguém é mais fã de Kevin que eu.

— E é o momento perfeito — diz Jay. — Imediatamente antes da cena do Scrabble. As pessoas vão pirar.

Ele está se referindo a um dos próximos episódios, que filmamos na semana passada. É a adaptação da cena em que o anteriormente rejeitado Liévin volta para uma Kitty transformada e propõe casamento outra vez — agora com melhores resultados. É a cena do beijo. Como eu esperava, depois de tanto trabalho, ficou perfeita.

Em *Famílias Infelizes*, Liévin não é um fazendeiro, mas um estudante de agronomia. Kitty não é uma moça da sociedade esperando uma proposta de casamento, mas sua amiga de infância e bailarina profissional. E é claro que Liévin não a pede em casamento, só a chama para sair. No livro, a reconciliação acontece por meio de um jogo de palavras, usando giz em uma mesa de carteado. Foi minha ideia adaptar a situação para uma partida de Scrabble. Jack já me mostrou a cena editada, que ficou muito fofa. Como Jay disse, é o momento perfeito. Nada agrada mais ao público que um casal adorável.

Então digo algo que não escrevi.

— Estou muito, muito animada.

Vejo sorrisos e sinais de positivo em resposta. O quarto está cheio de energia. Quase dá para ver os raios em néon rosa choque, verde e azul. Tem um sentimento comum no ar de que *algo está acontecendo*. Algo grande, incerto e incontrolável. Maravilhoso e aterrorizante. *Aterrorilhoso*. Acho que filmar sempre foi assim. A emoção do desconhecido nos testes. A grandeza de ver os diálogos que nós duas escrevemos saindo da boca dos atores e então transformar tudo isso em uma sequência de vídeos coerente. Nada se compara a isso.

— Só não podemos fazer como as bandas de rock — Tony

diz. — Não vamos deixar a fama nos levar ao abuso de substâncias ilícitas. E nada de vender as fofocas dos outros para os tabloides.

Todo mundo ri do comentário. Menos George, que diz:

—Vamos começar a filmar agora?

— Sim — digo. — Pra primeira cena precisamos de Liévin, Kitty, Dolly e Stiepan. Vamos pra sala. O resto pode passar as falas aqui ou ir comer alguma coisa na cozinha. Vamos fazer um intervalo meio-dia e meia pra almoçar. —Viro para Jack.

— Pronta pra acertar as luzes?

Não que eu precise perguntar. Ela está sempre pronta para entrar em ação.

Na sala, Jack trabalha em silêncio para acertar a iluminação de acordo com o posicionamento dos atores. Cumprimos nossa rotina de preparação: conferimos o branco, o som, o enquadramento. Então ela vai para a frente da câmera, bate a claquete e a cena ganha vida.

Sou a diretora oficial de *Famílias Infelizes*, já que decidimos que seria menos confuso se designássemos uma pessoa com quem os atores pudessem falar quando tivessem questões sobre interpretação ou movimentação. Isso também significa que Jack pode editar o material com mais objetividade, uma vez que não estava atrás das câmeras durante a filmagem. Hoje, tenho pouca coisa a dizer. Ninguém esquece as falas, usa uma cadência estranha ou comete gafes. Os atores estão acertando tudo de primeira.

Depois de uma hora, Jack pede um intervalo para verificar o som gravado. Vou para a cozinha, onde montamos uma central com lanchinhos, pegar umas cenouras. Entro e pego Tony e Jay no meio de uma discussão.

Jay está apontando um garfo de plástico para o olho de Tony enquanto grita:

— Espero que saiba que a culpa é sua se ela morrer! Nunca se esqueça disso: a culpa é sua.

— Ela não vai morrer — diz Tony, branco como papel. — Ela não vai morrer.

Fico congelada na porta, em transe. Tony e Jay estão na frente da geladeira, a menos de um passo um do outro, os corpos tensos e inclinados. Os ombros de Tony apontam para Jay em um ângulo estranho. Eles estão apenas ensaiando, mas tenho um pressentimento de que algo ali é um pouco mais real do que deveria.

— Cuidado pra não se matarem antes da cena — digo, me dirigindo ao balcão.

Os dois se assustam. Jay abaixa o garfo e dá um passo para trás. Tony ri. Ele tem uma risada incrível: áspera, vasta e meio autodepreciativa.

— Não posso prometer nada — Tony diz. Ele se estica à minha frente para enfiar o dedo no pote de molho ao lado da travessa de legumes.

— Meu Deus, Tony — reclamo, afastando a mão dele. — Isso é nojento.

Minha reação é exatamente o que ele esperava, mas há certas regras de higiene que são inquebráveis. Como ele sobrevive às festas que frequenta com esse tipo de comportamento? Será que todo mundo está bêbado demais pra notar? Enquanto pego uma porção de cenourinhas, Tony diz:

— Lambi essas daí.

Lanço um olhar de "É melhor que esteja brincando" para ele e mordo uma das cenouras.

— A cena de vocês é em dez minutos — digo. — Cadê a Serena?

— No seu quarto — Jay responde. — Ela disse que estávamos atrapalhando, então subiu.

Não é difícil acreditar. Se a gritaria não fosse o bastante, a tensão entre Jay e Tony certamente seria. Parte de mim quer empurrar os dois e gritar: "Por que vocês não se pegam de uma vez?". Mas a maior parte não esquece que Tony e Jack eram um casal há poucos meses.

Mesmo agora que estão separados, acho que Jay nunca vai fazer nada. Não porque Tony vá rejeitá-lo — ele foi com um garoto ao baile de formatura —, mas porque ele saía com Jack, e todos estão envolvidos na websérie. É como quando um drama chega à nona temporada e os roteiristas não têm mais o que fazer, então começam a formar casais com os personagens principais.

Subo para o quarto. A porta está entreaberta, então dou uma leve batida antes de empurrá-la. Encontro Serena inclinada sobre o roteiro, de olhos fechados e com os dedos pressionados contra as têmporas para se concentrar.

— Ei — chamo baixo. — Sua cena é em dez minutos.

Ela me olha meio confusa, mas sorri.

—Valeu.

Já estou fechando a porta quando Serena me chama.

—Tash?

— Oi?

— Certo, acho que vou ser meio ridícula agora, então pode me ignorar se quiser, mas… fico muito feliz que a gente tenha se conhecido no verão passado.

— Eu também.

Serena levanta os ombros, com um sorriso no rosto.

—Tenho um pressentimento de que o que estamos fazendo é algo que só acontece uma vez na vida, sabe?

Concordo com a cabeça.

Sei exatamente o que ela quer dizer.

SETE

FILMAMOS ATÉ AS ONZE DA NOITE. É uma hora a mais do que tínhamos planejado, mas ninguém tem planos para a noite de domingo, e um ar de animação toma conta da casa. Meus pais estão respeitosamente recolhidos no quarto com comida chinesa, então tomamos conta do lugar. Foi um dia raro de filmagem com todo o elenco, em que fizemos cenas com quase todos os personagens. Agora já temos mais quatro episódios importantes gravados.

Nas próximas semanas, vamos retomar nosso calendário normal, que normalmente só requer a presença de Liévin e Kitty ou Anna e Vrónski, os quatro protagonistas. Costumamos filmar com duas semanas de antecedência, o que quer dizer que Jack vai colocar no ar esta semana o que filmamos no meio de maio. É uma programação apertada, que precisa levar em conta as férias, peças escolares e outros compromissos dos atores, mas tenho tudo organizado numa planilha de Excel que Jack chama de "Autêntica demonstração de nerdice". De acordo com a programação, agora completa, vamos filmar até a primeira semana de agosto.

Acordo à uma da manhã morrendo de fome. Esquento um prato de arroz de coco que encontro na geladeira e vejo uma série qualquer, esperando que a luz da tela canse meus olhos. Não cansa. Com a cabeça acelerada, não consigo pegar no sono por mais uma hora. Quando acordo na segunda de manhã estou um pouco enjoada e com dor de cabeça.

É meu primeiro dia de trabalho, claro. Com muito esforço, me arrasto da cama e me olho no espelho do banheiro. Decido que meu cabelo não está tão oleoso, então posso dormir mais um pouco e depois só fazer um coque. Volto para a cama por mais dez minutos. Onze. Doze. Então chego à feliz conclusão de que, se preciso de dinheiro para uma faculdade particular, tenho que ir trabalhar.

É meu terceiro verão na Old Navy, uma loja de roupas e acessórios, no shopping. É chato, mas tenho um bom desconto como funcionária e gosto do pessoal de lá.

— Oi, Ethan — digo, entrando e acenando para Ethan Shorte, um aluno da Universidade do Kentucky que trabalha aqui desde agosto. É meio quietão, mas nos damos bem.

Vou até a salinha nos fundos para guardar minha mochila. Dou uma olhada no celular pela última vez antes de encarar as sete horas sem qualquer contato com o mundo externo. Thom me mandou uma mensagem. Não, *duas*.

Meu café da manhã cria asas no meu estômago. Ainda que tenhamos trocado números de celular há mais de uma semana, nenhum de nós escreveu. Acho que estávamos os dois tentando parecer tranquilos e provar que não somos o tipo de pessoa irritante que escreve sobre qualquer coisa. Mas isso começou a me incomodar no fim de semana. Será que ele tinha mudado de ideia? Talvez a coisa — o que quer que fosse — não estivesse evoluindo. Talvez só continuássemos trocando e-mails como se toda a história de celular nunca tivesse acontecido.

Mas não. Com duas simples mensagens, Thom tranquilizou minha ansiedade.

Um, dois, três, testando.

(É o Thom, caso você ainda não tenha me adicionado.)

Caso eu ainda não o tenha adicionado. Rá! Thom não precisa saber que o adicionei no instante em que peguei seu número. Fico olhando para as mensagens, tentando formular uma resposta.

EI! Tash aqui, te lendo perfeitamente bem, digito.

Franzo a testa, preocupada com a exclamação. Pareço entusiasmada demais, ainda mais com as maiúsculas do "ei". Então começo a pensar no restante. Que idiota. É claro que posso ler a mensagem, dã. Talvez eu deva ser ainda mais direta. Só o "ei". Em maiúsculas. Sem ponto de exclamação. Tento editar o texto, mas envio a mensagem sem querer.

Droga.

Espero ter um monte de camisetas para dobrar hoje. A distração vai ser muito bem-vinda.

Quando chego em casa, Klaudie está vendo *Dancing With the Stars* em DVD. Ela para o vídeo e vira o pescoço para mim na cozinha.

— Oi — diz.

— E aí? — pergunto, chegando com um pacote de ervilha com wasabi. Afundo no sofá ao lado dela e estico o salgadinho em sua direção.

Klaudie balança a cabeça negativamente. Está com uma expressão estranha no rosto, como se fosse espirrar.

— Por que essa cara? — pergunto.

— Que cara?

Ela parece irritada, o que me irrita também e me faz dizer:

— Parece que você está gripada.

Sua cara se transforma de estranha em feia.

— Quero falar com você.

— Tá. — Enfio mais ervilhas na boca. — Pode falar.

— Será que você pode parar de comer por um instante? Esse barulho é nojento.

Aperto os olhos. Ponho mais ervilhas na boca e mastigo do jeito mais exagerado que consigo. Não tenho orgulho de mim mesma, mas é assim que funciona. Quando a Irmã Um diz algo irritante, a Irmã Dois *precisa* ser ainda mais irritante, e a coisa evolui infinitamente, até que as duas estejam se sentindo supermal e continuem assim até o dia seguinte, quando vão fingir que nada aconteceu.

Mas como não quero que isso se transforme numa briga, fecho o pacote de ervilhas e o deixo de lado. Cruzando os braços, digo:

— Feliz?

—Você é tão infantil — Klaudie diz.

— Era isso que você queria dizer?

— Não. Hum. Bom, não tem um jeito legal de contar.

— Fala logo. O que foi?

Então Klaudie desembucha:

— Não posso mais fazer parte de *Famílias Infelizes*.

Olho para ela. Meu rosto não revela nada. Na verdade, não tenho certeza do que estou sentindo. O pacote de ervilhas começa a abrir sozinho, fazendo um barulho alto e incômodo.

— Quê? — pergunto.

— Faz tempo que quero dizer isso. Bem antes da Taylor Mears. Pensei a respeito e... não vou conseguir filmar tudo aquilo. Sou voluntária no acampamento de engenharia da Universidade do Kentucky e isso vai me deixar muito ocupada. Se tiver que filmar também... E quero passar um tempo com os meus amigos. É meu último verão em Lexington. Preciso aproveitar um pouco.

Balanço a cabeça devagar.

— Mas você gosta de atuar.

Klaudie solta um longo suspiro.

— Não estou dizendo o contrário. Eu gosto. Mas tem outras coisas de que gosto mais.

— Aham. Tipo Ally e Jenna.

— É, tipo Ally e Jenna. São minhas melhores amigas e vamos nos separar. Vai ser bom passar o verão sem estresse, sem estar atolada de coisas. Desculpa se esse projeto significa tanto pra você, mas meu papel é pequeno e...

— Exatamente — interrompo. — Seu papel é pequeno. Não são tantos dias de filmagem. Nove, acho. Quase nada.

— São *três semanas inteiras*. É tipo um terço do verão. Foi difícil decidir, mas quero parar já. Preciso fazer o que é melhor pra mim.

Nem consigo olhar para ela. Mal posso ver minha irmã agora. Em vez disso, encaro a televisão. A imagem está congelada em uma atriz loira com um vestido rosa brilhante de chá-chá-chá e em um homem com uma gravata-borboleta combinando. Percebo com raiva que meus olhos estão cheios de lágrimas.

— Então essas coisas são mais importantes pra você — digo. — O acampamento idiota de engenharia, Ally e Jenna. Eu, não.

— Estou falando da série, Tash, não de você. — A voz de Klaudie é surpreendentemente gentil. — Sei que deve estar pensando que sou uma imbecil, mas sinto muito mesmo. Dei uma olhada nas minhas cenas. Não vai ser muito difícil cortar minhas falas.

Viro para Klaudie.

—Você não tem ideia, né? De quanto trabalho dá fazer a programação. De quanto eu me esforço para escrever um roteiro. Não é simples assim. Não podemos simplesmente cortar a sua parte. Muita coisa depende da Dolly. Outras falas. O desenvolvimento das personagens. E quanto ao Brooks? Pensou sobre isso? A maior parte das cenas dele é com você. O que vamos fazer com elas agora, jogar no lixo? O tempo de tela do cara vai ser reduzido pela metade.

— Não precisa gritar comigo. — Klaudie abraça os joelhos, e eu fico ainda mais brava porque ela está agindo como se fosse a vítima. — Eu disse que sinto muito. Não posso fazer parte de uma websérie agora.

— Não, você não sente. É tão egoísta... Nem tem uma boa razão pra desistir.

— Eu tenho uma...

— Ah, é, foi mal. Você tem uma ótima razão. Quer "aproveitar o verão". — Faço aspas irônicas no ar. — Como se filmar com a gente fosse um inferno.

— Bom, às vezes é.

— O quê?

Os olhos distantes de Klaudie se afiam.

— Eu disse que às vezes é. Você pode fazer com que seja um inferno. Fica tão tensa e focada na "estética", nos detalhes técnicos e em acertar a tomada que esquece que algumas pessoas são seus amigos. E que eu sou sua *irmã*.

— Isso é porque eu corrigi suas falas no domingo? Faço isso com todo mundo.

— Não, não é por isso... — Klaudie balança a cabeça e solta um grunhido frustrado. — Já falei tudo. É óbvio que nenhum motivo vai ser bom o bastante, então você vai ter que se conformar, está bem? Estou fora.

Balanço a cabeça. De novo e de novo.

—Você é inacreditável.

Mas ela está certa quanto a uma coisa: nenhuma razão que possa me dar para sua traição é boa o bastante. Não aguento ficar mais um segundo com ela. Pego minhas ervilhas e saio correndo dali.

★

— Se ela quer sair, não podemos fazer nada.

Jack soa calma e quase entediada no telefone. Tento não me irritar. Ela sempre soa assim, não importa se está falando sobre os caras em quem está interessada ou sobre suas bandas preferidas.

— Klaudie assumiu um compromisso — digo. — Ela *prometeu*.

— É, e quebrou a promessa. A vida é assim. Acontece. Vamos ter que dar um jeito de tirar Dolly dos roteiros de um modo que Brooks ainda tenha cenas boas.

Fico olhando para as luzinhas na cabeceira da minha cama, até que meus olhos começam a lacrimejar e minha vista embaça.

— Estou puta — digo.

— E tem todo o direito. Mas é a Klaudie. Ela não vai mudar de ideia, precisamos lidar com isso.

—Você não acha... — começo, mas me interrompo.

— O quê?

— Que vai ter um efeito negativo sobre todo mundo? Tipo, que quando ela sair todo mundo vai pensar nessa possibilidade?

— Claro que não. Você não viu a galera ontem? Está todo mundo tão animado quanto a gente. É uma ótima exposição, algo bem legal de colocar no currículo. Klaudie não é atriz, então não liga pra isso. Ninguém mais vai sair, te garanto. Seria idiotice.

Lembro o que Serena me disse ontem: "O que estamos fazendo é algo que só acontece uma vez na vida".

— É — eu digo. — Acho que sim.

— Bom, como andam as coisas no seu cantinho da internet?

Jack está se referindo à minha lista de tarefas. Faz mais de uma semana que Taylor Mears falou de nós. Os números de seguidores e views continuam crescendo, mas num ritmo muito menos intenso. O mesmo acontece com as redes sociais. Passo cerca de uma hora por dia cumprindo minhas tarefas.

— Tudo bem — digo. — Muitos comentários positivos. Retuitei algumas coisas agora há pouco.

Não menciono o e-mail de cinco parágrafos que mandei para Taylor Mears, agradecendo pela menção. Pensando bem, talvez tenha exagerado. Posso ter usado a palavra "incrível" vezes demais.

— Eu realmente queria ter uma assistente — Jack diz. — Escolhi esse trabalho pra não ter que interagir com as pessoas. E isso é interagir com as pessoas. Não curto.

Sorrio ao telefone. Jack tem necessidade de me lembrar com frequência que não gosta de socializar.

— Antes que a gente se afaste demais do papo da desistência — digo —, preciso dizer uma coisa.

— Tash. Se você vai me deixar na mão, vou...

— Fica quieta e me ouve. Decidi dar uma parada no vlog. Não acho que posso fazer a websérie *e* todo esse trabalho nas redes sociais *e* a Old Navy *e* manter o vlog. Tenho que largar alguma coisa.

— Ah. É, faz sentido. Você pode retomar quando as coisas se acalmarem.

— Foi o que eu pensei — digo, embora sinta uma dor nas costelas. Achei que Jack poderia tentar me dissuadir, dizendo algo como "Ah, mas todo mundo ama *Chá com Tash!*". Mas dar uma parada no vlog é a única solução, e não é como se eu fosse mudar de ideia caso ela dissesse o contrário.

— Bom — Jack diz. — Agora tenho que voltar para a cabeça da Sally.

Isso poderia soar estranho, mas, vindo dela, não é. Alguns anos atrás, Jack começou a fazer bonecos de argila dos personagens do Tim Burton. Ficou muito boa nisso e vende cerca de doze por semana pela internet. Agora que não tem mais o canal no YouTube com Tony, é especialmente devotada à sua loja virtual na Etsy.

Como sempre faço quando ela menciona seu empreendimento, começo a cantar a música de Sally em *O estranho mundo de Jack*:

— *Eu vejo o céu escureceeeer…*

— Boa, Tash.

— *E não há lua a brilhaaaaaar…*

—Vou desligar agora.

Ela desliga.

Não quero passar outra noite sem dormir, então desço para fazer um chá de camomila — enviado de Auckland no Natal pela minha avó. A televisão está ligada, o que é uma raridade depois das dez. Ponho água na chaleira elétrica e vou dar uma olhada. As luzes estão acesas e está passando um filme em preto e branco da Bette Davis em volume baixo. Minha mãe está encolhida no canto do sofá. Não está olhando para a TV, mas para a parede ao lado. E está chorando.

Minha garganta seca. Estou acostumada com as lágrimas um dia por ano — 14 de janeiro, quando minha mãe deixou a Nova Zelândia. Mas encontrá-la assim numa noite qualquer é inesperado e... meio constrangedor.

A água começa a ferver. Minha mãe olha na direção do som e me vê. Dou um sorriso fraco e tento pensar no que dizer.

— Tasha — ela diz, passando a mão nos olhos e forçando um sorriso. — Não tinha visto você.

— Estava fazendo chá.

— Hum.

— Quer? — ofereço, e é a primeira coisa sensata que digo.

Um bom tempo se passa enquanto minha mãe recupera a capacidade de falar com tranquilidade.

— Quero.

Balanço a cabeça e volto para a cozinha quando ouço a chaleira desligar. Faço duas canecas de chá e volto para a sala. Entrego uma para minha mãe e sento ao lado dela no sofá.

Não tenho nada a dizer, então só fico por perto e tomo meu chá enquanto Bette Davis preenche cada momento com a certeza de seus olhos arregalados. Um tempo depois, quando já terminei meu chá, minha mãe diz, baixinho:

— Estou com saudades.

Sei que é mais uma confissão que um comentário. Mesmo agora, depois de vinte anos, minha mãe sente a dor tão forte quanto no dia em que deixou sua casa e partiu para o outro hemisfério. Também sei que fica frustrada por se sentir assim. Ela acha que é uma fraqueza. Mas não acredito que seja porque não medita o bastante ou porque é muito apegada ao mundo físico. Minha mãe também é uma filha. Ela é humana e tem sentimentos. Feridas profundas nem sempre cicatrizam.

Minha mãe era — é — muito próxima dos pais. É filha única, e eles eram tão apegados quanto uma família pode ser. Quando estava na faculdade, ganhou uma bolsa para estudar um semestre no exterior. Ela estava escrevendo sua tese em linguística sobre dialetos do sul dos Estados Unidos e aquela pareceu uma oportunidade de ouro, então foi embora. Ela conheceu meu pai e de repente foi ficando, ficando e *ficando* no exterior. Para estudar. Para fazer doutorado. Para casar com Jan Zelenka. Para começar uma família. Do jeito que conta, não é como se tivesse se arrependido. Ela ama meu pai e nossa vida em Lexington. Mas amava sua vida em Auckland também. E quando saiu de lá não sabia que não voltaria por oito anos. Foi difícil para os pais dela e para ela também. Mesmo que se falem por Skype toda semana, não é a mesma coisa.

Eu entendo. Seria complicado deixar tudo para trás — minha mãe, meu pai, Jack, Paul e todos os meus lugares favoritos. *Vai ser* complicado, quando eu for para a Vanderbilt.

Minha mãe apoia a cabeça na minha. Somos menos mãe e filha agora e mais uma entidade sem nome. Ela me disse uma vez, há quase um ano, que sabe que não vai chegar à iluminação nesta vida. Deixou de ser uma possibilidade quando saiu de Auckland, porque se separar da família era uma dor da qual nunca ia se recuperar. Discordo. Acho que *justamente* porque minha mãe sofreu nessa vida ela *merece* uma existência melhor na próxima. Sei que essa perspectiva não está exatamente de acordo com o que ouvi no centro budista, mas me recuso a acreditar que minha mãe tenha um revés espiritual só porque está a alguns milhares de quilômetros do lugar onde nasceu.

Fico ao seu lado. Meus dedos ainda estão quentes da xícara de chá. Sinto uma lágrima escorrer pela minha cabeça. Minha mãe chora em silêncio.

— Te amo — digo.

Na tela, Bette Davis desce uma escada usando diamantes e um vestido de cetim deslumbrante.

Sinto mais lágrimas. Pego no sono assim e só acordo bem mais tarde, encolhida no sofá, quando minha mãe está cobrindo minhas pernas. Finjo que ainda estou dormindo, e logo mais estou.

De manhã, subo a escada e me tranco no quarto. Abro o laptop e clico no documento do Final Draft nomeado "FI 15.2". De maneira calma e eficiente, corto todas as falas de Klaudie.

OITO

ESTOU DE VOLTA AO SHOPPING NO DIA SEGUINTE. As horas passam enquanto registro a compra de um chinelo ocasional e fico jogando uma bolinha luminosa do meu caixa para o de Ethan. A trilha sonora é uma boa mistura de remixes de músicas pop antigas como "Walking on Sunshine" e "Ain't No Mountain High Enough". No geral, é uma manhã entediante, mas saio de lá animada e paro na praça de alimentação para comprar um sorvete. Sento em um banco e fico lendo as mensagens que Thom me mandou enquanto eu estava trabalhando.

Parece que meu "te lendo perfeitamente bem" não me rendeu vergonha eterna. Thom só me respondeu com um "ÓTIMO" inofensivo, e de alguma forma passamos a falar de comida e bebida. No momento, ele está exaltando os méritos do chá de bolhas, e está horrorizado com o fato de que nunca experimentei.

É chocante, Tash. Extremamente chocante.

Você não é uma pessoa completa se não colocou uma bolinha de tapioca na boca.

Não sabia que o Kentucky era TÃO atrasado.

A última mensagem me deixa revoltada. Sei que Thom está brincando (ou de papinho?), mas realmente me ofende quando as pessoas tiram sarro do lugar onde moro. Como se eu vivesse no meio do mato, usasse um daqueles chapéus de pele de guaxinim e falasse como os caçadores malucos. do reality show *Duck Dinasty*. Tudo bem, Thom pode ser de Los Angeles, e isso de alguma forma faz dele descolado, mas não é como se estivéssemos em 1805, quando as novidades demoravam décadas para chegar aos estados mais afastados. Vivemos no século XXI, quando a moda em Lexington está apenas uma estação defasada em relação às principais cidades e todo mundo tenta usar o mesmo sotaque padronizado do Meio-Oeste dos apresentadores de telejornais.

Escrevo para ele: *EU SEI O QUE É, faz um século que tem aqui. Só nunca tomei.*

Então acrescento: *Prefiro um frapê.*

Só para o caso de Thom querer me comprar um quando nos encontrarmos um dia. Não que eu fique pensando nisso. Não que tenha imaginado Thom me levando ao Starbucks, onde ficaríamos conversando por cinco horas inteiras. Ou como ele ficaria chupando o último pedacinho de café congelado, mas de um jeito fofo. Ou como, quando finalmente fôssemos embora, porque já estariam fechando, ele casualmente colocaria o braço nos meus ombros e sussurraria: "Estou tão feliz de ver você".

Como se eu fosse ficar pensando nisso. Até parece!

Meu coração acelera quando vejo que ele está escrevendo. *Argh*, ele escreve. *Sério? Frapê? É o martíni do mundo do café.* Respondo: *E o que você toma? Aposto que é um purista. Só aceita espresso triplo.* Thom escreve: *Você se acostuma. Não se preocupe, um dia vai acontecer com você.*

Franzo a testa, tanto por causa da mensagem quanto por causa do sorvete.

Talvez Thom realmente esteja flertando comigo, mas, se é isso mesmo, não estou gostando. Não quero ter que ficar defendendo minhas preferências de bebida e não gosto que ele me trate como se fosse ingênua. Não é legal; é algo que seu irmão mais velho e irritante faria.

Mas não um irmão mais velho como Paul. Ele e Jack brigam, mas nunca o vi zoando a irmã. Acho que isso tem a ver com o fato de que Paul sofria muito bullying no ensino fundamental. A coisa ficou tão ruim que os pais dele preferiram que repetisse de ano por causa disso e dos problemas em sala de aula.

Paul.

Quero falar com ele sobre Klaudie. Liguei para Jack esperando compaixão, o que foi idiota da minha parte. Ela nunca se compadece, esse é o papel de Paul — e ele o desempenha muito bem. Decido dar uma passada na casa deles mais tarde, depois que fizer o vídeo anunciando a parada no vlog. Jack vai estar trabalhando no petshop, então vou ter Paul só para mim por algumas horas. Faz algum tempo que não ficamos sozinhos.

Decido não responder à mensagem de Thom. Pelo menos por enquanto.

E aí, pessoal? Sei que este vídeo está atrasado e peço desculpas por isso. Como vocês devem saber, nossa websérie Famílias Infelizes *bombou na semana passada, e as coisas estão muito loucas por aqui. Mas de um jeito incrível! Como Jack e eu queremos fornecer o melhor conteúdo possível pra vocês, decidi dar um tempo no* Chá com Tash, *para poder dedicar toda energia possível a* Famílias Infelizes. *Vou sentir falta de tomar chá e conversar com jovens cavalheiros e damas como vocês, mas espero voltar com novos vídeos no outono, assim que terminarmos as filmagens de...*

Dou um sorriso. Sinto que estou dizendo "Famílias Infelizes" demais em tão pouco tempo. Vou para trás da câmera e aperto o pause, encerrando a tomada. Talvez eu deva dizer "assim que terminarmos as filmagens *da websérie*". Melhor.

Esse vídeo é necessário. Não posso abandonar meu vlog sem explicação ou os seguidores vão pensar que eu e Jack não nos dedicamos a nossos projetos. Mas, lá no fundo, eu me pergunto se alguém se importa. No momento, parece que as pessoas só querem saber de *Famílias Infelizes* e do relacionamento entre Kitty e Liévin. A coisa vai sair de controle amanhã, quando Jack subir o episódio do Scrabble. O anúncio do vlog provavelmente vai passar despercebido em meio a toda a confusão.

Não é que eu esteja com ciúmes da minha própria websérie. Mas gosto muito de fazer *Chá com Tash*. Pode ser um programa simples e meio superficial, mas é justamente isso que o torna tão divertido. Não tenho que gravar uma cena quinze vezes para acertar o tom dos atores, a iluminação e o enquadramento. Só preciso sentar diante de um fundo composto por bandeirinhas azuis e meus livros favoritos e *falar*. Experimento chás diferentes. Comento JJ Feild como o sr. Tilney na adaptação subestimada da ITV de *Northanger Abbey*. É a coisa mais simples do mundo. Sou apenas *eu*, falando de algo que adoro.

Famílias Infelizes requer muito mais tempo, esforço e planejamento. Não tenho medo; amo planejar e sou ótima nisso. Mas, de vez em quando, gosto de fazer algo que não dê tanto trabalho.

Tento me lembrar de que pelo menos algumas pessoas por aí gostam do meu vlog. Elas deixavam comentários encorajadores bem antes do vídeo da Taylor Mears. Pelo menos algumas delas vão sentir minha falta. E vão ficar felizes quando eu voltar com o vlog. E eu *vou* retomar. Assim que essa loucura estiver sob controle.

Eu me inclino para olhar meu reflexo no espelho do armário. Limpo o lápis de olho borrado e enfio uma mecha de cabelo solta no coque bagunçado. Respiro algumas vezes, então vibro os lábios como Serena e Jay fazem para se aquecer antes de suas cenas.

Ligo a câmera de novo e volto à posição.

E aí, pessoal? Sei que esse vídeo está atrasado...

Quando termino de filmar, mando uma mensagem para Paul. *Posso ir aí?*

Ele responde de imediato: *Achei que não fosse pedir nunca.*

Sorrindo, calço as sapatilhas e saio, passando pela cozinha para pegar uma caixa de cookies de chocolate branco com macadâmia. Paul provavelmente vai precisar de sustância. Jack sempre reclama que o pai e o irmão morreriam se ela não os forçasse a comer quando a mãe estava viajando a trabalho, o que acontecia sempre. Os dois ficam tão envolvidos no que quer que estejam fazendo que se esquecem de comer, o que talvez dê para entender no caso do sr. Harlow, mas não de um adolescente, capaz de comer uma pizza inteira sozinho sem pensar. Paul diz que já cresceu tudo o que tinha pra crescer quando fez dezessete, o que pode ser verdade. Lembro que comecei o último ano bem mais alta que ele e terminei bem mais baixa. Jack e eu brincávamos que ele devia ter estrias por todo o corpo de tão rápido que a pele tinha esticado.

Vou para os fundos da casa térrea, planejando entrar pela porta de correr do porão. Através do vidro, vejo Paul largado em um pufe, jogando videogame. Paro e fico olhando.

Nunca vou dizer isso a ele, porque seria esquisito, mas adoro seu rosto quando está jogando. Fica todo tenso. A seriedade e a vivacidade nos olhos dele são desconcertantes. Nessas horas, Paul parece atemporal, como se pudesse estar em meio aos troianos ou na Guerra Civil americana. Fico estranhamente orgulhosa dele, querendo gritar: "Este cara, tão humano e intenso, é meu amigo e merece um poema épico ou, pelo menos, uma pintura".

Também é um rosto que me assusta um pouco, pela mesma razão: porque Paul parece tão intenso.

Abro a porta e ouço o som de trompete e de outros metais. Ele olha para mim, pausa o jogo e deixa o controle de lado.

— Ainda bem que você chegou — diz. — Estou péssimo. Quase morrendo.

— Isso vai te animar — digo, agitando os cookies.

Sento no pufe e abro a caixa e o pacote laminado dentro dela. Paul pega um monte de cookies e enfia na boca, fazendo barulho ao mastigar. Reviro os olhos. Em poucos minutos, ele passa de semideus a ogro. Tão estranho e inconstante. Mas tão, tão intenso.

Paul pega o controle remoto embaixo da perna e desliga a televisão.

— Pode continuar jogando — digo, pondo um braço nas costas dele quando ele chega mais perto de mim.

— Tudo bem, eu estava morrendo de verdade.

— Você só está sendo educado.

Paul pega mais uma porção de cookies.

— Educado? — diz, com a boca cheia, sorrindo com sua própria resposta.

— Um bom anfitrião, quero dizer. Você nunca deixa a tv ligada quando estou aqui.

— É falta de educação — diz Paul.

— O que quer dizer que você é educado.

Paul tenta parecer irritado, o que faz suas bochechas ficarem estranhas.

— Para de falar isso. Tenho uma reputação a manter.

— Humpf.

— Preciso me redimir. — Paul levanta e limpa a fina camada de migalhas de cookies que se acumulou na camiseta.

—Vem, vamos jogar pingue-pongue.

— Isso é se redimir? — pergunto, seguindo-o da sala de entretenimento até o salão de jogos. (Tudo no porão dos Harlow tem um nome interessante. Nós nem temos um porão, só um quartinho minúsculo que usamos quando há ameaça de tornado.)

— É, porque vou acabar com você — Paul diz. — Anfitriões normalmente deixam os convidados ganharem.

— Isso é idiota. E você não vai acabar comigo.

Mas provavelmente vai. Paul é bem melhor que eu em qualquer coisa que requer coordenação. Mesmo assim gosto de jogar com ele, porque sou boa o bastante para que o jogo seja interessante e não um massacre total.

A mesa de pingue-pongue é azul, cor da Universidade do Kentucky. As raquetes são azuis e brancas. As bolas são brancas com logos da Universidade. As paredes do salão de jogos estão cobertas de pôsteres antigos fazendo propaganda de campeonatos nacionais e recordes quebrados. (Por exemplo: PRIMEIRO TIME DE BASQUETE UNIVERSITÁRIO A TER DUAS MIL VITÓRIAS! É. Os fãs do time da Universidade do Kentucky são exibidos.)

— Pronta? — Paul pergunta, pegando uma raquete e jogando para mim. Eu a seguro no ar. Ele sorri, claramente impressionado. Também sorrio, claramente orgulhosa.

—Vamos lá — digo.

Paul começa com um saque desumano de tão rápido, que pinga do meu lado da mesa e depois no chão antes que consiga pensar em fazer alguma coisa. Mas isso não me preocupa muito. Ele vai ganhar, mas também vou marcar alguns pontos; Paul sempre fica meio preguiçoso depois de alguns saques. Nos minutos que se seguem, a sala se enche de gritos de comemoração e de frustração, risadas e, além de tudo isso, o incessante "ploque-ploque" da bolinha. Paul acaba de marcar cinco pontos seguidos.

Quando perco mais um, levanto a raquete e grito:

—Você é mal-educado e um péssimo anfitrião, ouviu?

Ele faz uma reverência. Como estou tomada pela adrenalina, subo na mesa e deito. Concluindo que é uma boa ideia, Paul faz o mesmo do outro lado. Dou uma olhada e percebo como aquilo parece desconfortável — as pernas de Paul estão penduradas do lado de fora da mesa. Ele se contorce, tentando se acomodar, e acaba abraçando os joelhos.

Ficamos em silêncio por um tempo. Viro para Paul de novo, apertando os olhos para ter uma visão melhor de seu rosto através da rede.

— Tudo bem?

Ele ri.

Eu me apoio em um cotovelo.

— Paul?

— Tudo bem. Nossa, Tash, você pira se eu fico mais de quinze segundos em silêncio.

— Não é verdade.

Silêncio.

Mais silêncio.

— É verdade — admito.

— Então vamos falar sobre você — ele diz. — Tash Zelenka, como está lidando com a fama?

Estremeço.

— É surreal e meio irritante.

— Sério? Achei que estivesse curtindo.

— E estou. É demais. Todos os comentários. E alguém postou uma fanart de Kevin ontem que era, tipo, incrível.

— Quem é Kevin?

— Nem vem — digo. — Jack me disse que você já perguntou pra ela. Você sabe o que é, não sabe? Diz que sim. É importante pra mim.

— É, eu sei. Teria que ser muito burro pra não saber com todo o tempo que passo com vocês. Mais burro do que já sou.

Jogo uma bola de pingue-pongue na cara dele.

— Ei! Por que isso?

—Você fez de novo — digo.

— O quê?

— Desdenhou de si mesmo. Para com isso.

—Você é minha psicóloga por acaso?

—Você é inteligente, Paul. Muito inteligente.

Ele nem comenta. Só diz:

— Jack contou que Klaudie pulou fora. Sinto muito. É um saco.

Não gosto que Paul mude de assunto, mas a verdade é que quero muito falar disso.

— Ela me pegou desprevenida — digo. —Toda a atenção

já tem sido estressante o suficiente, agora tenho que reescrever o roteiro.

— Não tem um livro sobre como lidar com a fama e suas complicações, né?

— Não. — Pouco depois, complemento: — Talvez Thom possa dar algum conselho.

Paul fica quieto por um momento.

— Quem é Thom?

— Já falei dele.

— Acho que não.

— Hum. Acho que falei pra Jack.

— Então, quem é Thom?

— Bom, antes de tudo, é Thom com "h".

Paul dá risada.

— Que horrível! Bem pretensioso.

— Não é, não — digo, incomodada. — É diminutivo de Thomas, então é... o certo. Ele também é youtuber. Foi assim que a gente se conheceu. Faz um tempo que somos amigos.

— Amigos de internet?

— É, Paul, amigos de internet. Amigos que por acaso se conheceram na internet. Não é tão esquisito.

— Vocês já se encontraram?

— Não.

— Conversam por telefone?

— Não. — Acrescento rápido: — Mas trocamos mensagens e e-mails, e sei que ele existe e não é um serial killer, porque vejo seus vídeos toda semana. É uma pessoa normal.

— Ele é bonito?

Silêncio. Fico sem palavras.

— Foi mal — Paul diz. — Eu não quis...

— Não, tudo bem. Acho que ele tem uma cara boa.

— Sério?

A mesa faz um estalo. Consigo ver o rosto ansioso de Paul. Olho nos olhos dele.

— Posso achar alguém atraente e não querer que tire a roupa, sabia?

Paul balança a cabeça devagar.

— Desculpa. Eu não sabia. Quer dizer, depois do que você... Desculpa. Eu só concluí.

Uma lembrança paira sobre nós — uma conversa de meses atrás que parece que aconteceu há uma hora. Mas não quero pensar nisso e não quero falar a respeito. Então digo:

— Não precisa se desculpar.

— Hum. Então. Desculpa, mas você *gosta* desse cara?

Tenho certeza de que meu rosto está brilhando de tão vermelho.

— Hum... Acho que sim. Mas não... Quer dizer, tipo...

— Beleza. Entendi.

— Tá.

Percebo que estou tensa.

— Hum... *Thoooom*. — Paul prolonga o "o" enquanto testa o nome com um sorriso.

Queria ter outra bola de pingue-pongue para jogar nele.

— Seu nome não é melhor.

— Não disse que era.

Sinto alguma coisa na cabeça. Paul está me batendo de leve com a raquete.

— Que foi? — pergunto.

—Vamos jogar mais uma — ele diz. —Você quase ganhou a última.

— Só porque você pegou leve comigo.

— Isso é um insulto. Dei tudo de mim.

Sento e balanço a cabeça.

—Você só quer acabar comigo pra se sentir melhor.

—Talvez.

— Ridículo — digo, jogando as pernas pra fora da mesa.

Um som forte ecoa no salão. Perco o equilíbrio de repente, sem motivo. Escorrego da mesa, que está em um ângulo estranho. Ouço Paul gritar antes de cair com ele, sentindo uma dor na perna.

Fico atordoada por alguns momentos antes de perceber o que acabou de acontecer.

E então começo a gargalhar.

— Merda — digo. — Quebramos a mesa.

NOVE

Paul e eu observamos os destroços. A teoria dele é que concentramos peso demais no centro da mesa, o que explica por que as pernas do meio cederam e fizeram as duas metades se chocarem em um espetacular colapso de madeira azul.

— Não era uma mesa muito boa — ele diz. — Ou talvez os parafusos não estivessem bem apertados.

— Ou talvez duas pessoas já bem grandinhas não devessem ficar em cima dela — digo.

Paul parece em dúvida. Ele recusa minha oferta de pagar pelo estrago na hora.

— Sou homem — diz. — Se é uma questão de peso, a culpa é minha.

Lanço um olhar pouco impressionado, mas não protesto. Não quero ficar comparando nossos pesos. Sei muito bem que estou uns quinze quilos acima do que a *Cosmopolitan* define como bonito.

Só percebo o sangue no meu pé quando saímos do porão. O corte longo e fino na minha perna precisa de três band--aids para ser coberto.

— Meus pais nunca mais vão me deixar brincar com você — digo, com a expressão séria. E aproveito para acrescentar:

— A gente devia contar pro seu pai.

Paul concorda, mas diz:

— Ele não está em casa. Tinha uma reunião.

— Bom, não é justo você ter que contar sozinho.

— Tash, tenho dezenove anos. Não estou com medo.

— Certo — digo, pouco convencida. — Mas posso vir se quiser. Ou você pode dizer que a culpa foi minha.

— Por que não fica mais? Jack vai chegar logo.

— Eu disse que ia jantar com meus pais. Mas me sinto meio mal por quebrar sua mesa e sair correndo.

Paul dá de ombros.

— Sou um péssimo anfitrião e você uma péssima visita. Estamos quites.

Meu pai fez uma salada gigante para o jantar, com espinafre, queijo de cabra, ameixa, cebola caramelizada e amêndoas. Também assou um peito de frango para ele, mas o pedaço separado na cozinha me intriga.

— Klaudie não vem?

— Ela mandou uma mensagem dizendo que está com Jenna — minha mãe diz.

Claro, penso. *Aproveitando o verão.*

Não nos falamos desde a briga. Nos últimos dias só trocamos olhares gelados e roçamos os ombros na escada. Estamos em uma guerra fria, e tenho certeza de que não vou ser a primeira a ceder. Klaudie está errada. Passei horas trabalhando no roteiro, com e sem a ajuda de Jack, para consertar a devastação estrutural causada pela minha irmã.

Dolly não é uma personagem tão importante quanto Anna Kariênina ou Kitty, mas Jack e eu escrevemos um roteiro enxuto, em que cada capítulo está ligado ao próximo e cada diálogo tem sua importância. Cortar as falas de Klaudie foi fácil — até terapêutico —, mas reconstruir a história foi muito mais complexo. Fiquei mais preocupada com a maneira como vamos incluir Stiepan, o personagem de Brooks, no restante da trama. Quase todas as cenas dele eram com Dolly, e eu não queria diminuir seu tempo em cena, especialmente agora, quando estamos ficando populares.

Sei que não deveria ficar tão brava com Klaudie. Se eu fosse a uma das turmas de meditação para adolescentes do centro zen, Deirdre, a líder do grupo, ia dizer que minha raiva só prejudica a mim mesma e que minha irmã tem seu próprio caminho a percorrer. Mas faz alguns meses que não vou lá. Tenho andado ocupada com as filmagens e os exames de admissão das universidades e, embora diga a mim mesma que vou voltar quando as coisas se acalmarem, tenho a impressão de que isso não vai acontecer logo — ainda mais agora que estou "meio famosa", como Jack gosta de dizer. Faço minha meditação de dez minutos na maioria das noites, mas às vezes fico tão imersa nos comentários e tagueamentos que perco a noção do tempo e, de repente, percebo que estou sonolenta demais até para escovar os dentes, quem dirá meditar.

Na manhã seguinte, não consigo me concentrar no trabalho. O episódio do Scrabble vai subir no meio do meu turno, e estou louca para saber a reação dos fãs. Quando Jack tuitou da conta de *Famílias Infelizes* há dois dias, dando uma dica do que estava por vir, nossos seguidores imediatamente criaram a hashtag #quintakevin, o que me deixou igualmente animada e em pânico. Meio que desejei que ela não tivesse feito isso, porque agora as expectativas para o episódio estavam altas, e as pessoas podiam ficar desapontadas. Acho que o resultado ficou incrível, claro. Mas não tenho nenhuma objetividade e não sei se o considero bom por causa de todo o trabalho que deu ou porque é realmente bom.

Já decidi que não vou olhar o celular no meu intervalo. Não importa se a reação vai ser boa ou ruim, mas sei que não vou conseguir lidar com ela em dez minutos, além de ficar ainda mais desconcentrada do que já estou. Já cometi dois erros — primeiro passei duas vezes um maiô, depois digitei o código de um cupom de aniversário errado. Erros bestas. Talvez não devesse ter vindo trabalhar hoje.

— Está tudo bem? — Ethan pergunta quando não percebo a bolinha que ele manda na minha direção.

— Minha cabeça não está aqui — explico.

Ethan ri e diz:

— Nem a minha.

★

Meu Leo escreveu uma vez: "Não existe nada mais necessário para um jovem do que o convívio com mulheres inteligentes". O que talvez seja machista. Ou não. Ou só um pouquinho. Não é fácil dizer que um cara é machista quando ele viveu há mais de cem anos, e as coisas simplesmente eram assim. De qualquer maneira, acho que podemos dizer: "Nada é tão importante para *alguém* quanto a companhia de *pessoas inteligentes*". Porque, na real, se não encontrássemos gente esperta de vez em quando — principalmente mais esperta que nós —, é provável que acabaríamos regredindo a organismos unicelulares boiando em pântanos.

Jack é mais inteligente que eu. Ela também pode ser mais malvada e esquisita, mas definitivamente é mais inteligente. Tem sido útil ficar ao lado dela nas últimas semanas de fama, porque Jack sabe como manter as coisas em perspectiva. A frase preferida dela agora é: "Sim, legal, mas provavelmente todo mundo vai odiar a gente amanhã". É por isso que preciso estar com ela hoje, na #quintakevin — para manter o controle independente da reação dos fãs.

Quando chego, o sr. Harlow está regando o jardim. Por um momento, considero me jogar no chão e me arrastar até os fundos, para que ele não me veja. Não me entenda mal — na maioria dos dias gosto de conversar com ele. O sr. Harlow é engraçado, do mesmo jeito irônico e seco de Jack. Ele também é muito mais acessível que a sra. Harlow, que sempre está viajando a trabalho ou trancada no escritório da casa mexendo no computador. Mas a memória da mesa de pingue-pongue quebrada continua fresca. Paul já deve ter contado para ele, e não tenho certeza de como vai usar sua ironia devastadora para tratar *desse* incidente.

— Oi, Tash.

Olho para cima, assustada. O sr. Harlow está protegendo os olhos do sol com uma mão e segurando o regador com a outra. Sei que está cheio porque ele derrama um pouco de água quando se move. Agora é tarde para me arrastar.

Eu me aproximo dele.

— Oi, sr. Harlow. As dálias estão bonitas.

Só estou puxando papo. Não tenho ideia do que é uma dália bonita. Mas fico orgulhosa por saber o que é uma dália. O sr. Harlow começou com a jardinagem quando o câncer entrou em remissão e seu oncologista recomendou uma atividade relaxante.

Ele bufa.

—Você não veio aqui para falar disso. — Ele aponta com a cabeça para a casa, derrubando mais água do regador. — Jack está lá dentro.

— Ah, obrigada.

Só isso? Nenhum comentário sobre o incidente envolvendo a mesa de pingue-pongue? Talvez Paul ainda não tenha contado, o que torna a situação ainda mais desconfortável, porque significa que vou ter que esperar pela mesma ironia na próxima vez em que vir o sr. Harlow.

— Mas eu estava falando sério — digo, enquanto abro a porta de vidro. —Vocês têm o jardim mais bonito de Edgehill.

O sr. Harlow mantém a expressão séria e me dispensa com um gesto. Entro e vou para o quarto de Jack. Ela não olha quando chego, mas dá uma batidinha ao seu lado na cama e franze a testa, concentrada na tela do laptop.

— Viu alguma coisa? — Jack clica em algo e começa a digitar furiosamente.

— Não — digo, mostrando que estou impaciente só pela voz. Tiro o laptop da mochila, sem me dar ao trabalho de ligá-lo na tomada. Tudo parece mais lento que o normal. O computador custa a aceitar a senha, o wi-fi não conecta de imediato, as novas abas do navegador demoram para abrir.

Mas finalmente, *finalmente*, tenho tudo relacionado à #quintakevin diante dos meus olhos.

— Estou no Twitter — Jack diz. — Os fãs estão retuitando *loucamente*. Conseguimos mais algumas centenas de seguidores.

— Como eles reagiram? — pergunto. — Bem ou mal?

— Maravilhosamente bem. Os comentários do vídeo são principalmente de fangirls. Teve mais de 75% no Rotten Tomatoes e um monte de reviews. Agora para de fazer essa cara, senão vai ficar cheia de rugas quando ficar velha.

Mas não consigo parar de sorrir, mesmo depois de alguns minutos vendo a inundação de screenshots, GIFs e repostagens. Quase uma hora se passa antes que eu levante os olhos da tela, olhe ao redor e pergunte:

— Cadê o Paul?

— Jogando basquete com uns amigos — Jack diz, antes de voltar a digitar freneticamente. — Volta em algumas horas. — A digitação se altera para um dramático *tec... tec... tec* conforme ela inclina a cabeça na minha direção. — Fiquei sabendo da mesa de pingue-pongue.

Então Paul contou *a alguém.*

— Ah — é tudo o que digo. A luz branca acolhedora da tela do meu laptop me chama de volta, e eu agradeço.

— Se não conhecesse você, acharia que estavam transando na mesa.

É o bastante para me arrancar do transe virtual.

— Quê?

— Mas eu conheço.

— É — digo, franzindo a testa. — Você conhece. Que nojo, Jack. Por que disse isso?

— Calma, só estou brincando. É engraçado porque nunca vai acontecer.

— Não é... Eu não... — Deixo escapar algo entre um resmungo e um suspiro. — O que isso quer dizer? Por que está falando assim?

— Assim como? — Jack não está mais brincando. Ela fechou o laptop e olha para mim com sinceridade. — O que eu falei de errado?

— Paul é um garoto e... e eu sou uma garota. Ainda *gosto* de garotos.

Jack fica quieta.

—Você gosta dele?

— *Não.* Não foi isso que eu quis dizer. Mas não precisa falar como se eu fosse... um robô.

— Caramba, Tash. Não era minha intenção.

Levo as mãos ao rosto.

— É, eu sei. Mas isso só piora tudo. Como se você *automaticamente* achasse que não posso sentir nada por ninguém.

— Não acho isso — Jack diz, deixando escapar uma carga emocional dez vezes maior do que o habitual. — Desculpa, não acho isso mesmo. É que... Não ficou muito claro quando você contou... — Ela para e em seguida sussurra: — Eu não sabia que era assim que você se sentia.

Abaixo as mãos para mostrar a Jack que não estou brava. Não a culpo por estar confusa. Às vezes *eu* ainda fico confusa quando tento explicar a situação de uma forma que não pareça idiota ou exagerada. Não fiquei satisfeita com a maneira como falei com eles em setembro, quando Jack e Paul estavam sentados à beira da piscina, enrolados em toalhas e com refrigerantes na mão. Eu tinha acabado de terminar com Justin Rahn, meu primeiro namorado. Jack estava falando que havia um monte de outros caras que não eram idiotas completos e que eles iam aparecer agora que sabiam que eu estava disponível, então soltei:

— Mas eu não quero.

— Não quer o quê? — ela perguntou. — *Namorar?*

Fiquei quieta. Com a atenção deles sobre mim, disse:

— Acho que nunca quis fazer... Coisas. Sair com garotos. E tal.

Em defesa deles, Jack e Paul não disseram nada.

— Tipo, eu *nunca* quis — continuei. — Nem um pouco.

Achei que era uma boa ideia quando Justin me chamou para sair, porque talvez fosse algo que eu só precisasse... *fazer*, sabe?

Jack emitiu um som estrangulado, e eu acrescentei rapidamente:

— Não estou falando de nada de mais, só de sair com um garoto mesmo.

Senti meu corpo esquentar. Estava sol, mas o calor vinha de dentro também. Me concentrei nos meus dedos enrugados e disse:

— Isso é muito estranho, eu devia ter ficado quieta.

Jack levantou de sua espreguiçadeira e sentou na minha. Ela passou um braço no meu ombro.

— Você sabe que não faz a menor diferença, né? — disse.

— O que quer que você goste. O que quer que não goste. Tudo bem.

Me desfiz no ombro dela, de repente tão cansada que poderia dormir. Quando abri os olhos, Paul estava olhando para mim do mesmo jeito carinhoso de sempre.

— Concordo com Jack — ele disse. — Está tudo bem.

E nunca mais tocamos no assunto.

Quer dizer, tenho certeza de que eles conversaram a respeito (só de pensar nisso quase morro de vergonha), mas nunca na minha frente. O que não quer dizer que nada mudou. Notei algumas coisas. Detalhes. Jack parou de falar sobre caras no almoço. Paul parou de fazer piadas sujas. Acho que eles ficam tão desconfortáveis com isso quanto eu, e esperam que eu toque no assunto de novo se quiser. Eu digo a mim mesma que vou fazer isso quando for a hora certa e eu me sentir mais confiante em relação ao que sinto.

Na primavera do meu primeiro ano, decidi que tinha que

fazer uma escolha: ou gostava *de tudo* relacionado aos homens ou simplesmente não gostava deles e pronto. Então, quando Justin Rahn me convidou para o baile, achei que era uma oportunidade. Eu gostava dele. Era divertido, não era feio e me elogiou todas as vezes que saímos naquele verão. Eu nem me importava muito quando nos beijávamos — até que os beijos começaram a levar a outras coisas. Coisas que envolviam braços se movendo, dedos apressados e respiração ofegante. E eu não conseguia, simplesmente *não conseguia*. Não tinha medo, só não tinha *vontade*.

Na semana antes da volta às aulas, eu disse a Justin que precisava me concentrar nos estudos. O segundo ano é supostamente o mais estressante de todos. Não foi um término difícil. Ele ficou magoado, mas disse que eu deveria fazer o que era melhor para mim — o que só fez com que eu me sentisse mais culpada. Por um momento, considerei contar a verdade a ele, mas mudei de ideia quase no mesmo instante. Como ele poderia entender se eu mesma ainda não tinha conseguido? Não podia controlar as reações do meu corpo. Tampouco as do meu coração.

No outono, quando não estava trabalhando com Jack na Seedling, estava no meu quarto, fuçando todos os fóruns que possuíam tons de roxo e clicando nos tópicos com as palavras "heterorromântico" ou "gostar de homens". Ainda assim, independente de quantos posts e respostas eu lesse, quantos termos como "assexual", "área cinza", "alossexual" aprendesse, quanto apoio todo mundo nesses fóruns oferecesse, eu nunca consegui me convencer de que estava *tudo bem*. De que o jeito que eu me sentia era normal e não ia mudar. De que fazia parte de quem eu sou. Como eu podia gostar de garotos — querer que me convidassem para sair, me abraçassem, dissessem que gostavam de mim e até que me *amavam* — e não querer fazer sexo? E se todo mundo nesses fóruns só estivesse... confuso, como eu?

Nas férias de inverno, peguei o péssimo hábito de ficar acordada até tarde anotando coisas relacionadas a isso em um documento de Word. Coisas como o fato de que, para mim, os homens podiam ser tão bonitos quanto obras de arte. Como eu queria que me dessem um beijo na testa e nada além disso. Como nunca entendi a noção de *sexo* — nem quando Jack começou a falar a respeito no ensino fundamental ou quando vi *Titanic* na festa de aniversário de treze anos da minha amiga Maggie e as meninas começaram a comentar que a cena do carro era incrível. Era a cena de que eu menos gostava. Eu enfiava o rosto entre os joelhos e só esperava acabar. Definitivamente não entendia o apelo do sexo quando, durante uma aula de educação sexual, a sra. Vance disse:

— Sexo é uma parte da vida como qualquer outra. Somos seres sexuais.

Tudo o que eu conseguia pensar era: *Eu não sou. Por quê?*

Toda noite, antes de dormir, fechava o documento sem salvar as alterações e sem sentir que me entendia mais.

A vida foi assim depois de setembro. Por quase nove meses. Nove meses. Como um período de gestação bizarro da minha identidade sexual que levou a... A quê? A uma menina? Mais ou menos... Como eu poderia ser *uma menina* se todas as meninas eram *seres sexuais*?

Perto do fim do semestre, comecei a passar mais tempo nos fóruns. Agora não ficava lendo apenas os posts dos outros. Fiz login com o nome "videofuriosa" e entrei para a discussão, até abrindo alguns tópicos. Fiquei amiga de vários usuários por meio de mensagens pessoais e troquei e-mails com alguns deles. Então, em abril, saí do armário. Aquele parecia o lugar certo, onde eu tinha passado bastante tempo tentando me descobrir e aceitando aquela parte de quem eu era. Ali eu me defini como assexual heterorromântica, e todos me entenderam e me acharam completamente normal.

Mas, apesar da experiência catártica, não consigo deixar de me sentir culpada por ter saído do armário com aquelas pessoas, que eu nunca vi pessoalmente, e não com Jack e Paul. Não de verdade, em vez do jeito tortuoso que aconteceu em setembro. Não me importo com o fato da minha família não saber. Por que precisariam? Se eu sair com alguém, vai ser com um cara, como devem estar esperando. E que tipo de jantar em família seria esse? "Mãe, pai, sabe aquilo que vocês fizeram para que eu nascesse? Não sou muito fã. Na verdade, acho um pouco perturbador."

Mas com Jack e Paul é diferente. Nós conversamos sobre interesses e namoros desde que isso começou a surgir na nossa vida. Mais do que isso: eles me conhecem. De maneiras que meus pais e Klaudie nunca vão conhecer. É errado esconder isso dos meus amigos. Faz mal para eles e para mim. Faz semanas que quero falar a respeito, com os dois ao mesmo tempo e do jeito certo. Em vez disso, por dois dias seguidos, saiu tudo sem querer e de um jeito confuso. Numa mesa de pingue-pongue. Na cama de Jack.

Então agora, enquanto Jack tenta se desculpar e parece mortificada — o que é muito raro —, não posso fazer nada além de dizer:

— Tudo bem. Eu é que não fui muito clara.

Ela ainda parece agitada.

— Você... quer conversar a respeito?

— Hum... Paul comentou alguma coisa sobre ontem? Além da mesa de pingue-pongue quebrada?

Jack olha para mim como se fosse responder, mas mudasse de ideia em seguida.

— Ele disse que você está gostando de um cara.

Meu rosto fica vermelho.

— É. Então. Droga. Eu queria contar direito pra vocês. Tipo, quando estivessem juntos. E de um jeito que não fosse... esquisito.

— Acho que isso não é possível. Fala logo, Tash. Eu já disse que não faz diferença.

Assinto. Inspiro profundamente e digo:

— Gosto de garotos, mas não gosto de sexo. Então isso faz de mim uma... assexual heterorromântica. Não que eu goste de rótulos. Sei que parece contraditório, mas...

— Não parece. Sei o que significa.

Pisco.

— Ah. O.k.

Jack balança a cabeça.

— Mas... Como?

Ela olha para mim, incrédula.

— Acha mesmo que não mergulhei na internet depois que você disse aquilo na piscina?

Me sinto uma idiota. É claro que Jack se informou a respeito. Óbvio. Mas eu nem tinha considerado essa possibilidade. Pensei em um monte de explicações que podia dar para os dois, em mil maneiras de me defender. Como se fosse necessário. Como se Jack não fosse me apoiar.

Ela me apoia.

O alívio é repentino e toma conta de mim. Começo a chorar.

— Ah, Tash — diz Jack. — Você precisa de um abraço ou prefere que eu finja que não está derretendo?

Deixo uma risada escapar.

— Vou ficar bem, me dá só um minuto.

Jack assente e abre o laptop de novo. Ela finge estar trabalhando nas redes sociais, mas de vez em quando dá uma olhadinha enquanto enxugo as lágrimas e então volta ao trabalho.

— Quer um lenço? — ela oferece.

— Não precisa. Estou bem agora. Desculpa.

— Ei, não precisa se desculpar. — Jack continua clicando e franze a testa para a tela antes de olhar para mim. — Então... Thom? Com "h"?

— Tenho certeza de que falei dele.

— Eu sei, Thom Causer. O cara do vlog de ficção científica.

— Ficção científica e ciência de verdade.

Jack me lança um olhar.

— Tá boooom. E aí? Você gosta dele? Tipo, de verdade?

Coço a testa, só para ocupar a mão.

— A gente tem se falado bastante por e-mail e mensagens pelo celular.

— Mas tem, tipo, algo a mais?

Fico vermelha de novo.

— Não sei.

— Tá. E ele sabe sobre...?

— Não. Só você e Paul.

Jack fica quieta por um bom tempo.

— Jura? Você não disse nada pra Klaudie?

— Por que diria?

— Eu só... Não sabia que éramos os únicos.

— Bom, vocês são — digo. — Não acho que devo fazer muito barulho a respeito, tipo sair do armário ou algo assim. Não quero.

— Entendo totalmente. Nunca senti necessidade de ir pra uma praça pública e gritar: "Quero pegar homens em geral".

— Exatamente.

— Hum...

E é isso. Dissemos o que precisávamos dizer. Sem pressão para terminar com palavras bonitas. Volto para a tela do meu laptop e Jack para a dela, e ficamos num silêncio confortável, a não ser pelo som das teclas. Isso até que Jack solta um gritinho e diz:

— Tash. Tash, preciso da sua ajuda.

Ela vira o laptop para mim, com a expressão indecifrável.

— Que foi? — pergunto, franzindo a testa diante do e-
-mail que ela me mostra.

— Estou ficando louca ou fomos indicados à Tuba Dourada?

DEZ

O conde Liev Nikoláievitch Tolstói teve uma vida impressionante. Ele nasceu em uma família importante e abastada da nobreza russa. Era o típico garoto rico até que entrou para o Exército e viajou para a Europa, onde conheceu o mundo além da Rússia. Depois dessa experiência, repensou sua vida inteira e começou a escrever. É autor de *Guerra e paz* e *Anna Kariênina*, que são basicamente dois dos melhores e mais famosos livros de todos os tempos. Era amigo do Victor Hugo. Deixou crescer uma barba enorme e, nos últimos anos de vida, se tornou um anarquista cristão (sim, parece maluco) e um grande defensor da resistência não violenta. Morreu de uma pneumonia em uma estação de trem. Milhares de camponeses acompanharam seu funeral.

Minha vida não chega nem perto disso. Nasci em uma família de classe média numa área residencial afastada do centro. Sou uma aluna bem média. Não tenho a menor aptidão para esportes. Quero passar a vida fazendo documentários importantes que mudem a maneira como as pessoas veem as coisas, mas, no momento, só faço vídeos que adaptam a obra de Leo ou consistem em longas sequências não editadas de mim mesma tomando chá enquanto divago sobre meu amor pela adaptação de 1995 da BBC de *Orgulho e preconceito*. Viu? Nada de mais.

Mas tudo isso pode mudar a partir de agora, porque *Famílias Infelizes* acaba de ser indicado para a Tuba Dourada, e é a coisa mais importante que já aconteceu comigo.

O prêmio existe há três anos e, durante esse tempo, passei a considerá-lo tão importante quanto um Oscar ou Emmy. Há três anos, *Cathy e Heath* — a popular modernização e paródia de *O morro dos ventos uivantes* feita por Taylor Mears — teve seu último episódio, e o povo da internet decidiu que algo deveria ser feito em relação às grandes webséries independentes de baixo orçamento que estavam sendo produzidas, a maior parte diretamente inspiradas por ela. Já havia outros prêmios, como o Streamy e o Webby, mas eram para nomes maiores e superproduções. Algumas pessoas queriam celebrar um trabalho mais discreto. Por isso, decidiram criar uma conferência de dois dias com cerimônia de premiação que divulgasse o trabalho de vlogs amadores, webséries e outras iniciativas criativas na área. Tanto o evento quanto o prêmio são chamados de Tuba Dourada. Aparentemente o nome é uma piada interna ou um substituto melhor para "YouTube Dourado", que não soa bem. Independente disso, foi um sucesso absoluto já no primeiro ano. A cerimônia de premiação foi realizada em um salão de baile todo enfeitado no hotel Embassy Suites de Orlando. Naturalmente, a produtora de Taylor Mears, Liga dos Amantes de Latte, e o elenco de *Cathy e Heath* venceram quase tudo.

Naquele fim de semana, acompanhei todas as redes sociais, morta de inveja. Pessoas que até então não passavam de nomes nos créditos dos vídeos de repente tinham um rosto — um rosto feliz. Todo mundo parecia estar se divertindo como nunca. A melhor e a pior parte foram as fotos do elenco de *Cathy e Heath* visitando a atração do Harry Potter no parque da Universal. Melhor porque não pode existir nada tão incrível quanto Taylor Mears, Joe Samson e Kate Palomo brindando com canecas de cerveja amanteigada. Pior porque eu não estava lá com eles.

Agora tenho uma imagem clara na cabeça: Taylor Mears, Thom Causer e eu em frente ao castelo de Hogwarts, fazendo o sinal de paz e amor com uma mão e com uma garrafa de suco de abóbora na outra. Já escolhi até o filtro do Instagram. E por que não? Dadas as circunstâncias, por que não pirar? Tudo é possível.

É nisso tudo que penso enquanto Jack lê em voz alta o e-mail que chegou para a Seedling esta tarde. Ela não está alucinando. Ou então entramos numa alucinação coletiva quando acessamos o site da Tuba Dourada juntas. Lá tem uma lista de indicados que inclui *Famílias Infelizes* na categoria de Melhor Série Estreante.

Estou com um pouco de dificuldade para acreditar, porque o e-mail que recebemos foi personalizado. Não um genérico

"Parabéns! Você foi indicado com outras dez produtoras" e tal. É um texto de alguém do comitê de indicação da Tuba Dourada:

Ficamos muito felizes quando nossa atenção foi despertada por sua charmosa websérie na semana passada. A indicação está um pouco atrasada, mas decidimos abrir uma exceção, já que Famílias Infelizes *não poderia ser considerada "Melhor Série Estreante" no ano que vem. Esperamos ver vocês em Orlando em agosto!*

— Quem será que indicou a gente? — pergunto. — Não tem que ser alguém importante?

— Provavelmente Taylor Mears — diz Jack. — Ela é obcecada pela gente.

De acordo com o e-mail, todo o elenco e a equipe estão convidados para o evento no segundo fim de semana de agosto. Teremos entrada livre para as mesas e um jantar na sexta-feira, mas precisaremos pagar pelo transporte e pela estadia.

Depois de ler isso, Jack desanima.

— Ótimo, como se a gente fosse conseguir levantar dinheiro magicamente para voar até a Flórida nas férias.

— Não é impossível — digo. — E o dinheiro da Etsy? E o petshop?

— Gasto esse dinheiro no dia a dia, não dá pra viajar no fim de semana com ele. Nunca vou conseguir pagar algo desse tipo. Acho que a maior parte do pessoal não consegue.

Desanimo também. Sei que eles não têm muito dinheiro.

Tem sido assim desde que o tratamento do sr. Harlow começou. Mas quero muito que Jack vá comigo. Porque, claro, eu vou dar um jeito de ir.

— Talvez — digo devagar — a gente possa começar uma campanha de financiamento coletivo.

— Não — diz Jack. De imediato, afiada. — É sacanagem pedir aos fãs pra pagar para irmos a uma cerimônia de premiação que podemos nem ganhar.

Sei que ela está certa. Já decidimos que não vamos arrecadar fundos para *Famílias Infelizes*. Queremos dar um produto final aos nossos fãs antes de pedir que financiem um novo projeto. É uma questão de princípios.

— Jack… — começo.

Ela balança a cabeça.

— Você tem que ir. Uma de nós precisa estar lá. Vou aproveitar através de você. Prometo não reclamar.

É um fardo pesado, mas assinto com seriedade. Vou dar um jeito de ir para Orlando. É o meu *sonho*. Tenho pouco mais de dois mil dólares na poupança, do trabalho dos dois últimos verões. O dinheiro deveria ir para a faculdade, mas, neste momento, a educação superior está parecendo um pouco menos importante que a Tuba Dourada.

De manhã, Jack me acompanha até a minha casa. Ela está bem quieta desde a notícia de ontem à noite.

Quando paramos em frente à garagem, pergunto:

— Tá tudo bem?

Jack assente. Para. Balança a cabeça. Com uma voz carregada, diz:

— Meu pai não está muito bem.

Não era nem um pouco o que eu esperava.

— *Quê?*

— Ele não tinha contado até uns dias atrás, mas acho que já faz algumas semanas. Tem sentido muita dor de cabeça, parece.

—Você acha que...

Não termino a frase. Me recuso a usar a palavra com "c" mais do que o necessário. Não quero dar poder a ela, como se fosse cúmplice de sua existência.

— Não sei — Jack diz. — Meu pai diz que a família toda tem enxaqueca e que ele também tinha quando era mais novo. Talvez seja só isso. Mas não quer ir ao médico ver. Minha mãe está brava, mas ele insiste que vai esperar até a próxima consulta de rotina com o oncologista, que é daqui a algumas semanas.

— Isso é loucura.

— Foi o que a gente disse. Mas ele é assim. É inútil tentar fazê-lo mudar de ideia.

— Jack, sinto muito. Por que não disse nada antes?

— Acho que... Porque não quero que seja real. E Paul vai ficar puto se souber. Ele pediu que eu não comentasse.

— Por quê?

Sinto um desconforto no peito.

— Não sei. Provavelmente não quer que você se preocupe, porque ainda não sabemos de nada. Dor de cabeça pode indicar qualquer coisa. Cansaço, desidratação ou um tumor maligno no cérebro. Não dá pra saber.

— Até ir ao médico.

— É.

No silêncio, Jack compreende meu pedido não pronunciado. Ela fixa seus olhos pesados em mim.

— Certo — ela diz.

Eu a puxo para um abraço tranquilo, mas firme. Então, antes que ela me afaste aos berros, eu a solto.

— Me avisa quando souber de alguma coisa — peço. — Não interessa o que Paul diga.

De novo, sinto um aperto no peito.

—Você às vezes se pergunta que coisas horríveis eu devo ter feito pra ter esse carma?

— Quê?

— A doença do meu pai. Devo ter feito algo de muito ruim quando era criança. Talvez nem lembre. Vai ver matei uma família inteira de esquilos e reprimi isso.

— Não é assim que funciona — explico com calma. — O carma vem de vidas passadas.

— Ou talvez nem seja carma, afinal coisas ruins acontecem.

— *Dukkha* acontece — digo sorrindo.

Não tenho certeza de como chegamos ao ponto de fazer piadas budistas com a possibilidade pavorosa de o câncer do sr. Harlow ter voltado. Mas tenho um pressentimento de que a única alternativa seria chorar.

— Não sei — diz Jack. — Não reclamaria se houvesse

uma autoridade cósmica com o poder de estabelecer um limite nas pancadas que uma pessoa leva em uma única vida. Penso em minha mãe chorando, iluminada pela luz da televisão.

— Isso seria legal.

— Então — diz Jack —, quando você vai contar pra todo mundo que Klaudie pulou fora?

— Hum... Bom, Brooks sabe, e ele vai ser o mais afetado. Jack olha feio para mim.

—Vou mandar um e-mail.

— *Não* — digo. — Eu mando.

— Não acho que você vai mandar. Melhor eu fazer isso.

— Jack...

— O pessoal merece saber. E a gente também precisa contar da indicação. Vamos matar dois coelhos ou o que quer que seja.

Derrotada, digo:

— Beleza. Mas conta de um jeito *simpático*.

Jack parece ofendida.

— O que você quer dizer com isso?

—Você sabe que às vezes escreve de um jeito meio... seco.

— Acho que você quis dizer grosso.

— Jack.

Ela levanta as mãos.

—Tá, tá.Vou ser simpática.Tenho certeza de que vão ficar empolgados demais com a indicação pra se importar com Klaudie.

Concordo. A indicação é algo importante. Uma *Tuba Dou-*

rada. As coisas só melhoraram para *Famílias Infelizes.* Se o mesmo pudesse acontecer com *nossas* famílias...

Mandei uma mensagem para Thom sobre a Tuba Dourada assim que Jack me mostrou o e-mail. Agora finalmente ele me respondeu.

Isso é INCRÍVEL, Tash!! Parabéns! Não sei se viu a lista completa de indicados, mas YouTubo de Ensaio *está concorrendo a Melhor Vlog. O que significa que também vou. E você sabe o que ISSO significa.*

Pisco diante da tela.

Eu sei o que isso significa.

Espera. Eu *sei* o que isso significa?

Significa que Thom e eu finalmente vamos nos conhecer, certo?

Significa que finalmente vou ouvi-lo falar comigo.

Significa que talvez a gente... marque um encontro.

Seria isso mesmo? Um encontro?

Meus dedos estão no celular, mas não consigo formular uma resposta coerente.

O que quero escrever é: *Sei o que significa, mas não sei o que SIGNIFICA.*

Queria saber o que aconteceria se eu respondesse: *Sim! Posso ligar pra gente conversar?*

Eu poderia fazer isso. Poderia digitar essas palavras, com

os pontos de exclamação e interrogação. Poderia mudar tudo.

Em vez disso, escrevo: *SIM. Vamos fazer alguma coisa.*

Já faz um tempo que estamos trocando mensagens, e nenhum de nós mencionou a possibilidade de um encontro. Sei por que estou fazendo isso: medo. Muito medo. E se Thom não quiser? E se quiser, mas quando finalmente nos conhecermos for estranho e um completo desastre? Não sei as razões dele para evitar a questão, mas gosto de pensar que são mais nobres que as minhas.

Parte de mim quer ligar para ele agora. Posso ligar, ele pode atender e podemos conversar, conversar *de verdade.* Fico olhando para nossa conversa por alguns minutos, ansiosa para que essa bendita elipse se torne um balãozinho com a resposta dele. Faz quinze minutos que Thom enviou a mensagem, e é possível que leve a uma conversa de verdade. Mais alguns minutos se passam e nenhum sinal de vida do lado dele.

Resmungo e jogo o celular no cobertor dobrado no pé da cama. Não é a primeira vez nessa semana que penso que o século xxi é um péssimo momento para viver. Como isso pode ser considerado uma interação normal? No passado as pessoas esperavam semanas, até meses, para receber cartas, o que devia ser horrível. Mas num dia comum, quando estavam por aí conversando ao vivo, ninguém tinha que ficar esperando num suspense incapacitante para ver se a outra parte da conversa ia se dignar a responder. Se essa pessoa ficasse três minutos sem dizer nada significava que tinha sofrido um derrame, não que não ia responder por algumas horas, ainda que tivesse visto a pergunta.

Mas Thom não viu a pergunta. Provavelmente não. Ele é um cara ocupado e provavelmente ainda não conseguiu. Ele não me deixaria no suspense de propósito. Deixaria? Meu celular vibra e eu levanto, me esticando toda para pegá-lo.

Assim que leio a mensagem de Thom, me sinto aliviada. Ele escreveu *CLARO* e disse para avisar meus horários de chegada e partida quando tiver comprado a passagem para Orlando.

Preciso falar sobre a Tuba Dourada com meus pais. Tenho certeza de que eles não vão aprovar totalmente o fato de eu torrar todas as minhas economias da faculdade em uma viagem de fim de semana sozinha para outro estado. Mas tenho dezessete anos, o dinheiro é meu e isso faz diferença. Meus pais não têm um histórico de me proibir de fazer coisas. Tenho um horário razoável para chegar em casa e já fiz várias viagens com a escola e com os Harlow. Só tenho que contar do jeito certo, no momento mais oportuno. Enquanto isso, já encontrei a passagem mais barata para Orlando. Porque sou profissional pra caramba.

ONZE

CENAS DE BEIJO LEVAM OS FÃS À LOUCURA. Aí está um fato inquestionável, e a #quintakevin foi um exemplo disso. Um beijo é a culminação de tudo o que não foi dito — todas as dicas, expectativas e incertezas de um romance florescendo. Até esse momento, é um cozinhar em fogo lento. Um olhar, uma palavra, um gesto. Então chega ao ponto de fervura. É o que todo mundo espera e pelo que todo mundo torce.

Entendo isso, mas, pessoalmente, prefiro o que acontece antes: o esbarrão acidental, a faísca quando os olhos se encontram, o comentário aparentemente aleatório, mas que tem um significado muito maior. É disso que mais gosto e também o que dirijo melhor.

Como hoje, quando filmo George, Eva e Brooks. É uma cena pós-beijo, quando Kitty e Liévin não estão um em cima do outro porque seu amigo Stiepan os acompanha. Ele anda feliz ao lado deles, como Stiepan costuma andar, enquanto os outros dois pensam em como contar que agora estão juntos.

Enquanto Stiepan fala sobre as *onion rings* de seu restaurante favorito, Kitty e Liévin trocam olhares com um sorriso no rosto. Quando Stiepan não está olhando, seus dedos se aproximam e suas mãos se entrelaçam. Kitty morde o lábio, olhando de repente para o horizonte como se fosse começar a gargalhar diante da distração de Stiepan.

É a quinta tomada, a segunda depois que pedi para Eva tentar morder o lábio. Ficou perfeito, muito fofo, mesmo com Jack revirando os olhos. Quando digo "Corta", fica claro que todos estão contentes com seu desempenho.

Eva ri assim que Jack baixa o microfone.

— *Brooksss* — ela reclama. —Você não pode ficar mudando o texto desse jeito, quase me descontrolei.

Os dois morrem de rir, porque ele alterou levemente suas falas a cada tomada e está ficando cada vez mais engraçado. Até George está animado — para os padrões dele. Ele está sorrindo e não mudou nenhuma fala ou reclamou de ter que atuar "por todo mundo".

Jack estava certa sobre a indicação: apagou totalmente a notícia de que Klaudie ia cair fora. Brooks está supertranquilo quanto às mudanças no roteiro e a ter menos falas.

"É o show business", ele comentou quando ficou sabendo, tão alegre e simpático quanto o próprio Stiepan.

— E agora? — ele pergunta. —Vamos fazer mais uma?

— Não. Ficou ótimo assim.

—Aê!

Brooks levanta as mãos. Eva e George — sim, *até George* — batem nelas.

— Os fãs vão adorar essa cena — digo.

É verdade. Mesmo se o público não amar tanto quanto o beijo, vai pirar com esse episódio. E, para mim, essa foi uma cena romântica em sua melhor forma. Envolta pela segurança e pelo calor de duas pessoas que já se conhecem intimamente. E não estou falando do beijo, mas do que veio antes disso. Muita coisa acontece no capítulo do jogo de Scrabble — quando os olhos de Liévin se iluminam e ele percebe que Kitty o entende. Que eles estão na mesma página. Dá para ver isso bem na atuação de George, que é excelente; é a pura alegria de *conhecer* outro ser humano. Isso também acontece neste capítulo — o conforto de ser compreendido, evidente em cada movimento ou olhar. Pode ser bobo de dizer, mas fico feliz de ter ajudado a construir isso.

George vai embora imediatamente, para o próximo compromisso da sua agenda, mas Brooks e Eva ficam mais um pouco. Eles se juntam a mim e a Jack na varanda dos fundos e comemos uma caixa inteira de picolé.

— Sei que não é o Oscar — Eva diz, dando uma mordida no seu picolé —, mas parece *real* agora, sabe? Uma indicação. Vocês acham que dá pra pôr no currículo?

— Eu vou pôr — diz Brooks. — Só gostaria que tivesse um nome mais refinado que Tuba Dourada.

— Bom, se você parar pra pensar, Oscar não é lá um nome muito refinado também — diz Jack.

Brooks e Eva refletem. Ele dá de ombros. Um vento repentino levanta o cabelo dela, e alguns fios ficam grudados na boca suja de picolé. É besta, sem nenhuma importância, mas alguma coisa na reação de Eva — um sobressalto e os movimentos dramáticos — nos mata de rir.

— Eca — ela diz, tirando o cabelo claro e macio da boca, sem perder a graciosidade nem por um instante. Na mesma situação, eu faria qualquer um querer vomitar. Por isso Eva é a atriz e não eu.

Eventualmente, Jack e os outros vão embora, mas continuo na varanda, com os pés apoiados na grade de madeira. Então encontro uma agradável surpresa no meu celular: uma mensagem de Thom.

Como estão indo as filmagens?

Sinto um friozinho no estômago, mas sorrio enquanto respondo: *Sabe aquele sentimento de que você CONSEGUIU? Quando as coisas saem como deveriam? Hoje foi assim.*

Para minha alegria, vejo que Thom está escrevendo. Acho que finalmente vamos conseguir ter uma conversa apropriada.

Cara, é a melhor sensação do mundo. Tipo quando faço um vídeo numa tomada só. Saio com uma cara boa sem precisar de muita edição. Perfeito.

Hahaha, quando você NÃO sai com uma cara boa?

Opa. Pode parecer paquera. Mas também é verdade. Você está flertando mesmo quando só aponta um fato?

Thom responde de imediato: *Minha cara nunca sai tão boa quanto a SUA.*

Ai. Os músculos da minha mão decidem parar de funcionar e meu celular cai no chão.

O que está acontecendo?

Abaixo para pegar o celular. Nova mensagem de Thom.

Assustei você?

Meus dedos recuperam a velocidade: *Haha! Não. Foi fofo.*

Tenho certeza de que meu rosto está vermelho como se eu tivesse comido pimenta, mas tudo bem por mim. Estou me divertindo, então decido seguir em frente.

Sério, Thom, você devia começar um vlog de beleza. As pessoas querem saber como você consegue.

Meu segredo é dormir bastante. Oito horas por noite.

Ah! Os deuses do sono estão do seu lado.

Paquera. É. Certeza. Cruzei a linha, mas não estou nem aí. Sinto como se pudesse correr uma maratona e vomitar ao mesmo tempo.

Estou muito animado por você, ele escreve, mudando de assunto. Tudo bem. É o que eu faço quando alguém começa a me elogiar. *Com a indicação e a cara boa. Você está com tudo, Tash.*

Abro um sorriso largo, ainda que Thom não esteja exatamente certo. Não estou com tudo. *Ainda.* Não participei da Tuba Dourada. Não o conheço pessoalmente.

Mas estou no caminho certo.

Os quatro Zelenka estão à mesa — um fenômeno cada vez mais raro nas últimas semanas. Quase nunca vejo Klaudie. Ela começou o trabalho voluntário no Conecte-se! — um acampamento de engenharia organizado pela Universidade do Kentucky no qual estudantes do ensino fundamental constroem robôs e pontes em miniatura. À noite, sai com Ally, Jenna e seus outros amigos, e volta bem tarde. Eu ouço quando ela sobe a escada à uma ou às duas da manhã, quando ainda estou sentada na cama, olhando o Tumblr. Ela parece diferente. Meio abatida. Hoje, seus olhos estão vermelhos e lacrimejando. Parece cansada. O que é estranho, considerando que a ideia de largar *Família Infelizes* era para "aproveitar o verão", e isso deveria envolver dormir bastante. Tenho quase certeza de que Klaudie anda bebendo com os amigos e nem quero pensar no que mais eles fazem. Imagino que seja normal dar uma pirada, mesmo para gente inteligente e perfeita como minha irmã. É o último verão dela antes da faculdade, e isso acaba perdoando uma infinidade de pecados. Ou, pelo menos, é como meus pais parecem pensar. Eles não ficam esperando por ela, e não ouvi nenhuma bronca porque desrespeitou o que costumava ser o horário de voltar para casa. Mesmo agora, durante o jantar, não comentam o fato de que ela está quieta, com os olhos vermelhos ou mexendo na comida com o garfo de um jeito que parece que foi obrigada a jantar com a gente.

O prato é um ensopado de abobrinha. Sempre que meu pai faz esse tipo de coisa, ele diz que nunca considerou que poderia existir um ensopado de verdade sem carne, mas minha mãe mudou sua cabeça e seu coração para sempre. Quando éramos mais novas, Klaudie e eu mandávamos beijinhos ao ouvir isso. Atualmente, mais parece que vamos vomitar.

Não sei como meus pais conseguem. Eles são tão diferentes que a mera convivência pareceria impossível, quem dirá quase duas décadas de casamento. Minha mãe é uma nômade e comunista autodeclarada da Nova Zelândia, vegetariana desde os quinze anos, que pratica meditação e ioga, fala com calma e com o coração, e escolheu uma profissão em que pudesse ajudar as pessoas. Meu pai é filho de imigrantes tchecos, carnívoro, extrovertido, adora festas, cervejas exóticas e charutos, um capitalista fervoroso que rivalizaria com John D. Rockefeller. Quando os dois se conheceram em um mochilão pelas montanhas Blue Ridge, tinham todos os motivos do mundo para se odiar. Mas isso não aconteceu. Simplesmente deu certo. Tão certo que eles lutaram com a papelada infinita do visto para pôr uma aliança no dedo um do outro e dizer "Aceito". Dá certo há quase vinte anos. O que não quer dizer que eles nunca discutam, mas as brigas duram no máximo um dia.

Acho que tem a ver com concessões. Meu pai faz pratos vegetarianos e é responsável por toda a carne que quiser comer; minha mãe nunca o julga por isso. Ela nos criou do jeito que nos criaria em Auckland, seguindo os ensinamentos de Buda; ele nos leva à igreja na Páscoa e no Natal. Ela transformou o sótão em um estúdio de ioga; ele fuma e bebe no escritório e *só* no escritório. Funciona porque os dois fazem concessões. E acho que porque eles se amam e tal.

Esta noite, quando sentamos juntos para jantar, espero que meu pai faça o comentário sobre o ensopado a qualquer minuto. Mas o tempo passa e continuamos em silêncio.

No fim, quem fala sou eu:

— Tenho ótimas notícias.

Não tinha notado como meus pais estavam encarando intensamente os pratos até agora, quando levantam a cabeça.

— Tem alguma coisa a ver com a fama recente? — meu pai pergunta.

— Não sou *famosa de verdade* — digo. — Talvez eu tenha me explicado mal.

— Ei, gosto que esteja fazendo algo que deixa você feliz — ele acrescenta, balançando a abobrinha no garfo para enfatizar. — Quando você faz o que ama, está destinado ao sucesso.

— Jan — minha mãe diz, repreendendo-o suavemente. — Não acho que seja sempre verdade.

Meu pai levanta os ombros como quem diz: "Hum... Não?".

— Então — digo —, nosso programa foi indicado a um prêmio. Acho que dá pra dizer que é o Oscar das webséries de baixo orçamento.

— Quê? — meu pai grita. Um pedaço de amêndoa voa da boca dele e desliza pela mesa. — Isso é incrível!

De canto de olho, vejo Klaudie esfaquear o ensopado. Com mais gosto que o necessário, digo:

— É, todo mundo está empolgado. A cerimônia de premiação vai ser numa convenção em agosto, e eles nos convidaram para ir.

— Todas as despesas pagas?

Eu realmente queria que meu pai não tivesse feito essa pergunta. Faz o que estou prestes a dizer parecer ainda mais grandioso do que quando ensaiei.

— Não — digo devagar. — Temos entrada livre na convenção, mas precisamos pagar passagem e estadia.

Então vejo o temido olhar indecifrável que meus pais trocam.

— Aham — ele diz.

Nada promissor.

— Eu estava pensando... E, por favor, me ouçam primeiro, tá? Posso comprar a passagem e pagar um hotel com o dinheiro que estava guardando pra faculdade.

— Você quer dizer com *todo* o dinheiro que estava guardando pra faculdade?

Não esperava que eles fossem ficar superanimados, mas essa pergunta foi particularmente antipática.

— Eu sei quanto custa a passagem — digo. — E o hotel. Sei que vai sair caro. Mas essa viagem significa muito pra mim. É o que quero fazer da vida. Pensei bastante a respeito e não sou irresponsável, se é isso que estão pensando. É uma experiência única, e vai ser ótimo pro meu currículo. Fora que alguém tem que estar lá caso a gente ganhe.

— Jacklyn não vai? — minha mãe pergunta.

— Não, ela não tem dinheiro. Mas acha que eu devo ir.

— Sozinha — meu pai diz. — Em um avião. Pra ficar hospedada em um hotel.

— Você está sendo muito dramático — digo. — Como se eu fosse uma criança idiota sem noção do perigo. Vou tomar cuidado, prometo. Tenho dezessete anos. Posso fazer isso.

Parece que meu pai está se preparando para dizer alguma coisa muito adulta e desanimadora. Eu me preparo para o impacto, que não acontece. Minha mãe deve ter feito algum sinal quando eu não estava olhando, porque ele continua quieto e é ela quem fala.

— Dá pra ver que você pensou bastante a respeito. Sabemos que é responsável e o quanto esse projeto significa para você. Sei que é seu dinheiro, mas, Tasha, querida…

Ah, não. Não estou pronta para um "mas, Tasha, querida". Só pode terminar em lágrimas. "Mas Tasha, querida, você não acha que precisa dividir o bolo?" "Mas Tasha, querida, não poderia lavar o prato de Klaudie também?" "Mas Tasha, querida, você já não tem sapatos dessa cor?"

Às vezes, Tasha Querida só quer esquecer que precisa ser uma entidade responsável e do bem.

— Quero que você considere como vai sair caro. Sei que o preço da faculdade parece exorbitante agora, mas é possível chegar lá.

— *Eu sei.*

— Só estou dizendo que não quero que você gaste todo o seu dinheiro em um único fim de semana. Você trabalhou duro por ele.

— *Eu sei* — digo, a irritação evidente na voz. — Eu estava lá. Trabalhando. E a única coisa de que me arrependeria seria *não* ir à convenção. — Não é a primeira vez que me recordo das palavras de Serena. — É algo que acontece só uma vez na vida.

Minha mãe assente, mas hesita, parece haver uma *tristeza* em seus olhos que eu simplesmente não entendo. Me surpreende que sejamos tão parecidas às vezes e que em outras vezes eu não tenha ideia do que se passa em sua cabeça. Queria saber se ela sente o mesmo.

— Vamos precisar de um tempo pra tomar uma decisão — meu pai diz, em um tom que significa que o assunto está encerrado por enquanto.

Então meus pais voltam a ficar superquietos. Minha mãe levanta a cabeça de repente, me pegando com a guarda baixa. Ela sorri. Conheço esse sorriso. Não gosto dele. É o mesmo sorriso que usou para contar que Ralph, nosso cachorro, tinha morrido, e todas as vezes que disse que eu não podia passar a noite nos Harlow por causa de um compromisso familiar.

— O que foi? — pergunto, com cada centímetro do meu corpo alerta. — O que está acontecendo?

Meus pais parecem... *ansiosos*. Como se, uma vez na vida, quem tivesse chegado depois do horário combinado ou tirado um cinco em biologia fossem eles.

— Temos algo pra contar pra vocês — meu pai começa.

— Gostaríamos que ouvissem até o fim sem nos interromper.

Agora somos eu e Klaudie que trocamos olhares.

"O que está acontecendo?", pergunto com os olhos. E os olhos lacrimejantes dela respondem: "Sei tanto quanto você".

— Certo — minha mãe diz. — Não tem um jeito fácil de contar, então vou ser tão direta quanto possível. Meninas, estou grávida. Seu pai e eu fomos ao médico e ele disse que está tudo bem. Vocês devem ter um irmão ou uma irmã no Natal.

Apoio o garfo na mesa. Encaro minha mãe. De todas as milhares de coisas que poderiam sair da boca dela, "Estou grávida" é algo que eu nunca, nunca teria esperado.

"Meninas, decidi passar um mês escalando as montanhas do Nepal." Certo. "Meninas, vou tingir o cabelo de vermelho." Normal. "Meninas, vou tirar o açúcar da minha dieta." Triste, mas tudo bem. Mas não isso. Não "Meninas, estou grávida". Minha mãe já passou dessa fase. Ponto final. Seguiu em frente. Mais um pouco e serão só os dois em casa. Ela é a adulta responsável. Mulheres dessa idade não ficam grávidas sem querer. Quem faz isso são as garotas da *minha* idade.

A menos que não seja inesperado. A menos que tenha sido planejado. A menos...

— Espera — digo. — No Natal? Em dezembro? Então você já sabe disso há *três meses*?

— Não tudo isso — minha mãe diz, tentando amenizar a coisa. Seus olhos pretos e grandes parecem maiores que o normal.

Então *foi* inesperado, deduzo. De repente sinto repulsa, porque estou contemplando a vida sexual dos meus pais, e tem que haver alguma lei fundamental do universo contra isso.

— Não sei o que pensar. — Klaudie está pálida. Suas palavras são abruptas, como espirros. — O que esperam que a gente diga?

— Meninas. — Meu pai é solene. — Sei que é inesperado. Para nós também foi. Mas sua mãe precisa do seu apoio agora.

— Não consigo entender — insiste Klaudie. — Vocês já têm a gente.

— Sei que é muita coisa pra processar — minha mãe diz.

— Mas é o que eu quero, e seu pai também. Acho que vai ser

melhor se tivermos um tempo pra pensar a respeito e processar a informação cada um no seu canto.

Começo a rir. Não é minha intenção. Não *quero* rir. O que estou sentindo passa bem longe de felicidade ou divertimento. Mas parece que a emoção não sabe como sair do meu corpo de outro jeito.

— Desculpa — digo, cobrindo a boca. — Não é engraçado, é que... Eu não...

Klaudie me olha como se eu fosse louca. Meu pai me olha como se estivesse bravo, mas não soubesse o que fazer. Só minha mãe me olha com calma e compreensão. Mas não quero calma e compreensão dela. Não agora. Ainda estou quase chorando de rir quando levanto e corro para o quarto.

Minha insônia volta com força total. Às quatro da manhã. Empurro o lençol e desço para a cozinha. Pego um pacote de bolacha e vou para a casa dos Harlow. Como eu esperava, a porta do porão está destrancada. Entro, me espalho no sofá, como um pouco e pego no sono com a embalagem na mão.

Acordo com a voz de Jack dizendo:

— *Eu* não vou acordá-la.

Meio grogue, levanto a cabeça e vejo os dois ao pé do sofá, me avaliando como se eu fosse um guaxinim que tivesse invadido a casa.

— Vocês deviam trancar a porta — balbucio. — Ou instalar um alarme. Se fosse um ladrão, já teria roubado tudo.

— O que você está fazendo aqui? — Jack pergunta.

— Evitando meus pais — digo, seguido de um "Ai!", porque Jack está me empurrando sem dó para pegar uma almofada do sofá.

— Bom — Jack diz, virando para Paul. — Como eu estava falando, se você não queria ir, não devia ter comprado o ingresso.

— Eu não disse que não quero ir, só disse que não é meu estilo.

Deduzo que a conversa que interrompi deve ser sobre a viagem para Nashville que está por vir. Meses atrás, Tony sugeriu que toda a equipe de *Famílias Infelizes* fosse pra lá. A banda preferida dele, Chvrches, ia fazer um show em julho, e vários de nós — incluindo Paul — compraram ingressos.

— Você só gosta de magrelos tocando guitarra e cantando com voz fina — Jack diz.

Paul não responde porque está cansado ou porque não quer começar uma briga — não dá para saber.

Quando o silêncio se torna opressor, desembucho:

— Minha mãe está grávida.

Paul hesita e se joga em um pufe no chão em seguida. Jack solta:

— O quê?

— Ela contou pra gente ontem à noite. — Sinto a torrente de palavras subindo pela minha garganta, pronta para sair, e tenho medo de que se continuar falando não consiga mais parar. — Ela já está, tipo, no segundo trimestre e só agora decidiu contar. E eu... Nem sei o que pensar. É muito esquisito. Fico esperando que ela diga que é uma pegadinha muito elaborada, mas não sei se ficaria mais brava com uma brincadeira tão cruel ou com o simples fato de que ela está *grávida*.

— Nossa — diz Paul.

— Eles queriam? — Jack pergunta.

— Estou tentando não pensar a respeito, mas acho que não. Tenho quase certeza de que foi acidente.

— Por que iam querer outro filho? — pergunta Jack. — Estão quase se livrando de vocês duas. E a sua mãe tem mais de quarenta, né? Não é meio perigoso?

— Não sei, acho que sim.

Vejo que Paul a repreende com o olhar. Ele percebe que eu vi.

— Sinto muito. Que saco.

— Tem algo totalmente zoado nisso — digo. — Não tenho ideia de onde eles planejam tirar o dinheiro. Não é como se estivesse sobrando.

Franzo a testa. *De onde* eles planejam tirar o dinheiro? Que detalhes meus pais teriam me contado ontem à noite se eu tivesse ficado mais tempo com eles?

O celular toca. Quando pego, penso imediatamente: *Talvez seja Thom*.

Não é. É minha mãe.

Tiro o som do aparelho.

— É melhor eu ir — digo. — Desculpa ter invadido a casa.

— Como assim? — Paul pergunta. — Você dorme no sofá e depois sai correndo? Pior que a Cinderela.

Jack pega o pacote com o resto das bolachas.

— Vou ficar com isso aqui — ela diz. — É o preço do sofá.

Balanço a cabeça distraída e levanto, passando os dedos pelo cabelo todo emaranhado.

—Vejo vocês depois.

— Aham. — Os dentes de Jack já estão sujos de bolacha.

— Manda um beijo pra sua mãe superfértil.

Não vou direto para casa. Estou com dor de cabeça, o que deve ter a ver com a noite de sono pouco convencional. Viro à direita, não à esquerda, na Edgehill, me afastando de casa e indo na direção do parque.

Quando se trata de parques, esse é um exemplar bem deprimente. A tinta do trepa-trepa está tão descascada que ele é mais metal e ferrugem que qualquer outra coisa. O escorregador é velho — largo e de metal, feito em uma época em que pernas queimadas deviam ser consideradas importantes para formação de caráter. Depois de algumas mesas de piquenique, há uma piscina pequena cheia de algas. Faz pouco tempo que percebi o quanto este lugar é péssimo. Quando eu era pequena, achava que era mágico. Sempre implorava ao meu pai para fazer um lanchinho e me trazer aqui com Paul e Jack.

Mesmo agora que reconheço o parque pela decadência que representa, mantenho as lembranças felizes da infância. Ainda venho aqui para ficar no balanço e dar uma volta no caminho de cascalho, que é cercado de árvores. Hoje, faço isso a passo curtos e calculados. No momento, está vazio, e quero aproveitar isso para pensar.

Estou muito brava com meus pais. Por contar a notícia da

gravidez daquele jeito e, mais ainda, por ter mantido segredo. E principalmente por um ciúme horrível e incontrolável que tomou conta de mim. Talvez "ciúme" não seja a palavra certa. Não estou com *ciúme* dessa criança que ainda nem nasceu. Só estou... confusa. Já tem bastante coisa mudando, com Klaudie indo para a faculdade e eu em breve seguindo os passos dela. Meus pais são a única constante, e nossa casa deveria ser algo com que pudéssemos contar. E agora não vai mais ser assim. Tudo vai mudar. Não vou ser a mais nova. Meus pais não vão se preocupar tanto com meu futuro porque toda a atenção vai para o bebê. Os feriados vão ser repletos de chupetas, gritos agudos e brinquedos espalhados pelo chão. Não quero isso. Nada disso. Mas vai acontecer, de qualquer jeito. Então, de alguma forma, preciso lidar com a situação.

Estou tão angustiada enquanto caminho para casa que não percebo a bola de basquete batendo, os gritos dos garotos ou Paul se aproximando. Não até ele me abraçar todo suado.

— *Eca* — digo, mas não solto, porque é bom ser protegida dos meus pensamentos de alguma forma.

— E aí? — Paul diz no meu ouvido, para que seus amigos não ouçam. — Tudo bem?

Balanço a cabeça em seu peito. Uma gota de suor cai de seu rosto no meu nariz. Enxugo na camiseta dele.

— Posso sair no meio do jogo. Tipo, pra quebrar outra mesa de pingue-pongue enquanto falamos sobre o que você está sentindo.

Agora eu saio do abraço, rindo.

— Tudo bem.

O que é mentira, mas não acho que Paul possa me ajudar com essa questão.

— Já deu, cara — um dos garotos grita da entrada da casa.

— Dá tchau pra sua namorada.

Paul e eu trocamos um olhar que diz: "Esses bobos não sabem de nada". Então ele me manda um beijo de longe e eu mando outro, bem na hora em que alguém joga a bola na barriga dele, e os outros garotos morrem de rir.

Esses bobos não sabem de nada.

Mas me sinto engraçada no resto do caminho para casa, como se tivesse tomado muito refrigerante deitada. Meio que gosto da ideia de acharem que Paul é meu namorado. O que é totalmente sem sentido, eu sei. Ele não namorou ninguém desde que terminou com Stephanie Crewe, e eu sei que ele gosta de namorar, o que não é bem o tipo de coisa que *eu* faço.

Mas isso não faz com que eu seja capaz de controlar esse sentimento de quem ingeriu gás demais.

Vamos, Tash. Esses bobos não sabem de nada.

Pego meu celular para mergulhar no reino entorpecente das redes sociais. Tem uma mensagem. De Thom. É sobre o último episódio de *Tempestade em Taffdor*, uma nova série que rapidamente está ficando popular entre os nerds da internet.

NÃO CONSIGO PARAR DE VER.

E, simples assim, meu humor melhora. Sorrio, paro e respondo para ele.

DOZE

Eis outra pérola de sabedoria de Tolstói, o mais genial dos homens: "A vida é verdadeiramente vivida quando pequenas mudanças ocorrem". Parece genérico, eu sei — como algo que estampariam em uma almofada. Mas parece mais profundo na negativa: "Você não está vivendo de verdade se nada estiver mudando". Então, tipo, você não deve ter medo de mudanças, porque elas nos lembram de que estamos vivos e de que algo está acontecendo conosco.

Às vezes eu sinto como se vivesse menos no verão. As semanas viram uma progressão insignificante de hábitos, um circuito do meu quarto para o quarto de Jack para o porão dos Harlow para a Old Navy e de volta para o meu quarto, onde tudo começou.

Eu me pergunto se é assim que todo mundo está destinado a viver: pulando de um espaço familiar para outro, até que todos os espaços familiares se tornam uma grande memória opaca sem nada em particular. Li em algum lugar que o americano médio gasta seis meses da vida parado no farol vermelho. Quantos anos será que as pessoas passam no quarto? Quanta vida acontece entre essas quatro paredes? Provavelmente penso mais a esse respeito do que seria saudável — em geral no meu quarto.

Junho vai ficando cada vez mais quente até que passa a tocha sufocante do verão para julho. Trabalho três manhãs por semana na Old Navy, filmo em duas e fico pensando em coisas mais ou menos importantes nas outras duas.

No geral, as filmagens caminham tranquilas. Como Jack, a maior parte da equipe recusa a ideia de ir à premiação da Tuba Dourada, seja por conta de dinheiro ou de tempo. No fim, só eu e George planejamos ir. Mas o fato de que só nós dois estaremos em Orlando não diminui a animação de ninguém. A indicação é importante, é a confirmação de que estamos fazendo algo *certo*.

As coisas não estão tão tranquilas em casa. Depois que meus pais jogaram a bomba do bebê, concordaram em me deixar ir à convenção. O que sem dúvida foi o jeito deles de tentar reconquistar a minha simpatia. E se aceitar essa troca indica que não tenho pudores, então não tenho mesmo.

Estamos nos falando, mas as coisas não voltaram ao normal. A desorientação que senti no parque persiste e ocasionalmente me manda vislumbres desanimadores do futuro: vou me formar na Calhoun enquanto o bebê chora na arquibancada ou tentar falar com meus pais por Skype e descobrir que minha mãe estava exausta e já foi dormir. Sei que é apenas especulação — não sou vidente. E não tenho como impedir que os nove meses de gestação culminem em um irmão ou uma irmã. Vai acontecer. Não faz sentido ficar encarando meus pais enquanto assistimos a um filme. Mas *mesmo assim*: por que incluir uma criança na equação familiar? Não estou brava, mas ressentida. Não consigo evitar. Talvez só o tempo resolva isso.

De qualquer maneira, a *minha* reação está sendo ótima se comparada com a de Klaudie. Ela já estava passando a maior parte do tempo fora de casa, mas agora não a vejo mais de uma vez por semana. Klaudie e meu pai costumam ver beisebol na TV toda semana, mas ela só tem furado. Nas poucas noites em que janta com a gente, é monossilábica e seca. Devora a comida o mais rápido possível e sai da mesa em seguida.

— Alguém está louca para ir pra faculdade — meu pai comentou uma noite, depois de uma interação especialmente fria.

O que é meio bobo, porque Klaudie vem dizendo que está louca para ir para a faculdade há um ano, e todo mundo sabe que ela não está assim por causa disso.

Na sexta depois do Quatro de Julho, estou na Old Navy monitorando o andar e os provadores quando vejo Jay Prasad dando uma olhada nas camisas xadrez. Com más intenções, me aproximo devagar pelas suas costas e dou um cutucão nele. Jay dá um pulo e vira.

—Tash! — Ele ri. — Cara, achei que você fosse me acusar de estar roubando.

Dou uma olhada na camisa verde e branca que Jay está usando.

— Na verdade, você poderia vestir uma dessas e sair da loja que ninguém notaria.

— Acho que uma funcionária não devia dizer essas coisas.

— Já faz três verões que trabalho aqui. Posso fazer o que quiser.

Jay ri de novo e diz:

— Seu turno termina logo?

Dou uma olhada no relógio, embora nem precise. Sei que horas são. Em dias parados como hoje, fico olhando o relógio a cada poucos minutos, como se fosse capaz de acelerar o tempo. Minha mãe consideraria que isso é muito pouco iluminado da minha parte.

— Ainda tenho algumas horas pela frente, mas o gerente não vai ligar se a gente bater um papo. Está bem parado aqui hoje. — Indico o andar vazio. "Walking on Sunshine" está tocando pela enésima vez. — Procurando alguma coisa em particular? — pergunto, me lembrando de parecer minimamente uma funcionária. — Parece que está de olho em camisas xadrez.

— Xadrez nunca sai de moda — Jay diz. — É tipo jeans. Fica bem com tudo e em todo mundo.

Discordo, mas sorrio daquele jeito "É, você devia comprar todas!", que me ensinaram no treinamento.

— Nem sabia que você trabalhava aqui — Jay acrescenta.

— Por que, hein? Sinto que é algo que eu devia saber.

Dou de ombros.

— Acho que ultimamente a gente só fala sobre a série.

— Sim... Aliás, eu contei que recebi uns e-mails de diretores de webséries? Nada de mais, só pedindo fotos e currículo. Nenhuma por aqui, claro. Uma em Ontário, outra perto de Los Angeles. Os dois disseram que aceitariam fazer um teste via vídeo se eu topasse mudar, caso o trabalho desse certo. E eu, tipo: "Pareço um ator profissional com dinheiro pra fazer o que quiser?". Não tenho certeza de que entenderam que ainda estou na escola. Mas é legal que estejam interessados.

— Claro — digo, ainda digerindo o fato de que uma websérie de verdade pediu uma foto do nosso Jay.

Mas ele muda de assunto na hora:

— Só você e George vão pra Orlando mesmo?

— É...

Tento manter uma cara séria, sem mostrar que a situação não me agrada. Quero ser profissional.

— Hum... Vocês vão *dividir um quarto* pra economizar?

— Jay.

— Que foi? — ele diz, todo inocente. — A linha entre o amor e o ódio é tênue. Os opostos se atraem e tal. Ele é muito bonito e agora ficou famoso.

— *Eu* fiz com que ficasse famoso — digo, um pouco arrogante.

Estou louca pra encerrar essa conversa.

Às vezes, sinto que poderia contar a verdade a Jay, porque ele não agiria como se fosse algo estranho. Sabe como é não se encaixar no Mundo das Grandes Expectativas que as Pessoas Têm para Você. Com mais frequência, no entanto, penso que contar para Jay seria como pisar no pé dele. Jogar meu desinteresse por sexo na cara de alguém que é justamente criticado todos os dias pela sua sexualidade parece insensível. Não é que as pessoas tentem me impedir de casar ou queiram que eu seja condenada ao inferno. Sou integrante da aliança gay-hétero da Calhoun desde que entrei no ensino médio. Eu me identifiquei como uma aliada. Durante uma reunião no ano passado, Tara Rhodes disse:

— Aliados são importantes. Afinal, são o "A" em todos os acrônimos!

Eu quis levantar na mesma hora. Queria gritar:

— Sou assexual, estou aqui e tão confusa como muitos de vocês!

Mas fiquei quieta porque não queria *sair do armário* ali, em uma sala subterrânea com cheiro de limpador de vidro. Mas continuei incomodada com o comentário de Tara por meses. Eu senti como se ninguém enxergasse o meu "tipo de gente". Como se eu não *existisse*. E, se eu não existisse num grupo desse tipo, com quem poderia contar?

— Tash? — O sorriso de Jay desapareceu com meu longo silêncio. — Desculpa, não queria te deixar constrangida.

— Não, tudo bem. Só estava pensando que seria *mesmo* mais barato se eu dividisse o quarto com alguém. Mas... Não com George. Tony até pensou em ir, mas decidiu que preferia gastar a grana em um novo sintetizador.

— O cara é vidrado em música.

Jay olha atentamente uns cachecóis que estão atrás de mim.

— Jaaay — começo a falar, insegura. — Hum, sei que não é da minha conta, mas...

Ele faz uma careta.

— Não quero falar... sobre... hum, isso.

Concordo rapidamente.

—Tá.

— É que... Você é amiga da Jack e ele é o ex dela, então seria estranho, entende?

Seria mesmo. Nem sei por que toquei no assunto. Só que, na verdade, eu *sei*: porque, toda vez que filmam juntos, Jay parece um filhotinho de olhos grandes esperando que Tony faça carinho em sua cabeça e diga: "Bom garoto". Porque, mesmo na tela, quando Alek e Vrónski estão brigando, dá para notar certa melancolia nos olhos de Tony. Ou talvez só eu perceba. De qualquer maneira, é meio triste.

— Eu gosto dele, de verdade — Jay fala, apesar de ter dito que seria estranho falar sobre isso. — Acho que isso é óbvio pra todo mundo, menos pro Tony. Mas não quero estragar tudo no meio da série. Adoro a Jack, ela é ótima. E as coisas já estão meio tumultuadas com toda a atenção do público, Klaudie saindo e George... Bom, George sendo George.

Ah, sim. Estou muito familiarizada com todas essas questões.

— Tá bom, tá bom — continua Jay, sem que eu diga nenhuma palavra. — Também morro de medo que Jack me mate. Ela parece o tipo de pessoa que pode fazer isso e esconder todas as evidências.

— Com certeza — digo, sem hesitar.

Agora, Jay está contorcendo tanto o rosto que mal o reconheço.

— Hum... — digo. — Você tem razão. É esquisito *demais*.

Jay devolve uma camisa xadrez à pilha.

— Eles namoraram firme?

Penso nas longas conversas com Jack por telefone nos meses em que ela estava com Tony: ora chorando, ora dando gritinhos de alegria. Penso em todas as playlists que ele compartilhou com ela e depois ela compartilhou comigo. Penso nas músicas apaixonadas que Tony escreveu para Jack e nas músicas que Jack escreveu com o coração partido. Penso na noite de dezembro em que Jack foi até minha casa, deitou na minha cama e confessou que tinham dormido juntos pela primeira vez. Dois meses depois, tudo tinha terminado.

— Bom, você viu os dois juntos — digo.

— Mas não dá pra saber. Vocês são superprofissionais quando filmamos.

Gosto de ouvir isso. Profissionalismo é a meta. Mesmo depois do término, Jack e Tony deram um jeito de passar os meses seguintes ignorando um ao outro em vez de brigar na frente de todo o elenco.

— Sim — digo. — Eles namoraram firme. Como prego na areia.

— Isso quer dizer que não namoraram firme.

— Oi?

— "Como prego na areia." Significa que não é firme.

— Acho que não.

— Acho que sim.

— Jay, você vai querer levar esse cachecol? É a sua cara.

— Quê? Ah, não, desculpa. — Ele balança a cabeça e passa a mão no rosto. — Como eu disse, seria melhor se a gente não conversasse sobre isso.

Dou um beijo na bochecha dele.

— Então vamos parar de conversar.

Finalmente ele abre um sorriso de novo.

— A gente devia se ver mais. Fora das filmagens. Tenho saudade de quando só nos divertíamos juntos.

— Eu também. As coisas andam muito sérias nos últimos tempos.

—Você devia incluir isso no plano de negócios: tempo de diversão obrigatório.

— Uau, parece *muito* divertido.

Jay ignora meu sarcasmo e, com o carisma de um candidato à presidência, diz:

— Se está faltando diversão, tire ela de algum lugar.

— Espero que um dia alguém grave essa frase em mármore e dê os devidos créditos a você.

Jay pega uma camisa xadrez.

—Vou levar esta.

Retomo minha postura de funcionária e concordo educadamente.

— *Excelente* escolha. Por aqui, senhor.

—Vó? Está ouvindo?

A imagem na tela do computador está pixelada, e a voz da

vovó Young sai dos alto-falantes como se ela estivesse embaixo d'água. É difícil entender algumas coisas que ela fala por causa do sotaque, mas agora a falha de comunicação se deve exclusivamente a problemas técnicos.

Estávamos conversando com ela e com meu avô fazia uma hora quando a imagem congelou. Hoje estamos só meus pais e eu em volta do computador da sala. Klaudie saiu antes do jantar sem avisar ninguém. Estou bem irritada, porque ela sabia que íamos ligar. Ela simplesmente deu o cano neles.

Para mim, a relação com meus avós é sagrada. Eles são velhos e nunca se sabe quando vai ser a nossa última conversa. Eu não sabia que meu beijo de despedida na vovó Zelenka no estacionamento do Olive Garden seria o último. Aquele dia parecia completamente comum. Ela me abraçou, disse para eu ser uma boa menina e depois ela e o vovô morreram em um acidente de carro a caminho de casa.

Esta noite, Klaudie pode estar perdendo a última conversa com nossos avós. Quer dizer, não estou nem um pouco animada com a notícia do bebê, mas não vou descontar neles.

Tento esconder a raiva — não para ajudar a minha irmã, mas porque não quero demonstrar nenhuma emoção negativa. Mas, neste momento, meus avós teriam sorte se conseguissem perceber qualquer emoção que fosse com essa conexão ruim.

— Mãe? — minha própria mãe grita para a tela. —Vamos desligar e tentar de novo.

Quando minha mãe desliga, meu pai vira para ela com as mãos juntas e implora:

— Não podemos fingir que a internet caiu?

Esse é mais um dos pontos em que meus pais são completamente diferentes. Minha mãe adora conversas longas e detalhadas: ela pergunta sobre todo tipo de coisa, da rotina diária dos meus avós ao que eles comeram aquele dia no café. Pergunta como estão se sentindo, como se sentem em relação a esses sentimentos e como os sentimentos em relação a esses sentimentos fazem com que se sintam. Meu pai também é falante, mas prefere discussões animadas e altas, sobre coisas como esportes e política. Mas, quando se trata de falar por Skype com os meus avós, quem manda é a minha mãe, então as conversas são divagações tranquilas, sem destaques ou horário para acabar. Meus avós já sabem sobre o bebê, então isso rendeu vinte minutos de um papo mais ou menos animado — e silêncio da minha parte. Na boa, como meus avós podem falar sobre um *neto novo* como se não fosse a notícia mais zoada do mundo? Mas o foco mudou em seguida e, quando a conexão começou a falhar, minha avó estava reclamando de uma bolha no calcanhar esquerdo.

Aguento esses papos irrelevantes porque, como eu disse, meus avós são sagrados. Mas também por causa da minha mãe, que já comentou muitas vezes que se sente culpada porque eu e Klaudie não os conhecemos tão bem. As conversas por Skype e as visitas de duas semanas a cada cinco anos são tudo o que temos. E eu sei o quanto isso a incomoda. O bastante para que ela chore sozinha à noite, na frente da televisão.

Minha mãe liga para eles de novo.

—Você pode se despedir e sair — ela diz para o meu pai.

—Tenho certeza de que eles não vão se importar.

— Eu também — meu pai concorda, rabugento. — Sua mãe vai estar muito ocupada falando sobre bolhas pra notar.

O Skype continua chamando.

—Vai ver a internet *deles* caiu — digo.

Meu pai fica animado demais com essa possibilidade.

Minha mãe suspira e diz:

— Pode subir, Jan. Eu me despeço por você.

Ele parece uma criança que acabou de saber que as aulas do dia foram canceladas.

— Pode ir — minha mãe insiste, dando uma batidinha no cotovelo dele. —Você já fez sua boa ação do mês.

Meu pai sobe a escada correndo, provavelmente para ver ESPN no quarto.

— Homens — comento. — São uns molengas.

Minha mãe me lança um olhar que quer dizer: "Em geral não é verdade, mas nesse momento é". Finalmente meus avós atendem e aparecem na tela, com uma definição muito melhor que antes.

— Está ouvindo, vó? — pergunto de novo.

Ela sorri para a câmera.

— Sim, querida, desculpe. John achou melhor reiniciar o computador. A tecnologia é uma bênção e uma maldição...

Concordo de todo o coração.

É mais de meia-noite quando Klaudie chega. Ainda estou acordada, comentando com Thom o último episódio de *Tempestade em Taffdor*, que foi repleto de sangue e lágrimas.

Acabei de mandar uma mensagem dizendo *Eu poderia ficar assistindo à abertura o dia inteiro* quando ouço passos leves na escada. Depressa, digito *Tenho que ir*, arranco o cobertor e corro para a porta. Encontro Klaudie no corredor. Tomada por um instinto animal, enfio minhas unhas no cotovelo dela. Klaudie grita, então xinga baixo e se solta.

—Você está *louca*? Qual é o seu problema?

— Qual é o *seu* problema? — devolvo. — Fugir do Skype? É muita falta de consideração.

Sinto um cheiro no ar, vagamente familiar, mas fora de contexto, ligado a passeios pelo centro e ao estacionamento da escola. É de fumaça. Klaudie cheira a cigarro.

— Eu já tinha combinado com Ally e Jenna — ela diz.

— Então devia ter desmarcado com elas. São seus avós. Você provavelmente nem vai mais ser amiga delas daqui a três anos.

O rosto de Klaudie se enche de desdém. É uma expressão horrível, que parece saída de um desenho animado. Ninguém usaria nem com o pior inimigo, só com o irmão.

—Você não sabe nada sobre a minha vida — ela sibila.

— Olha, eu também estou brava, mas tudo tem limite. Você não pode ser uma cretina com a mamãe e o papai quando eles vão pagar sua faculdade.

— *Um oitavo* da minha faculdade — Klaudie corrige. — Eu me matei pra conseguir uma bolsa.

— Pode ser, mas eles não vão pagar pra que *eu* vá pra Vanderbilt.

— Ah, Tash, por favor. Você não vai nem conseguir entrar. Não viaja.

Agora estou fazendo a minha versão da cara horrível, tremendo. Sinto que poderia arrancar os olhos dela.

— Você não sabe do que realmente se trata? — Klaudie diz, e eu sinto outro cheiro familiar e fora de contexto no seu hálito. — Não sabe o que a mamãe está querendo dizer? Que não somos o bastante. Que não nos tornamos quem ela queria. Que quer tentar de novo.

— De onde você tirou isso? — sussurro, embora Klaudie esteja dizendo algo em que pensei mais de uma vez.

— É perigoso e financeiramente irresponsável. Se você compactua com isso como se não tivesse nenhum problema, só pela harmonia ou sei lá em que bosta budista você acredita agora...

— Eu não *compactuo* com isso!

— Não agora, mas vai compactuar. Porque você faria qualquer coisa pra continuar sendo a queridinha da mamãe. Puxa-saco do cacete.

— Sério? É você quem mostra pra eles todo dez que tira, vai fazer engenharia que nem o vovô, fica vendo ESPN com o papai e recebe uma bolsa X. E *eu* que sou puxa-saco? Dá um tempo...

— Tá bom, pode se enganar o quanto quiser. Como está se enganando sobre conseguir entrar em uma faculdade boa.

Não estamos falando baixo. O que começou como uma troca de sussurros ásperos agora se transformou em uma série de gritos cada vez mais altos. Quando vejo minha mãe na porta do quarto dela, não tenho ideia de quanto tempo faz que está ali. Klaudie nota a mudança na minha expressão, vira e fica tensa.

— Já passou da hora de dormir, meninas — minha mãe diz com sua voz sempre cristalina.

Como se não tivesse ouvido nada. Como se a única coisa fora dos eixos ali fosse o horário.

Então ela dá as costas e fecha a porta.

Klaudie começa a dizer alguma coisa, mas não fico para ouvir. Bato a porta do quarto e sento em uma cadeira para bloqueá-la, processando tudo o que foi dito. Klaudie não tem ideia do que disse. *Ela* é a puxa-saco. Sempre foi. Passou todos os verões trabalhando como voluntária e desenvolvendo projetos extracurriculares com o clube de física da escola. Estudando para as provas de qualificação para a universidade. Ficando de babá dos filhos dos vizinhos. Passando o tempo com a gente. Acumulou tantos pontos de perfeição que ultrapassou o limite e atingiu a santidade.

Pelo menos foi assim até agora. Não sei o que anda fazendo com Ally e Jenna, mas Klaudie é adulta. Se quer dar uma animada na vida, tudo bem, acho que merece. Mas não tem o direito de ser uma cretina.

Não vou esquecer o que disse sobre a Vanderbilt, nem o olhar da minha mãe quando nos pegou brigando.

Na cama, penso que, por muito tempo, imaginei Klaudie como a filha perfeita. A rainha da nossa dinastia. Mas agora não tenho tanta certeza disso. Seu reinado pode estar acabando. Não que eu queira a coroa; mas ela perder parece algo inevitável.

TREZE

— PERAÍ, ENTÃO A GENTE ESTÁ PUTO COM A KLAUDIE DE NOVO? Jack, Paul e eu estamos sentados debaixo do escorregador de metal do parque, nos preparando para o concurso anual "Queime e ganhe". Fazemos isso desde o quarto ano. As regras são simples: escolhemos um dia quente de verão e sentamos, com as pernas expostas, no escorregador de metal pelo maior tempo possível. Quem aguentar mais, ganha uma grana dos outros. Quando éramos menores, o valor era de um dólar por pessoa. Agora são vinte cada e um ano de honra, glória e o direito de se gabar.

Jack está passando hidrante atrás das pernas, o que garante ser o segredo da sua vitória nos últimos dois anos. (Não ganho desde o ensino fundamental.)

— Não estamos putos — digo. — Só... frustrados.

— Sério? Parecemos putos.

— Por que estamos falando no plural?

170

— Não sabemos.

Solto um gemido e digo:

— Ela está me tratando como se eu fosse uma traidora por não estar fazendo um escândalo por causa do bebê. Tipo, que escolha eu tenho?

— Já contei meu grande plano — diz Jack —, mas você não gostou.

— Você quer dizer fazer um pacto com o diabo pra que o bebê seja o anticristo e meus pais percebam que erraram?

— Você faz parecer tão sinistro.

Não contei o que Klaudie disse sobre a Vanderbilt. Ainda é um assunto muito sensível.

Paul está deitado de costas, com as pernas compridas esticadas. Ele pega um punhado de cascalho, levanta e diz:

— Quanto vocês me pagariam pra comer isso?

— Não acredito que somos irmãos — diz Jack.

— Vai ver não somos. Vai ver *eu* sou o anticristo. — Ele balança a mão ainda segurando o cascalho acima da cabeça enquanto grita como em *A profecia*: — *Olha, Damien! É tudo pra você!*

— Eu pagaria se fosse cascalho normal — digo. — Mas isso aí deve estar mais contaminado que Tchernóbil. Ninguém deve ter limpado ou trocado desde a Guerra do Vietnã. Tem ideia de quantos cachorros já fizeram cocô aí?

— Ou de quantas crianças já fizeram xixi aí? — Jack acrescenta, adorando a brincadeira.

— Ou de quantas bitucas de cigarro já foram jogadas aí?

— Ou de quantos pássaros já acasalaram aí?

171

—Tá bom, tá bom. Já entendi, nossa.

Então, antes que possamos prever, Paul puxa a gola da camiseta de Jack e despeja todo o cascalho lá dentro. Ela não grita. Não choraminga o nome do irmão ou bate nele. Só lança um olhar frio e assassino e diz:

—Vou matar você. Vou matar você enquanto dorme hoje à noite, Paul Marcus Harlow.

De repente, sinto uma tristeza. Mesmo com as ameaças de fratricídio, dá para ver o quanto ela e Paul se gostam. Como eles se dão bem. São melhores amigos. Isso me deixa chateada e com um pouco de inveja. Deveria ser assim comigo e com Klaudie também. A diferença de idade entre nós é ainda menor e somos garotas. Tínhamos que ser melhores amigas. Tínhamos que saber os segredos uma da outra, dividir roupas e ser confidentes. Mas não somos. Nunca fomos. Somos diferentes demais, acho. Klaudie é do conselho estudantil, eu sou da turma de artes. Klaudie é das equações, eu sou da ficção. Klaudie é bolsista, eu sou... Tuba Dourada.

Sei que não posso mudar isso, mas, em momentos assim, gostaria que a gente se desse melhor. Gostaria de abraçá-la, ameaçá-la e brincar com ela com tanta facilidade quanto Jack e Paul. Por alguns meses, quando estava filmando com a gente, achei que estávamos nos aproximando disso. Que a série era algo que tínhamos em comum. Passávamos mais tempo juntas e estávamos felizes com isso. Só que *não*, desde que Klaudie chegou à conclusão de que a série é uma perda de tempo desagradável.

Bela reaproximação.

Jack não consegue elaborar mais suas ameaças, porque um bando de crianças pequenas chega. São cinco e, julgando pela cara toda suja de bolo de uma delas, estão em uma festa de aniversário. Uma menina que tem no máximo seis anos para na nossa frente e põe as mãos na cintura.

— Vocês são velhos *demais* pra estar aqui — ela diz, apontando pra gente. — Esse parquinho é pra crianças. Está nas regras.

— Ainda estamos na escola — Paul diz com educação. — Então contamos como crianças.

— Não.

A menina bate o pé. Está usando aqueles tênis que acendem, e uma impressionante apresentação de luzes azuis e verdes começa sob o calcanhar dela.

O garoto ao seu lado, que parece muito menos preocupado com a suposta quebra das regras do parque, diz:

— Querem brincar com a gente? É pega-pega. Tá comigo, mas posso dar cinco segundos de vantagem pra vocês.

Tem um grande button azul alfinetado na sua camiseta dos Transformers, onde está escrito ANIVERSARIANTE.

— Paul *adora* pega-pega — Jack diz. — Tenho certeza de que ele topa.

Ela bate no joelho do irmão com um sorriso malicioso.

Ele nem se abala. Levanta e limpa o cascalho das mãos.

— Cinco segundos, né? — Paul diz.

O garoto dá uma boa olhada nele.

— Hum... — diz, antes de pegar a perna de Paul e gritar:

— Peguei!

Paul ruge como um urso raivoso. As crianças soltam gritinhos animados de terror e se espalham pelo lugar. Paul olha para trás e mostra a língua para Jack.

— Rá! — ele diz. — Agora faço parte da galera popular.

Ele começa a correr num ritmo exageradamente lento, se esforçando muito para quase pegar as crianças, mas sempre erra por pouco.

Balanço a cabeça pra Jack.

— O que foi? — ela diz. — Ele está adorando.

— Os pais do menino devem estar se perguntando por que um adolescente aleatório está correndo atrás das crianças da festa.

Jack bufa.

—Você não lembra que ele roubou todos os meus clientes quando eu era babá? Os pais amam o Paul.

— Por que o rancor? Você odeia trabalhar de babá — tenho que lembrar.

Isso é fato. Jack não tem um bom temperamento para cuidar de crianças. Se recusa a sorrir para elas ou se ajoelhar para perguntar qual é sua matéria preferida na escola. De acordo com ela, crianças são adultos em miniatura que agem como se estivessem sempre bêbadas. Se recusam a ser racionais, portanto não merecem atenção e muito menos carinho. Jack desistiu de ser babá há três anos para se dedicar exclusivamente ao trabalho no petshop e à loja na Etsy.

— Não é rancor — ela diz. — Só estou dizendo que Paul é o tipo de cara que as mães amam.

Por um minuto, sorrimos ao vê-lo brincar com as crianças

no parquinho. Ele se enturma bem, gritando e andando para lá e para cá com movimentos exagerados.

— Essas crianças têm sorte — diz Jack. — O aniversário não devia estar muito bom se os pais pensaram que *aqui* era um bom lugar pra fazer a festa.

Olho para ela. Quero perguntar uma coisa, que venho remoendo há algumas semanas. Mas não posso simplesmente jogar. Preciso construir uma narrativa, atravessar uma série de camadas em terreno cada vez mais instável.

—Você vai mesmo no show do Chvrches?

Primeira camada.

Jack olha para mim como se eu fosse uma idiota.

— Claro. Já comprei o ingresso.

—Ah, legal. É só que... Não quero que você se sinta desconfortável. Se não quiser ir, tudo bem. Posso ficar com você.

Segunda camada meio desajeitada.

— Como assim, Tash? É claro que vou. Só porque eu e Tony não estamos mais juntos... É disso que você está falando? Porque foi ideia dele? Porque fizemos um cover de uma música do Chvrches pro canal?

— É, acho que sim.

Desse jeito não vou chegar a lugar nenhum.

—Você está vendo coisa onde não tem. Estou bem. Está tudo tranquilo entre a gente.

—Você nunca fala com ele. — Continuo antes que ela possa me interromper. — *Quase nunca.* A menos que seja algo relacionado à série. Você nem senta perto dele. Já te vi sair da sala quando ele entra. Então não fale que está tudo tranquilo.

Jack dá de ombros de um jeito meio brusco.

— O que você quer que eu diga? Que preferiria não ter que ver meu ex quase toda semana? Claro. Que as coisas ainda estão um pouco estranhas? Óbvio. Mas não tenho escolha. Ele é parte do elenco, e somos *profissionais*.

— *Afe*. O que essa palavra quer dizer exatamente?

— Sei lá! — Olhando para o chão, Jack diz: — Sabe o que me incomoda? Séries de comédia. Tá, todo mundo sabe que elas não representam a vida real. São só o que pessoas tristes e cansadas veem quando voltam do trabalho pra não se sentir tão mal. Mas poderiam pelo menos ser honestas em relação a términos de relacionamento. Aos términos saudáveis, pelo menos. Tudo bem, eles têm recursos limitados e precisam manter os mesmos atores. Mas a mesma meia dúzia de pessoas fica saindo entre si e, quando terminam, ninguém desaparece. O ex continua ali, para sempre. O grupo de amigos se mantém, independente do que aconteça. É tão disfuncional. Não é assim que deve ser. Quando um casal termina, cada um segue seu caminho. Em nove de cada dez relacionamentos não é saudável continuar amigo do ex. Porque as coisas sempre, *sempre* vão ser esquisitas.

— Você inventou essas estatísticas — digo.

— Se as corporações televisivas podem inventar histórias de amor horrorosas, eu posso inventar estatísticas.

— Você está dizendo que *Famílias Infelizes* é uma comédia ruim?

— Estou dizendo que estou bem, mas terminar as filmagens vai ter seu lado positivo.

— Tá.

— Não precisa ser tão dramática.

— *Tá.* — Como já entramos no assunto e não parece que vamos falar disso de novo, pergunto diretamente: — Quer que eu tire os vídeos de vocês?

— Por quê?

— Caso te deixem desconfortável. Vocês eram tão… carinhosos.

A combinação do sintetizador do Tony e dos vocais guturais de Jack atraía o público, mas de longe a maior qualidade dos vídeos era como os dois eram abertos quanto a ser um casal. Uma vez até deram um beijo depois de uma música romântica que ele escreveu para ela. Se eu fosse Jack, tiraria os vídeos da internet imediatamente.

— A música continua sendo boa — Jack diz. — O fim do namoro não altera a qualidade do som. Pense a respeito: um monte de membros de bandas terminaram relacionamentos. Jack e Meg White, Gwen Stefani e Tony Kanal. Eles não apagam todos os discos e clipes que fizeram quando estavam juntos. Quando você é do meio, não pode se dar a esse luxo.

Assinto devagar, sem saber muito bem o que dizer. Jack entrou no mundo dos músicos, no qual sou apenas uma visitante sem muito conhecimento.

Em uma tentativa de sair da Terra da Filosofia Musical, pergunto:

— E seu pai, como anda?

— Ele diz que bem.

O sr. Harlow parou de reclamar das dores de cabeça há algumas semanas. Apesar da insistência da família, não foi ao médico. Óbvio que não ficaram felizes com isso, mas a consulta de rotina com o oncologista já é no próximo mês e, se houver algum motivo para preocupação, ele certamente vai descobrir.

— SAI DA FRENTE!

Abro passagem bem na hora que Paul passa por baixo do escorregador com as mãos sobre a cabeça.

— Ei! — grita o aniversariante, correndo na nossa direção.

— Não é justo!

— É justíssimo! — Paul ainda está cobrindo a cabeça, como se temesse que o garotinho de seis anos pudesse machucá-lo. — Peguei você, então agora voltamos à mesma situação de antes. Está com você. E eu estou fora.

— Nãããão! — grita uma menina de maria-chiquinha. — Você é divertido!

— Tenho que fazer graça pra essas duas manés agora — Paul diz, apontando para nós. — Desculpa. Já tínhamos marcado de brincar.

Um monte de crianças chateadas se junta à nossa volta.

— Meu Deus — Jack diz baixo. — É como *A cidade dos amaldiçoados*.

— Por favoooor — diz o aniversariante, que agora está fazendo beiço. — Mais cinco minutos.

— Foi mal. Sou velho e estou cansado.

Quando algumas crianças começam a fazer birra, Jack levanta e diz com sua voz morta e monótona:

— Sou uma bruxa. Se não deixarem a gente em paz vou enfeitiçar vocês.

— Você não é uma bruxa! — a menina de maria-chiquinha grita. — Minha mãe disse que bruxas não existem!

— Sua mãe é uma mentirosa. Ai, me deixa, Tash. — Jack move os dedos de um jeito sinistro na direção da garota. — Você não quer testar meus poderes, quer, garotinha?

A menina de maria-chiquinha parece em dúvida, mas o aniversariante já recuou. Sem aviso, ele sai correndo, gritando:

— Tá comigo!

Paul já foi esquecido.

— Você é péssima — digo a Jack. — Não pode dizer a uma criança que a mãe dela é uma mentirosa.

— Todos os pais são mentirosos — diz Jack. Paul faz uma careta e joga outro punhado de cascalho nela.

— Queime e ganhe — ele diz. — O sol está na posição ideal. Vamos lá.

Vamos ao desafio. Jack ganha pelo terceiro ano seguido. Dezoito segundos de contato ininterrupto da pele com o metal queimando.

— Tricampeã! — ela grita, antes de ver o vermelhão na parte de trás das coxas.

No dia seguinte, estou no quarto dela olhando os comentários do último capítulo que subimos, "Anna vira a página", enquanto Jack edita outro episódio. Amanhã começamos a gravar cedo na sala de jantar dos Harlow, então decidi dormir aqui. Estamos sentadas num silêncio reconfortante, pontuado pelos cliques, quando vejo que ela está fazendo careta para a tela.

— O que foi? — pergunto, imediatamente preocupada com algum problema no vídeo, imaginando que falte uma tomada de certo ângulo ou que haja um erro de continuidade evidente que não vimos antes.

— Hum... nada — ela diz, mas só franze mais a testa.

Eu me aproximo para dar uma olhada no laptop.

— Tem certeza?

Jack põe a mão na frente da tela, impedindo minha visão.

— Claro. — Ela soa estranhamente nervosa. — Está tudo bem.

— Então por que está cobrindo a tela?

Tento soltar os dedos dela, sem sucesso.

— Tá bom — Jack diz. — Mas você tem que prometer que não vai surtar.

— Me mostra logo.

Ela tira a mão. É um post no Tumblr. Um post *enorme* no Tumblr.

— Os haters finalmente estão dando as caras — Jack comenta.

Tem algo de brutal em ficar vendo uma coisa repetidas vezes, mesmo que seja boa. Mesmo quando você para, aquilo continua voltando automaticamente, como se estivesse marcado no seu cérebro. Aconteceu com o vídeo da Taylor Mears e com algumas mensagens de Thom. Algumas palavras simplesmente pegam o Trem da Repetição Eterna e ficam rodando sobre trilhos circulares, consumindo a consciência.

180

E isso quando são coisas *boas*. Com as ruins, é muito, muito pior.

Leio o post no Tumblr uma, duas, três vezes. Então reajo, falando mais rápido e com mais ferocidade a cada segundo. Estou esbravejando loucamente quando Paul entra com uma bola de basquete na mão. Seu cabelo está preso em um rabo de cavalo e seu rosto está vermelho. Ele cheira a suor e sol.

Jack me interrompe e diz para ele:

— Não encosta em nada desse jeito. Senta aí no chão.

Obediente, Paul deixa a bola de lado e abaixa antes de perguntar:

— Com o que estamos bravos agora?

— Uma pessoa horrível sem nada melhor pra fazer escreveu uma crítica de *Famílias Infelizes*. Tipo, queria ver esse cara produzir uma série tendo que resolver toda a logística sem dinheiro. Aposto que não sabe que ainda estamos na escola, ou que tipo de cretino... *O que foi*, Jack?

Parece que ela está fazendo um esforço enorme para não rir.

— Gosto dessa amargura. Combina com você — Jack diz.

Isso só me deixa mais irritada, porque me lembra de que estou agindo sem iluminação alguma. Preciso de espaço. Para pensar e me acalmar.

— O que a pessoa disse exatamente? — Paul pergunta. — Estava assinado? Que tipo de cara é?

Dou de ombros.

— Não sei se é um cara, mas imagino que seja.

— Ei — Jack diz, batendo no meu joelho. — Isso não é justo. Homens e mulheres podem ser igualmente horríveis.

— Ela se inclina na beira da cama para passar o laptop para o irmão. — Lê. É esse silverspunnnx23.

Paul aparentemente entende que deve ler em voz alta, porque limpa a garganta e, assim, ouço mais uma vez as frases que já estão martelando meu cérebro.

Tá, acho que faço parte da minoria, mas por que toda essa p**** de OBSESSÃO com Famílias Infelizes? Pode ter sido mencionada por Taylor Mears, mas todo mundo sabe que ela indica qualquer coisa no vlog agora que está ocupada com seu novo projeto. Até agora achei a série chata e banal. Pra que ninguém me acuse de mau humor, listei todos os problemas que encontrei enquanto via. Vamos a eles!

1. ATUAÇÃO: Acho passável na maior parte do tempo, mas o roteiro é tão forçado… Faz referências demais ao original, o que simplesmente não funciona.

2. HISTÓRIA: Tem um motivo pelo qual ninguém adaptou Anna Kariênina para os dias de hoje: SIMPLESMENTE NÃO FUNCIONA. Só eu estou pensando isso? É ambicioso DEMAIS. Tolstói não escreveu uma história de amor fofinha. O comentário social e político se perdeu totalmente na adaptação. Não estou dizendo que uma websérie tem que ser tão épica e profunda quanto um romance de Tolstói. A maior parte delas é uma bobageira derivativa mesmo. Mas adaptar um romance gótico de qualidade duvidosa é uma coisa, adaptar literatura russa é outra completamente diferente. A essa altura os roteiristas já devem ter percebido que foram ambiciosos demais.

3. KEVIN: Meu Deus, não sei nem se devo entrar nesse as-

sunto. Não consigo de jeito nenhum entender por que todo mundo está tão ligado nisso. Já não é grande coisa no livro, mas na série é simplesmente uma piada. Liévin é um riquinho esquisito e fresco que gosta de plantas. O ator é bonito demais pro papel. Kitty não tem graça ou personalidade além do fato de ser dançarina. Mesmo assim, merecia coisa melhor. Não faço ideia do motivo de alguém torcer pra esses dois ficarem juntos. NENHUMA.

Conclusão: que merda é essa? Sério, é tudo em que consigo pensar quando vejo as pessoas poluindo meu feed com comentários sobre essa série que é no máximo mais ou menos. Só espero que seja uma fase e que todo mundo supere a loucura da #quintakevin rápido.

Paul fecha o laptop e estica os braços para devolvê-lo a Jack.

— Essa doeu — ele comenta. Então, notando um amontoado de bonecos recém-moldados por Jack, pega um da Noiva Cadáver e do Jack Esqueleto e faz com que dancem uma valsa lânguida na sua barriga.

— Eu queria mesmo ver essa pessoa escrever, dirigir e produzir uma websérie — digo. — Ele vive de lágrimas e negatividade? Não tem nada melhor pra fazer que criticar as pessoas que estão tentando... produzir arte?

— Tá bom, Tash, não exagera. — Jack abre o laptop de novo. — Fazemos *Famílias Infelizes* porque é divertido, não fomos contratados para repaginar a Capela Sistina. E pode ser uma mulher. Provavelmente é.

— De qualquer maneira é alguém idiota. E você viu todos os compartilhamentos? Quem compartilharia algo tão maldoso? Então tem um monte de gente por aí que odeia a série? Penso nas nove avaliações negativas do meu vlog. As lágrimas começam a cair.

— Ei — diz Paul, pondo a Noiva Cadáver na frente do meu rosto numa tentativa de me consolar. — Não vale a pena chorar por isso.

— Não me diga que não vale a pena chorar por isso! — grito, derrubando a boneca das mãos dele. — Como se você já tivesse feito alguma coisa tão importante!

O silêncio que se segue é terrível. Paul volta a olhar para o teto, mas sei que o magoei.

Jack está me encarando.

— Minha nossa, Tash. Quando foi que você ficou tão babaca? Esse é o *meu* papel.

— Desculpa — digo, me sentindo mal. Desço da cama para sentar ao lado de Paul. Cutuco o ombro dele, que ainda está molhado de suor. — Fui muito sem noção.

Paul fecha os olhos e diz:

— Tudo bem.

— As críticas negativas são inevitáveis — diz Jack. — Só não podemos deixar que George veja.

— Por inúmeras razões — concordo, afastando o que restou da minha inquietação.

— Então chega disso. — Jack vira a tela para que eu veja. — Agora dá uma olhada nesse GIF. Não é o melhor?

Alguém separou três frames do capítulo do Scrabble: um

close-up das peças, as mãos de Liévin e Kitty se tocando e o beijo.

Sorrio e concordo, mas não consigo deixar de pensar: *sem personalidade.*

É verdade? Jack e eu trabalhamos muito para fazer a personagem doce, mas crível. Não tinha sido o bastante? Ou era a interpretação de Eva? Ou *o quê*? Onde estamos errando? Mais tarde, depois que Paul se arrastou para o próprio quarto e eu e Jack deitamos, minha mente não queria desligar. As palavras continuam girando: *forçado, derivativo, piada.*

Depois de uma hora tentando dormir, pego o celular que estava embaixo do travesseiro e mando uma mensagem para Thom.

Tivemos uma crítica péssima hoje. Alguma dica de como lidar com isso?

Não achei que ele fosse responder na hora, então fico surpresa ao ver que está digitando.

É a pior coisa. Sinto muito. Tive um monte dessas. Se afaste e NÃO leia obsessivamente. Ou vai lembrar cada palavra pra sempre.

Dou um sorriso e escrevo: *Agora é tarde.*

Vai ficar tudo bem, Thom responde. *Sempre vai ter quem não goste do seu trabalho. É direito deles criticar. E é seu direito continuar fazendo o que acredita.*

Sorrio. Pelo menos Thom acha que estou fazendo arte.

Obrigada, escrevo. *Já estou me sentindo melhor.*

Imagina. Bons sonhos.

Fico olhando para a tela por um minuto.

Bons sonhos. É normal amigos escreverem isso? Somos amigos, não somos? Não é como se um de nós dois tivesse confessado seu amor, mas ultimamente ele tem respondido muito mais rápido e nossas conversas têm durado mais. Só nesta semana fiquei duas noites acordada até as três falando com ele sobre o que estava planejando para o blog e — meu assunto favorito — a Tuba Dourada.

Você se sente intimidado?, perguntei há alguns dias. *Sei que não é o Oscar, mas pra mim é como se fosse.*

Thom respondeu: *Relaxa. Acho que teria aproveitado mais no ano passado se não estivesse tão nervoso.*

Depois, ele acrescentou: *E se eu soubesse que ia perder nem teria ido. Hahaha.*

Por que não?, perguntei. *Ainda é uma ótima oportunidade de conhecer gente.*

Já conheço bastante gente, Thom respondeu.

O que imagino que seja verdade. Thom está muito mais estabelecido nesse mundo do que eu. Ano passado, *YouTubo de Ensaio* foi indicado a três prêmios: Melhor Vlog, Nerd de Honra e Melhor Personalidade. Pode não ter vencido, mas as indicações são importantes. Pelo menos só vou precisar ficar uma pilha de nervos durante a entrega de um prêmio.

Só espero não chorar, escrevi.

Thom respondeu: *Vou levar lencinhos, não se preocupe.*

Nada de declarações, mas ainda assim tinha algo ali. Talvez uma promessa tênue. Tenho um pressentimento de que as coisas vão mudar na convenção e de que Thom também sabe disso. Nosso encontro vai ser a confirmação das nossas expectativas ou a triste constatação de que a realidade é decepcionante. Pensar nisso faz uma onda elétrica percorrer meu corpo, uma mistura de medo e ansiedade.

Fico pensando em como Thom imagina nosso encontro. Será que acha que vamos nos beijar se tudo der certo? Ou vai querer... algo além? Se não quiser, não há por que contar a verdade para ele ainda. Até porque... Como contar a um garoto de quem você gosta que talvez nunca queira fazer sexo com ele? Não há dicas sobre isso na *Cosmopolitan*, nem nenhuma menção no livro de ciências. Jack e Paul não podem me dar conselhos a respeito.

Mesmo se lançar o assunto nos fóruns, ninguém vai me dizer exatamente qual mensagem mandar ou quais palavras dizer. *Então, Thom, gosto bastante de você, mas nenhuma parte minha quer tocar nenhuma parte sua.* Como dizer isso sem parecer rejeição? Sem que eu pareça puritana? Quer dizer, que garoto adolescente quer ouvir isso? Que *pessoa* quer ouvir isso?

De qualquer modo, não há motivo para contar agora. Tenho até a Tuba Dourada, quando essa tênue promessa vai se tornar realidade ou se estilhaçar em mil pedacinhos.

CATORZE

ACORDO COM A LUZ FORTE DO SOL e com Jack xingando ininterruptamente.

— Qual é o seu problema? — murmuro, olhando ressentida para a janela, cuja cortina acabou de ser escancarada.

— *Levanta* — Jack diz.

Olho o relógio.

São oito e cinquenta e dois. Oito minutos antes da hora que a gente deveria começar.

Esqueci de colocar o alarme ontem. Pelo jeito, Jack também.

— George e Serena já estão lá embaixo — ela diz, prendendo o cabelo todo bagunçado em um rabo de cavalo. — Droga. Ele nunca vai deixar a gente esquecer isso. *Vamos*, Tash, levanta.

Isso não pode estar acontecendo. *Nunca* aconteceu. Somos ótimas em seguir a programação e manter as coisas muito profissionais. E agora *isso* — essa demonstração de falta de profissionalismo. Jogo as cobertas de lado e corro para a minha mochila. Pego uma camiseta, um short jeans e estou colocando o sutiã quando a porta abre atrás de mim. Olho por cima do ombro e solto um gritinho.

— Opa! — Paul cobre os olhos e fecha a porta. Um segundo depois, ele abre uma frestinha e diz: — Desculpa, Tash. Eu, hum, queria saber se vocês vão precisar da minha ajuda hoje. E avisar que já tem gente aí.

— Já estamos sabendo — Jack diz com a voz fria que precede a violência.

— Bom, me avisem se precisarem de algo.

— *Claro* — Jack diz. — Por que não serve chá com biscoitos pros convidados?

— Não enche. — A porta bate de novo, dessa vez com mais força.

— Não implica com ele — digo, fechando o short. — É toda a ajuda que temos.

— Tá tudo bem — ela diz. — Paul nunca fica muito chateado.

Tínhamos planejado acordar às sete da manhã para arrumar a sala para a filmagem. É uma cena noturna, o que significa que vamos ter que tampar todas as janelas e pensar na iluminação. Também precisamos de uma série de elementos para transformar a sala dos Harlow em algo que lembre mais ou menos uma biblioteca universitária.

Mas não acordamos às sete, o que quer dizer que vamos passar pelo menos uma hora e meia correndo com a preparação antes de sequer pensar em ligar a câmera. George não está feliz. Até Serena parece meio brava. Ela está sentada numa poltrona de braços cruzados, estudando suas falas, e só levanta a cabeça para dizer:

— Tenho que ir embora às três. Vou sair com Ben.

— Não vamos passar disso — garanto. — Ainda são nove.

— Deveríamos *começar* às nove — diz George, com o rosto contorcido como se estivesse parindo um filhote de elefante.

— Às nove você deveria gritar "Ação". Não acredito nisso. Eva nem chegou.

Como se esperasse sua deixa, a campainha toca. Corro para atender. Sem fôlego, Eva começa a explicar que não acordou com o alarme, mas que nunca mais vai se atrasar.

— Não precisa se desculpar hoje — digo.

Quando volto para a sala de jantar, George e Jack estão brigando.

— Não vamos nos atrasar tanto se você ajudar — ela diz.

— Precisamos cobrir as janelas, arrastar as estantes e acertar as luzes. Só aí podemos começar.

— Mas esse não é o *meu* trabalho — George diz, com uma ênfase que só vi atores usarem. — Meu trabalho é saber as falas e atuar bem. Você faz o seu trabalho e eu faço o meu.

— Meu Deus, George — diz Serena, que agora parece mais resignada que irritada e está cortando um pedaço grande de blecaute. — Você ainda não é um ator sindicalizado.

— Mas não fui eu quem dormiu demais.

— Bom, é a primeira vez que isso acontece com elas, então dá um tempo.

George não quer saber. Enquanto Jack, Serena, Eva, Paul e eu arrumamos tudo o mais rápido possível, ele continua à mesa da sala de jantar, lendo suas falas e, ocasionalmente, bufando alto.

As coisas não melhoram quando começamos a filmar. Na pressa para sair de casa, Eva esqueceu de trazer o batom que estava usando na cena que gravamos na semana passada, o que quer dizer que temos um erro de continuidade em mãos.

— Acho que o público vai assumir que ela mudou a cor do batom entre o jantar e os drinques — diz George. — Garotas fazem isso, não fazem?

— Cala a boca, George — diz Jack, que perdeu a paciência com ele há uma hora.

Depois disso, George erra suas falas de propósito. Ele chega ao ponto de cortar algumas de Serena, até que ela dá um tapa no ombro dele no meio da cena e diz:

— Não consigo trabalhar com esse imbecil!

— Bom, essa não vai pros erros de gravação — Jack murmura.

Desligo a câmera e Paul baixa o microfone. Digo para Eva, George e Serena que é melhor encerrar o dia, porque não vamos conseguir uma tomada decente desse jeito.

— Remarcamos depois — digo, em meio aos protestos de George. — Acho que nenhum de nós está em condições de discutir isso agora.

— Isso não é nada profi... — George começa a dizer.

—Vai embora.

Então os atores vão, e eu me jogo no sofá da sala com um gemido abafado.

— Não acredito que desperdiçamos um dia inteiro de filmagem — Jack diz.

Bobageira derivativa, penso.

— Isso foi... — Paul começa.

— Uma tragédia? — arrisco.

— Eu ia dizer "bem dramático". Já pensaram em transformar o processo de filmagem num reality show? Eu veria.

Isso só piora o meu humor, porque me lembra de que ele não acompanha *Família Infelizes* "por princípio". Diz que não quer que fiquemos fazendo perguntas sobre o programa, porque, se não gostar, vamos ficar eternamente bravas com ele, e, se gostar, não vai largar do nosso pé para ver os vídeos finais antes dos outros. Acho que não tem muito sentido, mas não me incomoda muito. A não ser em momentos como este.

— Você. — Jack dá um tapinha no irmão. — Cozinha. Sorvete.

Paul joga um beijo para ela com o dedo do meio. Mas ele sai e, um segundo depois, ouço o som inconfundível do congelador sendo aberto.

— Vamos colocar o pijama de novo e ficar vendo filmes — diz Jack —, sem pensar no que acabou de acontecer pelas próximas cinco horas.

Não tenho nenhum problema com esse plano. Uma hora depois, estamos os três encolhidos no sofá com potes de sorvete assistindo *O cristal encantado*.

—Acho que sou parecido com Jen — Paul diz.

—Você só está falando isso porque tem cabelo comprido — Jack diz. — Não é assim que funciona.

—Ajuda — Paul argumenta. — Tem poucos homens de cabelo comprido no mundo.

—Ah, então agora você é um homem?

Dou risada.

—É, Paul, acho que você ainda não está no território dos homens. Mas é um cara bem sólido.

Paul parece chateado.

—Jen também não é um homem. É uma marionete.

—Você não pode dizer que são parecidos só por causa do cabelo — insiste Jack. — Daqui a pouco vai estar se comparando ao Jared Leto.

Paul dá de ombros, como se dissesse: "E não pareço?".

Dou uma batidinha na cabeça dele.

—Tonto — digo, e no mesmo momento sinto aquela sensação de gás na garganta, embora não tenha tomado refrigerante o dia todo.

Ficamos vendo filmes até a noite. Eventualmente, o sr. Harlow enfia a cabeça na sala para perguntar:

—Vou poder sair do quarto em algum momento?

—Vamos arrumar aqui — Jack diz, desligando a televisão e começando a juntar a bagunça. Nossos potes de sorvete ganharam a companhia de sacos de batata e outras porcarias.

O sr. Harlow faz sinal de positivo enquanto pegamos a sujeira e saímos da sala. Ele parece cansado, com olheiras bem fundas. Isso me deixa nervosa. Tenho que me policiar para não achar que qualquer sinal de abatimento significa que o câncer voltou. Se as dores de cabeça tivessem dado em alguma coisa, Jack e Paul teriam me contado. Ele provavelmente só quer ver um pouco de tv. Antes que entremos no corredor, ouço um jogo de basebol passando.

— Ele está bravo com a gente? — sussurro para Jack.

— Quê? *Não.* — Ela sorri. —Você sabe como meu pai é molenga. Se a gente tivesse dito que ia passar a noite vendo filme ele teria deixado. O cara preferiria a morte a um conflito.

— Que bom que ele não apareceu mais cedo então.

— Tenho umas coisas pra fazer — Paul diz. —Vejo vocês amanhã, acho.

A voz dele está estranha, parece quase brava. Franzo a testa enquanto ele corre para o quarto e fecha a porta.

— O que foi isso? — sussurro.

Jack dá de ombros, mas parece preocupada quando vamos para o quarto dela.

QUINZE

— PRECISAMOS DE UM PLANO.

Quando meu turno na Old Navy acabou, Jack me surpreendeu saindo de um provador e insistiu para que eu almoçasse com ela na praça de alimentação. Estamos sentadas em uma mesa perto do carrossel. Peguei uma pizza vegetariana. Jack comprou um sanduíche de carne com queijo e um pão doce com canela e come os dois ao mesmo tempo. Ela acabou de dar uma mordida enorme no segundo quando pergunta:

— Que tipo de plano?

— Para dar conta das redes sociais — digo. — Consome tempo demais. E é meio deprimente.

Silverspunnnx23 não foi um incidente isolado. Desde aquele post, mais pessoas marcaram que não gostaram nos nossos vídeos e recebemos mais comentários e e-mails negativos. (*Hummmm, cadê a trama? Kitty faz a própria maquiagem? Parece que sim.*) É difícil dizer se a parte negativa sempre esteve lá, só que menos visível, ou se o post de silverspunnnx23 fez as coisas ganharem proporções maiores, com todas as curtidas e os compartilhamentos.

— Já falei que a gente precisa contratar uma assistente — diz Jack.

— É, com nosso imenso orçamento. Vamos lá, precisamos de uma solução viável.

— Desculpa, executiva dos anos 80. — Jack estica os braços e bate nos meus ombros freneticamente. — Nossa, dá até pra ver as ombreiras surgindo.

— Não tem nada de estranho em querer um plano.

— E não tem nada de divertido também — Jack murmura, voltando sua atenção para o sanduíche. Ela volta a falar com a boca cheia. — Não sei o que podemos mudar. Não dá pra filtrar os haters. Então, a menos que paremos de *responder* toda e qualquer pergunta, temos que continuar fazendo o que já fazemos.

— Talvez a gente deva parar de responder — digo.

Jack engole audivelmente.

— Tá brincando? Quer desaparecer da internet?

— Não. — O plano vai tomando forma enquanto falo. — Continuamos subindo os vídeos. Mas talvez a gente devesse passar uma semana sem olhar as notificações.

— Mas quando voltarmos a olhar vai ter um monte de coisa acumulada. Como isso vai ajudar?

— Não sei — digo, frustrada. — Mas não acho que a maneira como estamos trabalhando agora seja… sustentável. Parar por uma semana pra pensar a respeito talvez ajude.

— Tá, por mim tanto faz. Não me importo de recuperar algumas horas da minha vida.

— Kevin continua firme e forte, pelo menos — digo, enchendo minha pizza de ketchup. — E a maioria das pessoas ficou satisfeita com a #quintakevin. E você viu que alguém começou um fansite no Tumblr?

— Cara, isso é notícia velha.

— Só estou *comentando*.

Jogo um guardanapo engordurado na direção do nariz dela, que se abaixa, e o papel acerta uma mulher que está sentada atrás. Ela vira, parecendo irritada. Está comendo McDonald's com os dois filhos.

— Desculpa — digo. — Eu queria acertar minha amiga.

Ela me lança um olhar duro. São caras como essa que me fazem acreditar que as pessoas realmente viam gladiadores e execuções públicas por diversão.

Jack ainda está abaixada, morrendo de rir.

Dou um chute nela por baixo da mesa.

— Cala a boca e come rápido.

Ela se endireita e dá uma mordida no pão doce. Visivelmente feliz, mastiga com toda a tranquilidade.

Quando chego em casa, dou uma olhada nos episódios editados que Jack me passou em um pen drive no almoço. Como sempre, está ótimo. Ela faz os cortes no momento perfeito. Nunca me canso de assistir à abertura de cinco segundos. Tony compôs a melodia sedutora no sintetizador. Paul fez a parte gráfica: uma tomada aérea de trilhos néon que culminam no título da websérie.

Quando Paul mostrou seu trabalho, pensei que podia ser mórbido demais, considerando que a Anna de Tolstói encontra seu fim trágico nos trilhos de um trem. (Pensamos em um final menos dramático para a nossa Anna: ela só vai sair da cidade.) Jack disse que nada nessa vida pode ser mórbido demais, porque nada é mais mórbido que a própria vida. Não quis ofender Paul, que tinha feito a abertura como um favor, então não insisti. Agora, meses depois, não mudaria nada. Talvez porque me dei conta da genialidade da sequência, ou mais provavelmente porque me acostumei com ela.

De qualquer maneira, estou feliz com o resultado. Diferentemente de certo alguém que se autointitula silverspunnnx23, que criticou toda a produção. O tom do post ainda está tão marcado no meu cérebro que consigo imaginar como continuaria:

4. CRÉDITOS DE ABERTURA: Que tipo de merda é essa? Baixo orçamento? NENHUM orçamento, isso sim. Parabéns por cinco segundos de música que conseguem ser mais irritantes do que um jingle de concessionária. Sinto informar que produzir algumas notas num sintetizador não te torna um músico. Quanto à parte gráfica, se eu quisesse ver aqueles tons de néon simplesmente tomaria LSD, valeu. E trilhos de trem? É muito mau gosto.

— Argh, para com isso — digo a mim mesma, apoiando a cabeça na mesa. — Faz mal.

Decido me distrair entrando no e-mail da Seedling. *Tecnicamente* não é uma rede social. Mesmo assim, antes de abrir o navegador, acerto o alarme do celular para despertar em vinte minutos. É importante ter limites.

Como sempre, a caixa de entrada está cheia de spam e mensagens de fãs. Tem uma porção de e-mails de espectadores fazendo perguntas que não podemos responder, como de que maneira a série vai acabar ou como vamos abordar algum ponto do livro. Muita gente quer saber onde pode ouvir mais música de Jack e Tony, mesmo que uma olhada rápida na descrição dos vídeos leve ao site da banda dele. Alguns só querem dizer que amam o programa. A essa altura, sinto como se já tivesse recebido todo tipo de mensagem possível. Mas parece que estou errada. Meus olhos param numa mensagem mandada à tarde com o assunto SUA SÉRIE É RIDÍCULA. O corpo do e-mail é só um pouco mais explicativo: *Acho que sua série é ridícula, pare de fazer esses vídeos.*

É tudo tão rápido — só um clique e alguns segundos para processar — que fico sem equilíbrio, como se estivesse bêbada. Dou uma volta no quarto. Olho para o pôster de Leo. Ele franze a testa pra mim. Faço o mesmo com ele. Então volto ao laptop e deleto o e-mail. Digo a mim mesma que qualquer pessoa que fique feliz mandando esse tipo de mensagem merece minha pena, não meu ódio. É isso.

Eu gostaria de poder me livrar das críticas de silverspunnx23 tão facilmente. O problema é que silverspunnx23 não escreveu um e-mail infantil e pouco inspirado. Ela (agora acho que é uma mulher) fez uma crítica coerente e gramaticalmente correta. Pior de tudo: me atingiu em pontos sensíveis, a respeito dos quais eu já tinha dúvidas. Enquanto trabalhava no roteiro, às vezes me perguntava se certas falas não eram muito duras ou forçadas. Jack e eu discutimos a ideia de fazer uma adaptação moderna por meses e meses, e ficamos preocupadas com o tamanho do livro. É um projeto ambicioso, claro, mas gostamos da nossa abordagem, simplificando e atualizando a história. A proposta não era fazer uma obra de arte. Não é como se as pessoas estivessem no YouTube à procura do novo Coppola. Mas não importa quantas vezes eu diga a mim mesma que silverspunnnx23 está viajando, exagerando ou que simplesmente não entendeu — suas palavras duras continuam me atormentando.

Em uma última tentativa de me distrair, retorno à caixa de entrada. Agora, dar uma olhada nas mensagens me faz sentir como se estivesse num campo minado. Vejo mais algumas perguntas sobre a música de Tony antes de encontrar uma mensagem com o assunto PEDIDO DE ENTREVISTA. Essa é outra variedade de e-mail desconhecida para mim. Me aproximo da tela com interesse e clico na mensagem.

Caras Jacklyn e Natasha,

Meu nome é Heather Lyles e sou uma das fundadoras do blog de estilo Meninas de Óculos. Todo mês, destacamos garotas que estão fazendo coisas inovadoras na internet. Se estiverem interessadas, minha sócia Carolyn e eu adoraríamos entrevistar vocês pra seção de agosto. Deem uma olhadinha no nosso blog e nas entrevistas que já fizemos (os links seguem abaixo). Nos avisem nas próximas semanas se gostariam de participar.

Abraços,

Heather Lyles

Blogger e criadora do Meninas de Óculos

Estava procurando uma distração e encontrei uma. Um pedido de *entrevista.* Como se Jack e eu fôssemos celebridades. Como se tivéssemos algo interessante para dizer. O melhor de tudo é que eu conheço o Meninas de Óculos. O que quer dizer que não é só uma distração, mas algo importante. Cinco minutos depois, escrevi uma resposta para Heather agradecendo a oportunidade e dizendo que vamos amar dar a entrevista.

O alarme toca alguns segundos depois que aperto "enviar". Sincronia perfeita. Fecho o e-mail me sentindo bem. Desligo o laptop e vou para a cama com o celular na mão. Thom me mandou uma mensagem durante o trabalho. Li rapidinho no intervalo, mas agora tenho tempo para analisar cada letra como se fosse um hieróglifo.

Ei, li o post no Tumblr. A menina é uma idiota, esquece isso. Ela basicamente critica todas as webséries e o PRÓPRIO TOLSTÓI. Não perca seu tempo.

Thom está certo: silverspunnnx23 não parece odiar apenas *Família Infelizes,* mas as coisas em geral. Deve ser uma dessas pessoas que em um dia ensolarado de verão dizem: "Tem uma nuvem no céu estragando tudo". E ela *realmente* criticou meu querido Leo, o que é pretensioso e patético, porque ele é o melhor romancista da história dos romances. São todos bons motivos pra deixar pra lá. Talvez eu finalmente consiga fazer isso agora.

Respondo: *Valeu. Você sempre sabe o que dizer.*

Thom responde em seguida. Ele tem sido muito mais rápido nos últimos dias, não sei se porque está com mais tempo ou por algum outro motivo. Algo que tem a ver comigo. *Sempre sei o que ESCREVER. Não acha estranho que a gente nunca tenha DITO nada um pro outro?*

Sento na cama. Quero responder que sim, que tenho pensado nisso há semanas. Mas posso parecer desesperada.

Bem esquisito, respondo. *Mas logo isso vai mudar.*

Será que Thom vai insistir? Vai sugerir um telefonema? Uma chamada no Skype, talvez? Talvez nem responda. Talvez seja espontâneo e simplesmente me ligue.

Mas não. Nada de ligação. Thom escreve: *Você está bem mesmo?*

Não posso ficar brava com ele.

Vou ficar, escrevo. *É que tem um monte de coisa que eu não tava esperando acontecendo ao mesmo tempo.*

Thom não tem como saber, mas não estou falando apenas da série. Estou falando do pai dos meus melhores amigos, do fato de minha mãe ter ficado grávida do nada, do abismo cada vez maior entre mim e Klaudie e da sensação de que nunca vou conseguir entrar na faculdade dos meus sonhos.

Pego no sono antes que sua resposta chegue. Na manhã seguinte, ela está esperando por mim: *Pode se preparar, porque as coisas só vão ficar mais loucas.*

DEZESSEIS

MAIS TARDE NA MESMA MANHÃ, vou até o parque. A temperatura anda mais amena que o esperado, e, com toda a esquisitice e a negatividade recentes, decido que é um bom momento para meditar.

Ando pelo caminho sombreado, dez passos para um lado, dez passos para o outro, mantendo os olhos baixos e a respiração estável, tentando bloquear as interferências ocasionais como *poluindo meu feed* e *o roteiro é tão forçado*.

Quando ouço um carro buzinando, não registro que pode ser para mim. É parte do ruído branco do mundo externo, como os pássaros, o vento e o tráfego à distância. Mas, quando termino meus dez passos e viro, vejo um carro azul familiar estacionado na rua. A janela está abaixada, e minha mãe está no banco do motorista.

Ela se inclina e grita:

— Desculpa, querida, não percebi que você estava meditando.

Sempre estranho quando a ouço gritar. Na maior parte do tempo, ela fala tão baixo que fico pensando que não consegue ouvir nada além do nível dois do volume do som. Mas aqui está ela gritando — não brava, mas com articulação perfeita; a metros de distância, compreendo cada palavra.

Hesito por um segundo, então vou correndo na direção do carro. Paro na janela aberta do lado do passageiro e passo a mão na testa suada.

— Tudo bem — digo. — Eu já estava terminando. Fazia tempo que não fazia uma meditação com caminhada e...

— E agora pareceu um bom momento — minha mãe termina. Seu sorriso é tão incisivo que tenho que desviar o olhar. — Quer uma carona pra casa?

Sorrio.

— Minha mãe me ensinou a não entrar no carro de estranhos.

Ela ri de um jeito cristalino e melodioso. Então destrava a porta e eu entro. Quando saímos, minha mãe diz:

— Pra ser honesta, ainda vou passar em alguns lugares.

Tenho um sobressalto diante da traição e solto o cinto de segurança.

Rindo de novo, minha mãe diz:

— Antes que você se jogue do carro, me ouça: é no caminho da Graeter.

Tenho um carinho de longa data por essa sorveteria, assim como pelo parque, só que, ao contrário do parque, a Graeter é digna do meu amor. Sei que minha mãe está puxando meu saco descaradamente com a oferta de passar lá, mas não tenho vergonha de aceitar.

Ficamos em silêncio por alguns minutos, fazendo o caminho familiar para o centro. Pegamos a New Circle, a estrada que conecta as principais vias da cidade como uma roda de bicicleta. Quando estamos a uma velocidade estável na pista da direita, minha mãe vira para mim.

— Sabe, seu pai e eu passamos semanas pensando na melhor maneira de contar pra vocês sobre o bebê e, mesmo assim, estragamos tudo.

— É — digo. — Sinto muito por ter rido.

— Às vezes nosso corpo reage de maneira estranha a notícias importantes.

Concordo. Quando estávamos no sétimo ano e o sr. Harlow foi diagnosticado com câncer, Jack não chorou. Só meses depois, vendo *Monstros S.A.*, as lágrimas e os soluços vieram, e ela não conseguiu parar por meia hora.

— Mãe?

— Sim?

— Como vocês vão dar conta? Tipo, um filho é uma coisa cara, não? E eu sei que vocês disseram que iam me ajudar com a faculdade, mas... Isso vai mudar?

Minha mãe faz um "Aham" em concordância de vez em quando, então sei que está ouvindo, mas ela não diz nada até pegar a saída e uma via com menos carros.

— Algumas coisas vão ter que mudar — ela diz. — Seu pai e eu vamos viver com um orçamento muito mais apertado agora. Mas fizemos uma promessa a você e à sua irmã há muitos anos e não podemos voltar atrás. Vamos dobrar qualquer bolsa de estudos que você conseguir.

— Que pode ser nenhuma — murmuro. — Pelo menos não pra Vanderbilt. Klaudie é bem mais inteligente que eu e só conseguiu o quê? Cinco mil dólares por ano?

— Tasha, querida...

Sei muito bem o que minha mãe vai dizer. Abro a boca para protestar, mas ela faz um sinal para que eu ouça.

— Vou dizer só uma vez: não tenho certeza de que a Vanderbilt seja a melhor escolha pra você. Sei que ama o campus, Nashville e a ideia de ir pra uma faculdade particular, mas tem que levar os custos em consideração. Se não conseguir uma bolsa, vai ter uma dívida de seis dígitos no momento em que se formar. O que é uma coisa se você pretende ser uma neurocirurgiã, mas outra completamente diferente se vai trabalhar com filmes. Não estou diminuindo a importância disso, só acho que não é tão estável financeiramente. Não gostaria que você começasse sua vida afundada em dívidas que não tem ideia de como vai pagar. Você pode ter uma educação igualmente boa na Universidade do Kentucky por apenas uma parcela do preço. Conseguiria uma bolsa bem melhor e metade dos custos seria paga pela GSA. Só quero que pense a respeito. É tudo o que tenho a dizer.

Paramos em uma vaga demarcada na frente de uma loja de utensílios de cozinha. Minha mãe põe o carro em ponto morto, mas não desliga o motor. Está procurando moedas num pequeno compartimento.

— Klaudie pode ir pra Vanderbilt — digo. — Ela é mais

inteligente e vai fazer engenharia. Mas eu não posso porque quero fazer filmes?

Ela fecha o compartimento com duas moedas na mão e me lança um olhar duro.

—Você sabe que não foi isso que eu quis dizer. Vou entrar na loja e ficar lá uns quinze minutos. Quando voltar, você pode falar sobre o que ainda estiver te incomodando. Tudo bem?

Não, não está tudo bem, mas não tenho escolha. Estou acostumada com isso. É como minha mãe lida com conflitos desde que eu era criança. Para ela, é uma questão de esperar as coisas esfriarem. Estou convencida de que foi minha mãe quem inventou o método de respirar fundo e contar até dez. O que mais me irrita é que normalmente funciona.

Hoje não é exceção. Quando ela volta para o carro com duas sacolinhas pink na mão, não tenho mais vontade de discutir. Inclinei o banco do passageiro, direcionei todas as saídas do ar-condicionado para mim e pus em uma estação de rádio que toca músicas antigas — agora está tocando "Tainted Love". Sei que não posso ignorar tudo o que ela disse sobre dinheiro e o meu futuro. Mas, por enquanto, é exatamente o que vou fazer. Guardei o conselho em um compartimento hermético para ser analisado depois, quando não estiver com calor, irritada e desesperada por um sorvete.

Vamos para a Graeter em seguida. Peço duas bolas de morango com chocolate e minha mãe pede um sundae. Sentamos numa mesa com sofá perto da janela e falamos sobre a loja que vai abrir na rua e a estreia de um programa na TV.

Conversamos sobre tudo o que não seja o bebê ou a faculdade. Então percebo que ainda estou chateada com meus pais, mas cansada demais para demonstrar. Quando saímos da sorveteria, minha mãe passa uma mão pela minha cintura. Não faço nada, mas tampouco me solto.

Quando chego em casa, tem um e-mail de notificação na minha caixa de entrada pessoal informando que Thomnado007 postou um novo vídeo. Clico no link, curiosa. Thom atualiza o blog toda segunda, e hoje é quarta. Um vídeo intitulado "Anúncio de utilidade pública" se abre. Aumento o volume e aperto o play.

Thom está em seu hábitat: uma cadeira de escritório de couro verde cercada por mapas-múndi, dinossauros e pilhas de livros com títulos como *Uma breve história do tempo, Cosmos* e *Morte no buraco negro*. Mas fica claro pela frase de abertura que não é um episódio comum do *YouTubo de Ensaio*. Nem posso acreditar a princípio. Pauso o vídeo, volto para o início, aumento um pouco mais o volume e dou o play de novo.

Oi, pessoal, aqui é o Thom, com um vídeo não programado. Costumo falar sobre ciência e ficção científica, mas hoje tenho um comentário mais geral pra fazer. É algo que realmente tem me incomodado nas últimas semanas, e acho que, como membro da comunidade do YouTube, não posso ficar calado.

Sei que é fácil existir na internet sem um rosto, um nome real ou qualquer identificação que responsabilize você pelas coisas que diz. Isso pode levar ao bullying on-line e à expressão de um monte de ódio que ninguém consideraria normal em qualquer outro lugar. Por exemplo, se alguém simplesmente odeia uma websérie, ela pode comentar com os amigos, reclamar em particular e seguir em frente. Mas algumas pessoas decidem espalhar o ódio em fóruns públicos. Como um fã da ciência, sou a favor da discussão aberta e da crítica, mas acho que às vezes vamos longe demais quando compartilhamos coisas que só têm a intenção de magoar e ofender.

Então aí vai um toque meu pra vocês: da próxima vez que for postar alguma coisa totalmente negativa, pense na pessoa do outro lado. A maior parte de nós é como você. Estamos só brincando, experimentando, tentando ficar melhores no que amamos fazer. Somos pessoas e quase sempre nem recebemos por nosso trabalho. Então vamos fazer um esforço pra segurar o ódio, tá? Vamos tentar ser mais positivos. É isso. Acabou o discurso. Não se esqueçam de acessar o vlog segunda pra uma discussão brilhante sobre Christopher Nolan, explosões nucleares e buracos de minhoca.

Pauso o vídeo no último frame, quando Thom termina de dizer "minhoca" e dá um sorriso simpático de despedida para a câmera. Seu cabelo castanho precisa de um corte, e um único cacho cai sobre a lente direita dos óculos de armação grande. Ele está usando uma camiseta do Homem de Ferro.

Eu disse a verdade a Paul na mesa de pingue-pongue: Thom tem uma cara boa. Proporcional, com traços agradáveis. Seus braços são meio finos, mas tenho esperança de que seu abraço seja gostoso. Não tenho certeza de que ele é o que as pessoas consideram "sexy". Não fica evidente nos comentários do vlog, como fica nos vídeos de garotas mais populares. Neles os caras sempre fazem comentários do tipo "Pegaria" ou "Muito gostosa". Ou então "Ninguém vai querer comer essa vaca gorda".

Não entendo. Como a atração sexual pode ser julgada com tanta facilidade? Um simples vídeo, uma olhada rápida e pronto, as pessoas são reduzidas a uma única característica: fodabilidade. Sei que trolls não merecem minha atenção. Mas eles são tantos. O suficiente para me fazer pensar de vez em quando que *a maioria* das pessoas é assim: avalia o potencial de procriação à primeira vista. Parece tão animalesco, tão superficial. Mas também parece... essencial. Uma parte básica do ser humano. O que leva a uma questão inevitável: uma parte essencial de mim está faltando?

Deixo essa pergunta em outro compartimento hermético no meu depósito mental, como fiz dezenas de vezes antes. Agora, não quero focar na aparência de Thom, mas em suas ações. Porque ele fez isso *por mim*. Não tem outra explicação. Pode não ter mencionado meu nome ou *Família Infelizes*, mas não é coincidência. Thom fez isso porque sabia que eu estava chateada.

Pego o celular. Tenho que dizer que vi o vídeo e fiquei muito feliz. Mas fico olhando para a tela e nada me ocorre. O que posso dizer? Não quero que soe esquisito. Não quero que pareça que estou simplesmente assumindo que ele fez o discurso para mim, ainda que obviamente seja o caso.

Primeiro simplesmente escrevo: *Obrigada.*

Muito puxa-saco. Apago.

Vi o vídeo.

Muito stalker. Apago.

Como está o dia?

Chato e sem noção. Apago.

Largo o celular e tento um novo método de concentração: olho as manchas na janela do meu quarto. Estou tão imersa em pensamentos que me assusto e solto um gritinho com o barulho de uma mensagem que chega. Pego o celular para ver. É de Thom.

Postei um vídeo hoje. Força aí. Você é ótima.

Não consigo me controlar. É possível sorrir com o corpo inteiro? A resposta é sim.

DEZESSETE

—VRÓNSKI, seus dentes estão sujos.

É o último dia de filmagem com todo o elenco. Apesar de ter começado no horário e de manter o mais alto profissionalismo, estamos atrasados. Começo a pensar que a parada para o almoço talvez não tenha sido uma ideia muito boa. Se o elenco estivesse morrendo de fome, teria mais motivação para acertar as cenas. Agora, está todo mundo sonolento por causa da comida, ligadão por causa do café ou, no caso de Tony Davis, com os dentes sujos de chocolate.

— Opa — diz Tony, esfregando os dentes vigorosamente com o indicador. — Desculpa. Saiu?

— Não, ainda tem um pouco pra esquerda. Não, pra *sua* esquerda.

—Ah! E agora?

Serena, que está ao lado de Tony no sofá da minha sala, assiste a tudo horrorizada.

— Tony, isso é nojento. — Ela vira pra mim e diz: — Não vou beijar o cara depois disso. Ele tem que escovar os dentes. E lavar as mãos.

— Você está brava comigo nessa cena — diz Tony. — Vai ser até bom.

Serena lança um olhar penetrante para ele.

— Sou uma ótima atriz. Não preciso de ajuda da sua falta de higiene.

— Gente, *por favor* — peço de trás da câmera. — Estamos atrasados. Concentração.

— Preciso mesmo lavar as mãos? — Tony pergunta.

Serena olha para mim de um jeito sério.

— Sim — digo a Tony. — E aproveita pra dar uma conferida no espelho. Não quero que a gente descubra outro dente sujo na edição.

Tony deixa claro seu descontentamento com um suspiro, mas vai ao banheiro.

Alguém cutuca meu ombro. É Eva.

— Hum, Tash? — ela fala baixo. — Eu estava pensando, como tenho só mais uma cena, podemos gravar em seguida? Minha irmã tem um campeonato de natação às duas, e eu não queria perder.

Quero dizer que não, que Jack e eu fizemos um calendário de filmagem por um motivo. Não, nem todo mundo nessa porcaria de elenco tem tratamento especial. E, se Eva queria tanto ver a irmã nadar, devia ter bloqueado a agenda dela nesse horário meses atrás. Mas me seguro. Mesmo que todo mundo esteja perdendo o controle, não posso me dar a esse

213

luxo. É o que diretores fazem: tomam decisões e mantêm o controle.

— Vamos ver — digo. — Essa cena devia ser rápida, mas talvez eu possa pedir a Serena e Tony pra ficar um pouco mais.

— Quê? — grita Serena. — De jeito nenhum, Tash. Já marquei com Ben.

Quero dizer que é culpa dela e de Tony pelo péssimo desempenho nas últimas cinco tomadas. Quero dizer que um clímax convincente para *Famílias Infelizes* é muito mais importante que um encontro. Mordo a língua tão forte para me segurar que me surpreende o fato de minha boca não ficar cheia de sangue.

Se controla.

— Tá bom — digo. — Acredite em mim, quero terminar o quanto antes.

Jack chega da cozinha, onde o resto do elenco está se enchendo de pizza, coca e chocolate.

Ela olha em volta.

— Cadê o Tony?

— Passando fio dental, espero — diz Serena, que está conferindo a maquiagem em um espelhinho.

Faço uma cara de filhote triste pra Jack. Ela dá uma batidinha no meu ombro.

— Quer que eu assuma? — ela sussurra, só pra mim.

Balanço a cabeça negativamente. Que tipo de pergunta é essa? Dirigi a série até agora. Eu dirijo, ela edita; esse é o acordo. Não vou demonstrar fraqueza agora. Tenho tudo sob controle, mesmo nos piores dias de filmagem.

— Dei uma olhada na previsão do tempo — diz Jack — e tem uma boa chance de chover forte nas próximas horas. Se a gente quiser fazer as cenas externas, é melhor andar logo.

— Tá.

— Mas... Podemos filmar minha parte antes? — Eva guincha.

— *Tá.* — Minhas cordas vocais não receberam o aviso para manter o controle e se aproximam do território do grito.

— Estou fazendo o melhor que posso. Cadê o Tony?

Em dias assim, queria ser capaz de adiantar o tempo para quando já estivesse estabelecida na indústria. Queria ter uma equipe à disposição. Alguém para arrumar o cenário e cuidar da maquiagem. Um diretor de fotografia para garantir que tudo está onde deveria estar. E, o mais importante, um assistente de produção para gritar com gente como Tony.

Mas não sou uma diretora renomada e não tenho orçamento nem para uma iluminação decente, muito menos para um assistente. Jack e eu cuidamos de tudo e, embora façamos um trabalho admirável, graças ao meu planejamento cuidadoso, ao autocontrole inabalável dela e à ajuda ocasional de Paul, às vezes eu gostaria de me trancar no armário e chorar em posição fetal.

Jack parece ler meu rosto, porque diz:

— Ei, sem pressão pras tomadas externas. É pra isso que servem as datas extras.

Ela está certa. Deixamos um dia de filmagem extra na programação de cada mês pensando justamente em momentos assim. Mas já temos um monte de coisa pra filmar por causa do dia em que Jack e eu acordamos atrasadas. Se eu tiver que acrescentar mais um dia à programação, vou ter um surto.

—Vamos fazer um intervalo — digo, desligando a câmera e levantando da cadeira.

Vou direto para o quarto e fecho a porta. Minha mãe diria que é o momento perfeito para meditar. Meu pai talvez dissesse para pedir a Deus por paciência. Mas não faço nenhuma dessas coisas. Sento na beirada da cama e fico olhando para o pôster de Leo.

— É só um dia ruim, certo? — pergunto. —Você deve ter tido dias assim quando escrevia, não? Longas noites em que se afundava na vodca?

Leo me olha com a testa franzida.

— Foi o que pensei.

As coisas melhoram. Quando volto à sala, Serena e Tony estão esperando, prontos para filmar. Os dois parecem arrependidos, o que significa que Jack deu uma bronca neles na minha ausência. Finalmente me convencem de que Anna está com ciúmes de Vrónski, enquanto Vrónski está dividido entre seu amor por Anna e a sensação asfixiante de estar preso em um relacionamento de quem todos falam. Encaixo a cena de Eva em seguida, e conseguimos filmar a última externa antes que as gotas de chuva atinjam a lente da câmera. Parece que Leo foi benevolente conosco.

Quando o elenco e o equipamento estão devidamente protegidos dentro de casa, a tempestade começa. Os trovões ficam cada vez mais próximos, até parece que alguém está embrulhando a casa com papel-alumínio. Ficamos na sala com todas as luzes acesas, como se fosse meia-noite e não cinco da tarde. Jack está deitada no chão, de olhos fechados, parecendo aliviada. Ela adora trovões.

— Escuridão e fogos de artifício — me explicou uma vez.

— Não tem como ser melhor.

Tony tomou conta do piano da sala e está se exibindo. No sofá, Brooks conta para Jay uma piada que envolve a palavra "bolas". George pegou a melhor poltrona e está ocupado com alguma atividade em seu celular que é muito mais importante que qualquer um de nós.

Tony de repente para com os arpejos, estala os dedos e começa a tocar uns acordes muito familiares. É uma música dos Yeah Yeah Yeahs. Mais do que isso: é uma música que ele e Jack tocaram no canal do YouTube.

Encaro a parte de trás do seu moicano em choque. Ele está tentando magoar Jack? Ou é uma tentativa de restaurar a normalidade em meio à tensão que existe entre eles desde fevereiro? De qualquer maneira, é desagradável.

Ainda não sei de todos os motivos que levaram ao término, mas a coisa foi feia. Eles sempre foram um casal tempestuoso. Nos seis meses em que ficaram juntos, não passaram uma semana sem brigar. E não estou falando de nada do tipo "Não, *você* desliga primeiro", "Não, *você* pega o último M&M". Eram brigas de verdade. Discussões em público. *Batalhas*. Em retrospectiva, o relacionamento foi uma série de disputas, por isso acho que seria mais preciso chamar de "guerra". A Guerra dos Seis Meses de Jack e Tony. Era uma sucessão de sorrisos irônicos, golpes, piscadelas cruéis e gritos extremamente altos.

Podiam começar com algo simples como Jack não guardar um dos cabos de Tony direito e terminar com ela gritando que ele era o músico mais narcisista do mundo desde Liam Gallagher.

De acordo com Jack, para brigar é preciso muita paixão. Quando eles não estavam ocupados consumindo essa paixão em brigas, empregavam-na em coisas mais... prazerosas. Tony foi o primeiro cara com quem Jack transou. O primeiro e único cara, até onde eu sei. Quando Jack me contou a respeito, não entrou em detalhes, algo pelo qual sou grata. Ela só tocou no assunto mais uma vez, algumas semanas depois, quando confessou que estava preocupada por fazerem sexo demais e, mesmo que sempre se protegessem, as chances de engravidar eram grandes. Parecia se sentir culpada ao dizer aquilo, e eu sabia que não era por causa do sexo, mas por falar a respeito *comigo*. Eu disse que não tinha problema, que não me incomodava muito e que, mesmo não sendo especialista em sexo ou estatística, achava que não era assim que a coisa funcionava.

Dois meses depois, eles terminaram. A única explicação que Jack me deu foi que estavam se deixando loucos. Como isso era óbvio e compreensível, aceitei. Todos os detalhes ficaram para a imaginação. Eu não sabia se um dos dois tinha tomado a decisão ou se tinha sido mútua. No período estranho e gelado que se seguiu, não fiz perguntas por achar melhor não trazer o assunto à tona.

Mas agora, aqui, do nada, Tony traz não somente o assunto à tona, mas da forma mais sonora possível. Embora talvez nem tenha percebido. Talvez não tenha a menor noção. Quando se trata de relacionamento, ele não é dos mais brilhantes.

Tony ainda está tocando, mas juro que é como se tudo estivesse em silêncio. Os outros perceberam o clima estranho; até George guardou o celular e olha apreensivo de Tony para Jack.

Então Jay pergunta:

— Quer que eu te acompanhe?

Acho que ele quis descontrair, meio que brincando. Mas pareceu assustado.

Tony para de tocar.

— Não é o seu tom, cara. Acho que só Jack consegue imitar a Karen O direitinho.

Olho para Tony. Ele está tentando magoar Jack *e* Jay? Talvez seja completamente cego quanto ao interesse de Jay, mas o comentário é antipático de qualquer maneira. Jay é um cantor supertalentoso, que teve que escolher entre música e teatro na GSA, porque os dois departamentos estavam loucos para recebê-lo.

Tony é mais rápido. Ele vira para Brooks e pergunta:

— Você vai dirigindo, né?

Brooks levanta as sobrancelhas.

— Pra Nashville? — Ele está olhando para mim, como se esperasse a confirmação de que tudo bem ter essa conversa com Tony depois do que acabou de acontecer. — Sim, claro. Vamos em sete, né? Porque não cabe mais. A SUV é grande, mas não é permitido mais gente no carro. Considerando que vocês são, tipo, todos menores, acho que eu ia passar décadas na cadeia.

— Você fala como se estivesse planejando ser parado — diz Jay, que se recupera da falta de educação de Tony de maneira muito graciosa.

Brooks dá de ombros.

— Eu corro. Acontece.

Ainda bem que meus pais não estão na sala pra ouvir essa conversa. Eles não ficaram muito satisfeitos com o fato de eu ir para Nashville em um carro lotado de adolescentes, a maioria garotos, para um show grande de uma banda alternativa — principalmente quando contei que a gente pretendia voltar direto, de madrugada, para não ter que pagar hotel. Eles só relaxaram um pouco quando eu disse que quem ia dirigir era Brooks, um universitário maduro e responsável com uma suv extremamente segura.

— Ele é o motorista perfeito — eu disse a eles. — Dirigindo um tanque blindado na I-65. Não tem como dar errado.

Ainda bem que não mencionei que o motorista perfeito gosta de velocidade.

Eu estaria mais interessada nessa conversa sobre o carro se não tentasse descobrir o estado emocional de Jack. Seus olhos continuam fechados, e ela não se move. Tenho uma teoria de que Jack se mexe menos que os outros humanos. Não por preguiça. É só que, quando se ajeita numa posição, permanece nela. Sem inquietação. Sem precisar se ajeitar. Ela simplesmente existe naquele determinado espaço. E isso dificulta determinar o que ela está sentindo. Não sei dizer se está chateada, lívida ou nem aí. Estou mais nervosa que de costume e só entendo o motivo depois que a chuva passa e todo mundo vai embora. Meses atrás, quando compramos os ingressos para o show e planejamos a viagem, eu estava encantada com a ideia de ir para a Vanderbilt. Na época, achei que seria uma ótima oportunidade de dar mais uma olhada no campus. (Que só visitei uma vez, com Klaudie, quando entrei no ensino médio.) Achei que ir a Nashville seria uma prévia da minha vida futura.

Agora me pergunto onde encontrei todo esse otimismo tolo e sem noção. Klaudie está certa: não sou inteligente o bastante para entrar na Vanderbilt. Tiro mais oitos que dez e fico apenas ligeiramente acima da média nos simulados. Minha mãe também está certa: é arriscado me endividar por uma educação particular para ter um diploma que talvez nunca se pague. A Universidade do Kentucky sairia muito mais barata, quase de graça. E nem todo mundo tem essa oportunidade. Assim como Klaudie tem uma oportunidade que eu não vou ter.

Quero sair de Lexington, mas talvez seja mais porque preciso do meu próprio espaço. Talvez seja mais uma questão de sair da minha casa que da cidade. Eu poderia morar no dormitório com Jack. Começar uma vida nova lá. Por todos os ângulos, parece a melhor decisão. É a decisão mais *inteligente*, e acho que eu seria uma adulta responsável optando por ela. Mesmo assim, não consigo deixar de lamentar a vida dos sonhos no campus perfeito. Não consigo parar de pensar que a viagem para Nashville me deixa mais melancólica que animada.

Mais tarde, estou na sala vendo *Uma babá quase perfeita* com minha mãe e meu pai quando Klaudie chega depois de mais uma noite com Ally e Jenna.

— Oi, querida. Quer ver com a gente? — meu pai pergunta, mesmo que todo mundo saiba que ela não vai topar. Klaudie não diz nada, nem nós. Vejo que ela atravessa o corredor a passos tranquilos e calculados. Ela não sabe como é sortuda. Não sabe o estrago que está causando. A raiva toma conta de mim, faz meu sangue ferver, e acho que nem uma dúzia de meditações da compaixão ou conversas com Leo podem ajudar.

DEZOITO

Jack não queria falar sobre Tony. Sei disso porque ela foi embora com o elenco assim que a chuva parou. Quando olhei para ela querendo saber se estava bem, ela só sorriu para mim. Isso indica que tem algo errado. Mas, se Jack não quer falar, não vou pressioná-la. Ela não reage muito bem à pressão.

O domingo de filmagem passa sem incidentes, e no fim só temos que fazer mais uma cena na segunda, com Brooks e George. Como dois profissionais, eles chegam no horário, acertam na primeira tomada e vão embora da casa dos Harlow ao meio-dia. Depois disso, Jack me diz que tem um monte de roupa pra lavar, mas que eu posso ir ao porão, onde Paul está escondido, e que ela nos encontra lá depois.

Quando chego à sala de entretenimento, ouço a bola de pingue-pongue batendo em uma superfície sólida, o que é estranho, porque os Harlow ainda não consertaram a mesa. Dou uma espiada no salão de jogos. A mesa quebrada foi arrastada para um canto. No lado oposto, Paul está jogando uma mistura de pingue-pongue com squash. Ele joga a bola no chão de linóleo e bate nela enquanto sobe, fazendo com que acerte a parede e depois a raquete de novo. Acompanho da porta em silêncio enquanto ele acerta onze golpes em seguida. No décimo segundo, a bola ricocheteia com tanta força que Paul erra e ela vem direto na minha direção.

Demoro um momento doloroso para perceber o que aconteceu. Fico olhando pra bolinha azul e branca aos meus pés, então levo a mão ao olho direito.

— Ai! — solto. É mais uma conclusão que uma reação.

— Nossa! Você me assustou, Tash.

Paul vem correndo até onde estou, ainda abalada.

— Você está bem? — ele pergunta, verificando meu olho.

— É só uma bolinha de pingue-pongue — digo, como se não fosse nada.

Pego a bolinha do chão e jogo nele. Paul recebe o impacto no peito com um sorriso aliviado.

— Você ficou fazendo isso a manhã inteira? — pergunto.

— Terminei de ver *Alien vs. predador*. Joguei *Bloodborne*. Comi salgadinho.

— Que dia.

— Pois é. Vocês já terminaram? Não ouvi nenhum grito, bom sinal.

Sorrio.

— Foi melhor que a última vez.

— Legal.

Paul senta no meio da sala e fica olhando para mim na expectativa.

Sento também e digo:

— Tem algum motivo para estarmos no chão em vez de no sofá confortável da outra sala?

— Gosto de sentar aqui. Tem espaço de sobra e nenhuma janela. É um bom lugar pra pensar.

É mesmo. Ou para enlouquecer.

—Vou ter aula de astronomia este semestre — ele diz, se inclinando para trás e se apoiando nos cotovelos, mas logo deitando de costas. Sua posição básica é na horizontal.

Continuo sentada e bato as mãos nas canelas de Paul como se fosse uma bateria.

— Astronomia é legal — digo. — É sua opção em ciências?

— É, pareceu mais fácil. Não vou fazer química ou biologia de novo de jeito nenhum.

—Você vai ter que passar sua sabedoria adiante — digo.

— Me contar quais são as chances de sermos varridos da superfície da Terra por meteoros nas próximas décadas.

Paul concorda como se fosse seu dever.

— É um saco que não posso pegar nenhuma aula de design ainda. Fui na secretaria da BCTC de novo e eles disseram que posso ir para a Universidade do Kentucky no próximo ano se minhas notas forem boas. Então acho que vou pegar as matérias mais fáceis neste ano pra me encher de coisas legais depois.

Solto um suspiro e pergunto:

— Quando será que isso vai terminar?

— Isso o quê?

— Fazer coisa chata só pra poder fazer coisa legal lá na frente. Quando a parte boa vai chegar?

— Ih, Tash, que desânimo. Está parecendo a Jack.

Paul fecha os olhos, e nesse momento parece tanto com Jack que perco a linha de raciocínio. Muita gente comenta como eles são parecidos, outros acham até que são gêmeos. Normalmente discordo. A não ser quando Paul fecha os olhos.

Levo um tempo para lembrar o que tinha perguntado quando ele volta a falar.

— Acho que já tem coisas boas agora. Só que elas se misturam com outras coisas da vida, como a parte péssima. Yin-yang e tal. Isso não é budismo? É no que você acredita, não é?

— É mais filosofia chinesa — explico. — Mas acho que acredito nisso, sim.

— Você não está tendo que aguentar tanta parte péssima assim, está?

— Não, na verdade não. — Penso na filmagem do dia e em quanto gostaria de estar vivendo em Los Angeles como uma diretora renomada. — Acho que não me expressei direito. O que quis dizer é que tenho a sensação de estar sempre... esperando. Esperando até ficar mais velha pra ser levada a sério e poder fazer o que quiser.

— É meio zoado, não é? A gente quer ficar mais velho e gente da idade dos nossos pais fica reclamando que queria ter a nossa idade. É deprimente.

— É *dukkha* — digo, dando de ombros. — Sei que não devo lutar contra isso, mas às vezes não consigo resistir.

— Então vamos fazer assim — Paul sugere —, você me fala todas as razões pelas quais é bom que eu tenha dezenove...

— Quase vinte — interrompo.

— E eu falo todas as razões pelas quais é bom que você tenha dezessete.

— Quase dezoito.

Não posso evitar. É uma diferença importante.

— Eu começo — continua Paul. — Bom, você não precisa pagar o próprio plano de saúde.

Sem perder tempo, digo:

—Você pode ficar deitado no chão duro e gelado sem que seu corpo inteiro comece a doer.

—Você tem acesso a um milhão de músicas com um simples toque.

Faço uma careta.

— Isso é uma vantagem dos dias de hoje, não da minha idade. Pessoas de oitenta anos também têm acesso a um milhão de músicas com um simples toque.

— É, mas você acha que eles sabem como fazer isso?

— Aposto que tem um monte de oitentões ligados em tecnologia.

Nosso joguinho rapidamente morreu, mas me deixou com vontade de ouvir música. Pego meu celular no bolso e escolho o álbum mais recente do Chvrches. Paul grunhe.

— Argh, já vou ter que ir ao show. Por que você quer me torturar?

—Vou convencer você, Paul Harlow. Vai acabar gostando.

— Não é que eu *odeie*. Só não é meu estilo.

— Eu sei, seu estilo são bandas inglesas melancólicas. E coisa tipo "Carry On Wayward Son".

— Gosto é gosto — ele diz, sem se incomodar. — De qualquer jeito, embora não seja meu estilo, reconheço que eles são bons. E estou apaixonado pela cantora. Como ela chama mesmo?

Lanço um olhar para Paul que quer dizer que ele é um babaca.

— Como você pode estar apaixonado se nem sabe o nome dela?

Ele me olha como se eu estivesse sendo hipócrita.

— Como *você* pode estar apaixonada por alguém com quem nunca conversou de verdade?

Paro de batucar nas canelas dele ao ritmo da música. Não encosto mais nele.

— O *quê?* — ele pergunta. — Qual é a diferença?

— Tem uma diferença enorme. Thom e eu conversamos pra caramba. Pode não ser muito convencional, mas bem--vindo ao século XXI. E eu nunca disse que estava *apaixonada* por ele.

— Tá bom, mas é óbvio que você gosta dele, porque ficou vermelha.

Eu *estou* vermelha, mas não posso evitar. Fico mais brava com Paul por dizer isso, o que me deixa ainda mais vermelha. Eu me reclino e deito a uma boa distância dele, cruzando os braços.

— O que foi, Tash? — Paul levanta e tenta olhar meu rosto. Viro para impedir isso. — Eu só disse o que gostava na banda. Eles são bons. A vocalista é bonita. São coisas positivas.

— É, tá bom.

Paul volta a deitar, e o único som é a música — uma melodia cheia de sintetizadores e batidas eletrônicas.

— E ela não é só a cantora — digo. — Sabia que é formada em jornalismo? Sabia que toca bateria e teclado?

Paul fica quieto por um tempo antes de dizer:

— Mais motivos pra gostar dela.

Sei que ele pensa que isso vai me deixar satisfeita. Mas não deixa. Só parece cutucar a ferida. Por que estou triste? Não sei dizer. Paul sempre foi aberto sobre as garotas de quem gosta. Contou pra gente todos os detalhes de seu namoro com Stephanie Crewe até o dia em que terminou com ela, o que imagino que seja algo raro para um garoto no ensino médio.

Estou acostumada com isso. Falar com Paul sobre garotas. Não é a primeira vez que percebo que Paul nunca, nunca pensou em mim dessa maneira. Porque, se tivesse pensado, não se sentiria à vontade para falar tão abertamente sobre o assunto na minha frente. Não poderia me contar exatamente as mesmas coisas que conta para a irmã. E, depois da minha confissão à beira da piscina no ano passado, como poderia pensar em mim desse jeito? Que cara normal vai se interessar por mim depois que eu disser que não quero sexo?

Eu não deveria ter expectativas irracionais; sei disso. Mas essa tristeza esquisita desperta meu medo até agora adormecido de conhecer Thom no mês que vem. Minhas emoções não estão muito mais firmes que gelatina.

— O que tá rolando aqui?

Viro o rosto e vejo Jack de ponta-cabeça, de pé na porta. Ela vestiu uma calça de pijama e uma camiseta do *Edward mãos de tesoura*.

Estou chorando no chão de linóleo, penso.

— Estou forçando Paul a gostar de Chvrches — digo.

— Legal — ela diz, se juntando a nós no chão.

Depois do refrão em silêncio, viro para Jack e pergunto:

—Você viu o vídeo que eu mandei?

Ela só dá um sorrisinho irônico.

— O que foi? — pergunto. — Não achou fofo? Tá na cara que foi pra mim. Pra gente, digo.

— Desculpa, de quem estamos falando? — Paul pergunta.

— *Thoooom*. — Jack prolonga o "o" exatamente como Paul faz. O que quer dizer que eles têm alguma telepatia fraternal ou, o que é mais provável, que têm falado de Thom pelas minhas costas. Passo de triste a irritada.

— Foi bem legal da parte dele — digo, olhando pra Jack.

— Foi bem *condescendente* da parte dele. Como se fosse uma grande autoridade que tivesse o poder de ajudar os novatos.

— Não foi essa a intenção.

—Você sabe que já temos mais seguidores que ele, né? — comenta Jack. — Não precisamos que ele defenda a nossa honra. E o que aquele vídeo pode fazer? Ele está ensinando o padre a rezar a missa. Todo mundo sabe que a internet está

230

cheia de trolls. Os haters não vão mudar, não importa quantos discursinhos ele fizer.

Não digo nada. Estudo cuidadosamente o pôster emoldurado na parede que diz UMA GRANDE NAÇÃO AZUL.

— O que foi, Paul? — Jack diz. — Para de me olhar assim. Posso dizer o que quiser sobre Thom. E acho que ele está se esforçando pra nos convencer de que está acima de nós, o que é esquisito. Sinto muito. Tash. *Tash*. Para de me ignorar.

Eu me afasto quando Jack toca meu ombro.

— Tá bom, todo mundo odeia o Thom. Já entendi.

— Eu não disse que odiava. Não conheço o cara. Nem você, aliás.

— Mas vou conhecer — retruco. — E logo mais.

— Tá bom. — Ficamos em silêncio de novo, a não ser pela música eletrônica saindo do meu celular. Então Jack levanta de repente e diz: — Já volto.

Ela fica alguns minutos fora. Quando volta, tem duas lanternas em uma mão e um laser na outra. Apaga as luzes da sala com o cotovelo e fecha a porta com o pé, deixando a gente na total escuridão. Então vem uma luz repentina, e eu cubro os olhos.

— O que você está fazendo?

— Pega uma lanterna — ela diz, e sinto o peso de um pequeno objeto sólido na minha barriga. — Pega a outra, Paul. Eu fico com o laser. Se vocês insistem em ficar deitados de barriga pra cima enquanto ouvem música, como se olhassem as estrelas, vamos ter que fazer alguma coisa a respeito. Um show de luzes.

231

Abro os olhos e pego a lanterna. A irritação já passou. Imagino que esse era o plano de Jack.

— Rá! — Paul grita, acendendo a própria lanterna e criando um padrão circular estonteante no teto.

Faço um efeito estroboscópico, ligando e desligando minha lanterna no ritmo da música. Jack me empurra mais para perto de Paul antes de deitar ao meu lado. Tento imaginar que formas ela está visualizando conforme move o laser em linhas precisas. Um crânio, talvez. Uma pirâmide. Seu nome completo.

Começo a fazer um som de *blup-blup-blup*, imitando uma das camadas eletrônicas. Paul ri e faz o mesmo, mas de um jeito mais elaborado e impressionante. Parece mais algo como *piui, scrich, scrich, bum!* Jack começa seu *um-um* sensual.

Por um minuto, é uma mistura caótica de música, som e luzes. É idiota, absurdo e maravilhoso. Então a música termina, e chegamos ao nosso limite. Começamos a gargalhar. Até Jack, sem controle. Gosto quando ela ri desse jeito.

A próxima música começa e continuamos com o show de luzes, embora tenhamos decidido em silêncio parar com o acompanhamento vocal. É uma melodia lenta, e uso minha lanterna para passar feixes longos lentamente pelo teto. O clima aquece e acalma. Quando começa uma música mais animada, não me empolgo para continuar o show de luzes. Paul boceja alto. O laser de Jack só traça lentamente uma série previsível de oitos.

Mantenho a lanterna ligada apontada para cima, mas apoio o rosto no ombro de Jack. Meu corpo decretou que preciso dar uma dormidinha, e nada vai me impedir. De olhos fechados, ouço a respiração dela ficar mais lenta e profunda. Parece que começamos a hibernar, e uma estranha imagem se forma na minha cabeça, de nós três como filhotes de urso sonolentos aconchegados em uma caverna. É tão ridícula que dou uma risadinha. Sinto um toque quente e gentil no meu braço, o que está perto de Paul. Sua mão está no meu cotovelo, e gosto disso. Gosto do calor e da sensação de segurança que sinto com ele.

Viro para olhar e vejo Paul me observando. Estico a mão e pego a dele, aquela que estava no meu cotovelo. Nossos dedos se entrelaçam naturalmente.

— Oi — digo.

— Oi — ele diz. E então: —Você sabe que gosto muito de você, né? Bem mais que da vocalista do Chvrches.

Dou risada, mas Paul não. Ele aperta minha mão. Eu aperto de volta.

— E eu gosto mais de você que do Kansas — sussurro. — Tipo, do que a banda *inteira*.

Espero que ele dê risada pelo menos da segunda parte do comentário, mas ele não dá. Os músculos em torno de sua boca se tensionam. Está com a mesma cara de quando joga videogame — a cara do pôster de guerra, da estátua antiga. E eu tenho aquela sensação de gás na garganta.

— Não faz careta — digo, porque ele precisa mudar a expressão.

— Estou fazendo?

— Sim. Está com uma cara feia.

O que é a maior mentira.

O rosto de Paul se transforma num sorriso exagerado e cheio de dentes. Bufo e aperto o nariz dele com minha mão livre.

— Meu Deus, Zelenka, o que você quer de mim?

O sorriso foi embora, e Paul parece tão genuinamente triste que eu me aproximo dele, apoio a cabeça em seu peito e digo:

— Nada. Assim está ótimo.

Ele não responde. Só aperta minha mão de novo, uma única vez. A sensação na minha garganta passa, e eu me sinto segura e bem de novo.

É nisso em que estou pensando quando pego no sono.

DEZENOVE

ACORDO COM O CELULAR. É um toque que não ouço há tempos: "Let's Get Together", a versão de *O grande amor de nossas vidas*, dos anos 1960. Klaudie e eu colocamos essa música como toque uma da outra quando ganhamos os celulares, no ensino fundamental. Bom, *eu* estava no fundamental. Klaudie tinha acabado de começar o ensino médio e ficou enfurecida com o fato de termos ganhado ao mesmo tempo, apesar da diferença de idade.

Quando a raiva passou, decidimos que precisávamos de um toque especial para sempre saber quando a outra estava ligando. *O grande amor de nossas vidas* era nosso filme preferido quando pequenas, então a escolha foi fácil.

Atendo o telefone bem quando Hayley Mills está cantando "We can have a swingin' ti-ime".

— Klaudie? — digo, ainda meio grogue. — *O que foi?*

O salão de jogos continua imerso na escuridão. Pode ser

o meio da tarde ou mais de meia-noite, impossível saber. Só tenho certeza da dor nas costas.

— Tash? Graças a Deus. Achei que fosse ter que ligar pra mamãe ou pro papai. Você tem que vir me buscar.

Sento, esfrego os olhos e tento fazer meu cérebro funcionar. Ao meu lado, Jack se mexe. Paul ronca tranquilo; ele sempre teve sono pesado.

— Te buscar *onde*? — pergunto, tentando sussurrar em vão.

— Hum... — Então percebo que ela está chorando. — No... no Dairy Queen, perto do shopping. Do lado do correio.

— Tá, tá. Chego em uns vinte minutos.

Klaudie funga.

— Você não consegue vir antes?

— Não, estou na casa dos Harlow. Tenho que passar em casa pra pegar o carro, e o Dairy Queen fica a uns quinze minutos de lá. Fica calma, vou o mais rápido que puder.

Tenho uma forte suspeita de que Klaudie está bêbada, o que quer dizer que meu pedido de calma não ajuda em nada, mas não sei mais o que dizer. Nunca tive que lidar com alguém bêbado. Nunca pensei que, de todas as pessoas, teria que lidar com *Klaudie* bêbada.

Assim que desligo, Jack pergunta:

— Aconteceu alguma coisa? Ela está machucada?

— Não sei. Só me pediu pra ir até lá.

— Quer que eu vá junto?

Alguma coisa na oferta de Jack, tão imediata, como um reflexo, faz com que meus olhos se encham de lágrimas. Sim, eu quero que ela vá junto. Quero alguém comigo nessa empreitada que pode me marcar pelo resto da vida. Quero alguém sentado no banco do passageiro para me dizer que Klaudie está bem e que não tem problema nenhum em ficar ao mesmo tempo preocupada e brava com ela. Mas então penso no que Klaudie preferiria. No que eu preferiria se fosse ela. Minha irmã claramente está desesperada para recorrer a mim, em vez de falar com Ally ou Jenna. Eu ia querer que um dos amigos dela me visse desesperada, chorando e talvez bêbada?

— Não — digo. — É melhor eu ir sozinha.

— Eu podia pelo menos ir com você até em casa. É tarde.

Dou uma olhada no celular. São quase duas da manhã.

— Droga — digo, ao perceber que não apenas Klaudie ignorou o horário de voltar para casa como, tecnicamente, eu também. Como eu imaginava, tem uma mensagem da minha mãe no celular. *Onde Tasha poderia estar?*

Mando uma resposta: *Desculpa!! Estou nos Harlow e peguei no sono. Volto de manhã.*

Paul nem se mexe. Jack olha para ele e então para mim, balançando a cabeça.

— Ele seria o primeiro a morrer em um ataque zumbi.

Ela nem se preocupa em sussurrar.

Sei que é uma tentativa de me animar, então dou uma risadinha. Quando levanto, Jack pega meu pulso. Está tão escuro que mal consigo identificar sua expressão, mas sei que está preocupada.

— Ei — ela diz. — Vai ficar tudo bem.

Concordo rapidamente. Jack pode não ver as lágrimas

no meu rosto, mas sei que pode senti-las, como eu sinto sua preocupação.

Paul ainda está dormindo quando saio.

Corro pela calçada, diminuo o ritmo e caminho rápido, depois volto a correr. Não tenho carro, mas pego o da Klaudie emprestado de vez em quando e tenho uma chave reserva. No meio do caminho, entro em pânico com a ideia de que ela foi de carro e o abandonou em qualquer canto. Mas então vejo minha casa e o Honda Accord estacionado em frente.

Quando abro a porta, sou envolvida por uma nuvem de perfume. Não entendo a física da coisa, mas Klaudie domina a arte de fazer com que o carro cheire como uma loja da Juicy Couture. Engasgo e começo a respirar pela boca, girando a chave e ligando o ar-condicionado no máximo. É uma noite quente e úmida, e o ar frio ajuda a dissipar o cheiro doce. O rádio liga, tocando um remix de dubstep. O carro inteiro balança com a linha do baixo antes que eu consiga abaixar o volume.

Não desligo a música. Preciso de algo para me distrair. As ruas estão desertas e pego três faróis verdes seguidos. Quando falei que levaria vinte minutos não tinha considerado a falta de trânsito. Estou só um pouquinho acima do limite de velocidade, mas sei que vou chegar em metade do tempo. Ótimo.

Entro no estacionamento vazio do Dairy Queen e fico um pouco nervosa, porque todas as luzes estão apagadas e não vejo sinal de Klaudie. Nem perto da porta ou no pátio. Só a encontro quando saio do carro e circulo o prédio. Ela está sentada na guia, perto da janela do drive-thru.

Ela levanta a cabeça com o som da minha chegada, e seu rosto molhado pelas lágrimas se ilumina.

— Então... — começo.

— Não quero falar — ela diz. — Só vamos embora daqui.

Entramos no carro, mas não ligo o motor. Fico olhando para ela na escuridão da noite, tentando descobrir se está mesmo bêbada ou se está drogada e precisa de um médico. Suas pupilas estão bem dilatadas, mas está escuro, então imagino que até as minhas estejam. Os movimentos dela não parecem *muito* descoordenados. Mas talvez Klaudie não seja esse tipo de bêbada. Talvez ela seja do tipo quieto e surpreendentemente equilibrado.

— Para de ficar olhando pros meus olhos — Klaudie diz, cobrindo o rosto. — Não estou drogada.

Eu me inclino e fico tateando o chão da parte traseira do carro até encontrar o que procuro: uma garrafa de água. Está pela metade e quente, mas é melhor que nada. Abro e entrego para ela.

— Bebe — mando.

Espero que Klaudie resista, mas ela obedece. Vira tudo de uma vez só. Então tira a garrafa da boca com um soluço que talvez seja de choro. É um ruído constrangedor, que me faz ligar o carro na esperança de que o rádio torne a situação menos desconfortável.

Saio do estacionamento e volto para a rua, mas não viro onde deveria para ir para casa. Não sei se Klaudie percebe ou se está bêbada demais para ligar. De qualquer maneira, não diz nada, só apoia os pés no porta-luvas e a cabeça na janela. Estamos passando por um bairro com casas bonitas construídas nos anos 1950. Gosto de fazer esse caminho. Numa noite tranquila, passando por essas ruas uniformes e simétricas, quase dá para imaginar que vivo num mundo sem guerra, crimes ou posts cretinos no Facebook. Sem haters ou silverspunnnx23. Sem internet.

— Não tenho que contar nada pra você — Klaudie diz. Totalmente do nada, porque não estou tentando extrair nenhuma informação dela, nem um pouco. Eu poderia muito bem continuar dirigindo em silêncio. Mas agora sinto que preciso me defender, então digo:

— Eu não precisava ter vindo buscar você.

Klaudie volta a chorar. Alto. Paro no farol vermelho, mesmo que não haja outros carros. Fico pensando se estaria infringindo a lei ao passar. Se uma árvore cai numa floresta e ninguém ouve o som ou fica sabendo, isso faz alguma diferença? O farol abre antes que eu chegue a uma conclusão para esse mistério profundo do universo. Sigo em frente. Klaudie continua chorando.

Ela finalmente diz:

— Briguei com J-Jenna e Ally. Disse a Jenna que ela estava b-b-bêbada demais pra dirigir, mas ela não quis me ouvir, então falei que queria que ela parasse pra eu descer. Não acreditei que *realmente* fosse fazer isso. Achei que só fôssemos parar e esperar um pouco. Mas ela foi embora. É uma *cretina*. As d-duas são.

No minuto de silêncio, penso se Klaudie vai se lembrar

disso amanhã e se vale a pena entrar na conversa. Ela parece ler minha mente.

— Não estou *tão* bêbada assim — diz, abrindo a janela.

— Argh, fecha isso, Klaudie. Tá superabafado.

Ela põe a cabeça para fora. Fico imaginando se ela vai vomitar, mas depois de alguns segundos volta para dentro do carro e fecha a janela.

Me sinto mal por causa do comentário, então digo:

— Você fez a coisa certa. Amigos de verdade não deixam outros amigos dirigirem bêbados.

Klaudie solta uma risada dura e rápida.

— É, essa sou eu. Sendo boa mesmo quando sou má.

Também dou risada, porque Klaudie disse exatamente aquilo em que eu estava pensando: mesmo quando está tentando ser uma delinquente, não pode deixar de se sabotar com uma dose de responsabilidade.

Ficamos em silêncio por um instante, então ela diz:

— Para.

— O quê?

— De me analisar.

— Eu não disse nada.

— Mas está pensando.

— Meu Deus, desculpa por pensar.

— Você não sabe o que está acontecendo comigo.

— *Tá bom.*

— Eu não estou tentando, tipo, descobrir como é se comportar mal uma vez na vida. Não é essa a questão.

— Tá.

Silêncio.

—Você continua me analisando.

Piso no freio. Estamos em outro farol. A luz está verde, mas ponho o carro em ponto morto. Não importa. Não tem ninguém na rua além de nós.

— Deixa de ser chata — digo, com a voz estridente. — Posso muito bem te analisar se quiser. É o que todo mundo está tentando fazer o verão inteiro.

— Do que você está falando?

— Por favor, Klaudie. Não aparecer pra jantar e tratar a mamãe e o papai como lixo...

— Eu não...

—Você está fazendo isso, *sim*. Tudo bem, é seu último verão. Quer aproveitar ao máximo ou sei lá o quê. Mas está sendo péssima com a gente nesse processo.

— Tá vendo? É por isso que não aguento mais. Qualquer coisinha fora da linha com vocês e sou a maior *decepção*.

— Eu não disse que...

— Esquece. Você está mudando de assunto.

— Então *qual* é o assunto?

Klaudie balança a cabeça.

—Você não sabe como é. Tem passe livre. Pode ficar brincando de fazer filmes. Sou a mais velha, preciso ter tudo sob controle.

Fico em silêncio por um segundo, processando aquilo.

— Mas... Você *gosta* de ter tudo sob controle.

— Na maior parte do tempo, sim. Mas às vezes não consigo. Às vezes não é o bastante. E a mamãe e o papai...

— O quê? Eles nunca falam nada...

— Nem precisam! — Klaudie grita pra mim. — Eles não têm que colocar em palavras. É o jeito como as coisas são.

Klaudie apoia a cabeça nos joelhos dobrados. Acima de nós, o farol completa mais um ciclo: verde, amarelo, vermelho. Quero ficar brava com ela, mas não consigo. Acho que estou chocada demais.

Ela vira para mim e diz:

— Sabe o que papai fez quando contei que ia estudar engenharia? Ele *chorou*, Tash. Poxa. E disse que o vovô teria orgulho de mim, que eu ia continuar o legado dos Zelenka.

— Mas... Qual é o problema disso?

— É a *pressão*! — Klaudie grita. — Quem quer esse tipo de coisa?

— Ele não quis...

— Não, óbvio que não. Mas a pressão está lá. Está, *sim*. E sempre vai estar, mesmo na faculdade. O nome da família está nos meus ombros. Isso vai martelar na minha cabeça toda vez que fizer uma prova ou um seminário. Tipo, como se o vovô e a vovó tivessem atravessado a Cortina de Ferro só pra que eu me desse mal numa prova final de termodinâmica.

— Klaudie, para com isso. Ninguém quer que você pense assim.

— Mas...

— Não — eu corto. — Quer saber? Às vezes você não se dá conta de como tem sorte. Está reclamando dessa faculdade incrível e cara na qual nem vou conseguir entrar.

Não sei o que quero que Klaudie faça — fique na dela ou brigue comigo. Nem ela. Com um sussurro, diz:

— Eu sei. Desculpa. Não devia ter dito aquilo.

Mas não preciso dessas desculpas. Levei semanas para assimilar toda a história da Vanderbilt, mas finalmente consegui. Dou de ombros, surpresa com a minha compostura.

— Li uma reportagem que acompanhava formandos de universidades públicas e das privadas de prestígio, e vinte anos depois eles têm o mesmo nível de cargo e de salário. Não importa onde vou estudar.

— Achei que você estava tentando *me* fazer sentir melhor. — Klaudie funga, mas de alguma forma isso vira uma risadinha.

Pela primeira vez desde que entrou no carro, o silêncio que se segue não é tenso. É só silêncio. Penso em sair com o carro, mas tenho medo de estragar o momento estranhamento confortável.

—Você... — Klaudie começa. Ela balança a cabeça e esfrega o nariz com o pulso. —Você se pergunta se eles seriam diferentes se tivessem a família por perto?

— Como assim?

— O vovô e a vovó eram tudo o que papai tinha. E a mamãe está a milhares de quilômetros da família. Sei que eu disse que ela ia ter o bebê porque a gente não é boa o bastante. Sei que é idiota, mas... Era como eu me sentia. Mas estive pensando... Vai ver que o bebê é só um jeito de aumentar a família. Considerando que eles não têm muita gente, sabe?

— Bom — digo —, foi um acidente, então talvez não *haja* uma razão.

Klaudie balança a cabeça.

— Não. Talvez não.

É real. Sei que chegamos a uma abertura. A um momento em que podemos nos livrar das camadas e expor todas as veias e o sangue. É um lugar aonde nós duas podemos ir, porque somos irmãs e nos conhecemos bem.

Então, finalmente, lanço minha dúvida:

—Você acha que ter esse bebê é idiotice?

— Não sei. — Klaudie está desenhando algo que não consigo identificar na janela com o mindinho. — Mas não dá pra culpar os dois.

De alguma maneira, isso faz sentido para mim. Embora Klaudie claramente *culpe* nossos pais — da mesma forma que eu culpo —, não os culpamos *desse jeito*. Não moralmente. Desse ponto de vista, compreendemos. Culpamos os dois de um jeito pessoal. De filha para mãe, de filha para pai. Podemos lidar com a questão de jeitos diferentes, mas permanece a mesma: por que mudar tudo para sempre se estava tudo bem?

O farol passa por mais um ciclo e fica verde de novo. Finalmente dou partida. Agora dirijo com um destino, embora ele não seja nossa casa. Klaudie não pergunta nada. Se ela não sabe o que vou fazer a princípio, deduz quando paro no mercado vinte e quatro horas e digo:

—Vamos comprar flores.

Pegamos um buquê de girassóis e outro chamado "festa de verão" — um arranjo de margaridas, rosas alaranjadas e crisântemos. Pegamos duas cocas da geladeira que fica perto do caixa. Depois entramos no carro e dirigimos até o cemitério Evergreen. É velho e fica nos limites da cidade, perto das fazendas. Os portões de ferro estão fechados, mas são baixos e relativamente fáceis de escalar. Vou primeiro. Klaudie me passa as flores e os refrigerantes por entre as barras antes de escalar também. Uso a lanterna do celular para nos guiar.

Nunca achei túmulos tão assustadores como todo mundo acha. Não acredito em fantasmas ou em assombrações, só em reencarnação. E é mais do que isso, acho. Eu era nova quando meus avós morreram, então fiquei tão acostumada a visitar o túmulo deles que o cemitério nunca foi um lugar desconhecido e assustador para mim. Era uma parte rotineira da vida, como ir ao cabeleireiro ou dentista. E como eu poderia acreditar que algo terrível estava enterrado ali, na companhia dos meus avós?

Costumávamos visitar bastante o cemitério depois do acidente, todos juntos. Levávamos flores para a vovó e bebíamos refrigerante pelo vovô, porque o que ele mais gostava de fazer quando íamos à sua casa era ficar na varanda tomando coca. Então, quando cheguei ao ensino médio, paramos de vir tanto, até que passamos a fazer uma única visita anual, em outubro. Mas, sempre que vínhamos, era bom. Eu me sentia segura, não triste.

Um túmulo é só um túmulo, e não acho que meus avós são fantasmas que sabem da nossa visita. Mas as memórias que tenho deles — o goulash da vovó, as manhãs jogando baralho, o vovô rindo mais que a gente dos desenhos na tv

— continuam vivas e ficam muito mais claras quando estou no cemitério.

Achei que conhecesse bem o caminho para os túmulos, mas damos duas voltas até que Klaudie aponte e diga:

— Não, não, é pra esse lado. É bem ali.

Ela está certa. Paramos diante da lápide arredondada de calcário que diz:

Dominic Jan Zelenka
7 de fevereiro de 1942 — 2 de outubro de 2008

Irma Marie Zelenka
23 de setembro de 1945 — 2 de outubro de 2008

Pais e avós profundamente amados

— Ei — sussurro, me ajoelhando diante da lápide. Ponho algumas rosas murchas de lado, tiro o plástico do buquê de girassóis e o deixo no lugar delas.

Klaudie senta de pernas cruzadas ao meu lado. Ela tira o plástico do seu buquê e o coloca ao lado do meu. Ficamos ali. Ouço o som fraco e engasgado do seu choro.

Não fico triste, mas reflexiva. Penso no que Klaudie disse, sobre mamãe e papai tentarem aumentar a família. A gravidez foi um acidente, mas o que o bebê é? O que ele vai ser? Talvez haja um motivo. Talvez nossa família — estando alguns de nós mortos, outros do outro lado do mundo, outros deixando a cidade — precise de um novo membro. O bebê vai virar tudo de cabeça para baixo, sem dúvida. Mas, talvez, de um jeito estranho, coloque todas as coisas em seu devido lugar.

Klaudie deve estar pensando a mesma coisa que eu, porque diz:

— A vovó ia adorar a notícia. Ia achar *aterrorilhoso.*

Uma rajada de vento úmido atinge o cemitério, jogando nosso cabelo para trás. Olho, impressionada, para o rosto de Klaudie banhado pela lua. Ela parece tão sombria e severa. Como uma bruxa. Não do tipo feio, coberto de verrugas. Klaudie é misteriosa, jovem, linda e incompreendida, como uma bruxa de Salem. Não que eu vá dizer isso para ela. Minha irmã não entenderia. Mas não consigo não pensar que, se ela tentasse fazer um feitiço sobre a lápide, conseguiria.

Meus olhos começam a doer de tanto olhar. Eu me aproximo e apóio a cabeça em seu ombro. Ficamos assim até o sol nascer. Embora minhas pálpebras estejam pesadas pela falta de sono, eu abro os olhos o máximo possível para ver a luz rosa da alvorada fazer sombra na fileira de lápides, nos ciprestes e no mausoléu solitário.

VINTE

É A MANHÃ DA VIAGEM PARA NASHVILLE. Estamos todos em volta do Ford Explorer de Brooks, do lado de fora da minha casa, esperando Tony, que está vinte minutos atrasado.

— Acho que devíamos ir sem ele — diz Serena, que está irritada com Tony desde a história do dente sujo. — Um cara que não respeita a programação não é digno de respeito.

Balanço a cabeça.

— Foi ele quem sugeriu que a gente fosse. Acho que podemos esperar mais dez minutos.

— Alguém tentou ligar? Sabemos se ele está acordado? — Brooks está sentado de lado no banco do motorista, com a porta aberta e as pernas esticadas para fora. Está fumando, por isso torço para que meus pais não olhem pela janela. A fumaça não combina com a história do motorista perfeito que contei.

— Mandei uma mensagem — Jack murmura. — Ele está vindo.

249

Ela não percebe meu olhar de surpresa. Desisti de tentar falar com Jack sobre Tony. É uma causa perdida, que prefiro deixar para um santo ou para pessoas viciadas em adrenalina.

Paul cutuca meu braço e se inclina para dizer:

— O que está acontecendo?

Dou de ombros, dada a minha própria falta de informações. Então abro um sorriso ao notar a camiseta dele. É preta e diz PURE HEROINE em letras prateadas.

— Que foi? — ele pergunta. — Por que está balançando a cabeça?

— Como você pode gostar de Lorde e não de Chvrches?

Paul fica todo animado, como se eu tivesse acabado de pedir a definição de uma palavra que ele acabou de pesquisar.

— Fácil. Só gosto do que está na moda.

— Chvrches está meio na moda — argumento.

— Não. Algo está na moda quando até seus próprios pais sabem o que é.

— Essa é a definição do dicionário?

A resposta de Paul se perde em meio ao ruído da moto. A moto de Tony. Ele a estaciona atrás do carro e, enquanto tira o capacete, ouço Jack sussurrar "Filho da puta" bem baixinho.

— Ei! — Tony grita, se exibindo. Ou melhor, *se exibindo pra caramba*, com um sorriso largo e os braços abertos, como se fosse o Messias em *Godspell*. Parece que vai começar a cantar "Day by Day" a qualquer momento.

Acho que preciso parar de andar com essa gente do teatro.

— Onde você estava, seu babaca? — pergunta Brooks. — Estamos perdendo tempo.

— Não me atrasei tanto assim — Tony responde, todo sorrisos.

Serena parece pronta para dar um chute no saco dele.

— Estamos todos aqui — digo. —Vamos logo.

Todos querem fazer exatamente isso. Brooks se endireita no assento do motorista e Serena pega o banco ao seu lado. Jack, Paul e eu ficamos na fila do meio, o que deixa o fundo para Tony e Jay. Não foi intencional, mas fico prestando atenção nos dois quando entram no carro. Jay está quieto desde que chegou, mas pode ser só porque não funciona bem de manhã. Mas sua expressão agora parece mais desconfortável que cansada. Talvez até um pouco brava. Ele pega o assento perto da janela, põe o fone de ouvido, fecha os olhos e viaja para um mundo sônico que, para todos os efeitos e propósitos, fica a quilômetros de distância da SUV. Tony também parece desconfortável, e sei que não estou inventando isso, porque Paul diz:

— Tudo bem aí, cara? Você fica enjoado andando de carro ou algo assim?

— Oi? Ah, não, não. Tudo bem.

O desconforto deixa seu rosto com tanta facilidade quanto uma máscara. Ele é o Messias fanfarrão outra vez.

Não sei por que é tão difícil ficar brava com Tony. Quero ficar, não porque ele se atrasou, mas porque não pediu desculpas, como qualquer pessoa civilizada faria. Então ele dá um sorriso diretamente para mim, um sorriso que diz "Lembra de mim?" e "A vida não é incrível?". Em momentos assim, consigo entender o que Jack viu nele. E por que viviam brigando também.

★

Brooks não estava brincando: ele *corre*. Quando pegamos a Bluegrass, se mantém a mais de cento e quarenta quilômetros por hora.

— Fiquem atentos — Brooks diz —, principalmente quando virem viadutos e árvores. Se eu for pego com outros doze olhos me ajudando, então *mereço* uma multa.

Tony só responde:

— Uhu!

Jack põe seu travesseirinho de unicórnio na janela e se prepara para dormir. Não me surpreenderia se ela passasse a viagem toda apagada porque não se sente muito bem na estrada, por isso não a culpo por tentar relaxar. Na verdade até prefiro assim, porque estou no meio de uma conversa com Thom, louca para pegar o celular de volta. Já pensei na resposta perfeita para a última mensagem dele.

Escrevo: *Você tem uma máquina do tempo que realmente pode te levar pra QUALQUER MOMENTO e escolhe conhecer H. G. Wells?*

Mesmo depois de uma hora desde que mandou a mensagem, Thom ainda está ligado e responde rapidinho.

Ele é meu herói.

Retruco: *É melhor não conhecer seus heróis. Todo mundo sabe disso.*

Tá bom, senhorita sabe tudo. Onde, ou melhor, para QUANDO você iria?

Já tenho uma resposta para isso também. Pensei nela enquanto escovava os dentes. *Iria para 28 de junho de 1914 e impediria o assassinato do arquiduque Francisco Ferdinando.*

Queria poder dizer que sei essa data de cabeça, mas já faz um ano que vi isso na escola. Tive que procurar na Wikipédia, porque a data completa faz minha escolha parecer mais crível.

Thom: *PERAÍ. Por quê?*

Eu: *Porque foi o estopim da Primeira Guerra. Impedindo o assassinato, impediria o conflito. E, consequentemente, a Segunda Guerra também.*

Thom: *Seria um desperdício. Haveria outro motivo e a guerra aconteceria de qualquer jeito.*

Eu: *Não tem como você saber.*

Thom: *Não tem como você saber que sem a Primeira Guerra não haveria a Segunda.*

Eu: *Se a Alemanha não tivesse sido forçada a arcar com todos os custos da guerra, Hitler nunca teria subido ao poder.*

Escrevo "Alemanha" errado três vezes.

Thom: *Não sei, é um jogo perigoso, mexer com a história assim.*

Eu: *Talvez H. G. Wells fosse um babaca. Tem certeza de que aguentaria a desilusão?*

Thom: *Correria esse risco.*

Estou tão envolvida na discussão que nem percebo Paul perto de mim, e me assusto quando ele fala:

— Muita nerdice por aí?

Solto o celular no colo e o encaro.

Ele me olha de um jeito esquisito.

— É sobre isso que vocês falam?

— É falta de educação ficar lendo as mensagens dos outros — digo.

— Sabe o que é falta de educação? Ficar falando com um cara da internet quando está sentada ao lado de alguém com quem pode falar *na vida real*.

—Você não estava falando nada.

— Porque você estava mandando mensagem. Estou entediado.

— Só gente entediante fica entediada.

— Eu nunca disse que era interessante.

Aceno para os assentos dianteiros.

—Você pode falar com Brooks ou Serena.

Ela levanta a mão e diz:

— Não. Desculpa, Paul. Estou estudando um roteiro.

Na semana passada, Serena conseguiu o papel de Maria na produção de *Amor, sublime amor* do grupo de teatro da cidade. Só vai estrear em meados de setembro, mas ela já está se preparando. Brooks, por outro lado, parece fingir que não nos ouviu.

Dou um suspiro dramático. Não guardo o celular, mas viro a tela para baixo, cruzo os braços e olho para o Paul.

— Tá. Você tem toda a minha atenção. E agora?

Ele ainda me olha de um jeito estranho, como se estivesse tentando identificar algum sabor. Mas então sorri e diz:

— O jogo do alfabeto.

— Ah, não, Paul.

— Tá bom. Eu vejo.

—Você é uma criança de oito anos — digo. — Sabia disso?

Mas então concordo em jogar. Tony também e até Serena

entra na brincadeira quando percebe que não vai conseguir se concentrar no roteiro. Já faz meia hora que estamos nessa quando Jay tira os fones de ouvido e diz:

— Eu vejo uma coisa verde.

Damos palpites por cinco minutos antes de Tony adivinhar que é o zíper da jaqueta de Jay, e todo mundo no carro começa a protestar, porque Tony era a única outra pessoa que conseguia vê-lo. Jay não está nem aí e parece muito contente consigo mesmo por ter o recorde do jogo até o momento. Serena diz que ele é um traíra, então Jay grita de volta:

— A traíra é você, Anna Arcádievna Kariênina!

Serena entra no papel e grita de volta:

— Eu estava infeliz, Aleksei! Você me sufocou!

Todo o mundo morre de rir. Menos Jack, que despertou da soneca tão feliz quanto um urso. Ela suspira no travesseirinho de unicórnio:

— Se eu vomitar a culpa é de vocês.

Ainda estamos rindo alto quando Tony segura meu descanso de cabeça e se inclina para a frente, gritando:

— Droga, droga, droga, um policial!

Tenho que elogiar Brooks por não pisar fundo nos freios, apesar do tom dramático do aviso. Ele desacelera de maneira constante e rápida. Prendemos a respiração enquanto passamos pelo viaduto onde o carro de polícia estava escondido, então viramos o pescoço para olhar pra trás. Nos afastamos cada vez mais. Nada de sirene. Nada de perseguição. Nos acomodamos em nossos assentos. Ficamos em silêncio. Então começamos a rir de novo.

★

— Eu vejo... o prédio do Batman.

Todos nos esprememos para ver Nashville pela janela. A I-65 apresenta a cidade de maneira dramática: não é como a entrada de Lexington, que não passa de uma série de fazendas e shoppings. O prédio mais alto de Lexington — a torre cobalto de um banco — sofreria de um severo complexo de inferioridade num lugar desses.

É uma escolha óbvia, mas meu prédio favorito em Nashville é o da AT&T, carinhosamente conhecido como o prédio do Batman, por causa das duas torres pontiagudas nos cantos que lembram a máscara do super-herói. Quando Klaudie e eu éramos mais novas, meu pai nos convenceu de que elas controlavam os sinais de todos os celulares no mundo. Acreditei naquilo por mais tempo do que gostaria de admitir.

Nossa primeira parada é no Hattie B, que, de acordo com Brooks, tem o melhor frango da cidade. É claro que não é uma opção para mim, então como só os acompanhamentos: feijão, salada e macarrão. Como é uma ocasião especial, também peço um doce e um chá. Para o resto do pessoal, tem um cardápio com cinco tipos de frango, um mais apimentado que o outro. Jack e Tony são os únicos que pedem o mais forte: "Fecha o Bico!!!".

Como era de se esperar, nenhum dos dois reclama ou faz mais do que fechar os olhos com certo desconforto enquanto come. Mas noto que tomam bastante refrigerante entre as garfadas. Quando Tony levanta para encher o copo e pergunta a Jack se também quer um, ela aceita.

Temos algumas horas para matar, então fazemos uma vaquinha para pagar um estacionamento perto da casa de shows.

— Quer ir no campus da Vanderbilt? — Paul me pergunta quando descemos do carro. — Dar uma olhada no departamento de multimeios?

Ainda não falei com ele e com Jack sobre a questão da faculdade. Queria ter certeza de que estava cem por cento comprometida com a Universidade do Kentucky primeiro, porque a única coisa pior do que sair do estado para fazer faculdade é sair do estado depois de dizer que ia ficar. Mas agora parece inevitável. Imaginei essa conversa no caminho, mas apenas como um medo vago, acreditando que talvez ela não acontecesse se eu não pensasse muito a respeito. Mas aqui estamos, e não tenho uma resposta na ponta da língua.

— Não precisa — digo, dando de ombros, esperando que Paul e Jack não estranhem.

Mas é claro que estranham.

— Como assim "Não precisa"? — Jack diz. — Você está falando de visitar o campus desde que essa história da viagem começou.

— Isso já faz tempo — murmuro.

Chegamos a um cruzamento e nosso grupo se separa. Brooks marcou de encontrar um amigo num café. Serena e Jay vão a uma loja que ela segue no Instagram e quer conhecer pessoalmente. Paul, Jack e eu, claro, ficamos juntos. Isso deixa Tony sobrando. Ele decide atravessar com Serena e

Jay enquanto esperamos o farol abrir para seguir na direção oposta. Isso é bom. Não quero ter essa conversa na frente dele.

Quando Brooks se despede e pega outra rua, digo:

— Não vou pra Vanderbilt. Mesmo se conseguir entrar, o que duvido muito, vai ser muito caro.

Jack e Paul ficam em silêncio. Sei que estão trocando olhares pelas minhas costas. Aparentemente, decidiram que Jack é a porta-voz, porque ela diz:

— Hum, isso é novidade.

— Já faz um tempo que ando pensando nisso, mas não sabia como contar pra vocês.

— Como contar pra gente? Somos seus melhores amigos, Tash. Não precisa enrolar. É só *falar*.

Arrepiada, digo:

— Posso refletir um pouco sobre as coisas sozinha antes de falar com vocês a respeito.

Jack solta um som curto e baixo que imagino que significa que ela concorda comigo.

Não falamos para onde vamos, mas parece que concordamos em silêncio em seguir para o Centennial Park. Percorremos um dos muitos caminhos que passam por entre as árvores. Dá para ouvir o som distante de água — uma fonte no lago, fora de vista no momento.

— Então... Isso quer dizer que você vai pra Universidade do Kentucky? — Jack vira para mim e bate os cílios. — Comiiiiiigo?

É tão repentino. Perco o ar e meu peito se enche de calor. Não sei se é a bobeira da Jack, a beleza do parque ou a simples felicidade de estar andando entre as duas pessoas de quem mais gosto no mundo, mas parece... certo. *Isso*. Porque, mesmo que estudar na Universidade do Kentucky signifique ficar em Lexington, também significa ficar com *eles*.

— É — digo. — Exatamente.

Ela luta contra um sorriso quando diz:

— Tenho certeza de que já sabe que vou ser uma péssima colega de quarto, mas vou obrigar você a morar comigo de qualquer jeito.

Passo um braço pelo ombro dela, e um pelo de Paul e começo a cantar o refrão de "With or Without You", do U2, gritando na orelha dela a letra um pouco diferente: "*You can't liiive with or withooout me*". Estou sendo irritante, mas nem ligo, tampouco Paul ou Jack. Ele acrescenta uma batida de bateria à cantoria. Jack se junta a mim para o auge do lamento do Bono no instante em que chegamos a uma clareira e temos a primeira visão do Parthenon.

Sou imediatamente tomada por meu amor pelos dois. Jack e Paul não ligam se estamos chamando atenção. Eles nunca teriam vergonha de mim. Por que trocaria os dois por uma escola renomada e um empréstimo estudantil de seis dígitos?

Balançamos a cabeça para o Parthenon, porque isso é tudo o que há para fazer diante de uma réplica em tamanho real de um templo ateniense no meio do Tennessee. É uma visão estranha e surpreendente, que poderia até ser cafona — e talvez algumas pessoas achem que é, mas eu não. Aqui, no parque, parece eterno. Uma estrutura que vai continuar assim mesmo depois que guerras nucleares, invasões alienígenas e epidemias tenham nos varrido da face da Terra. Talvez o prédio do Batman caia, mas não o falso Parthenon. Nunca o falso Parthenon.

Já tem uma boa fila do lado de fora da casa de shows quando chegamos. Vejo Serena, Jay e Tony um tanto à nossa frente e aceno. Tony sinaliza para nos juntarmos a eles, mas vejo algumas pessoas entre nós já de cara feia, se preparando para comprar briga. Não é necessário. Meus amigos e eu podemos ser irritantes, mas não somos babacas. Balanço a cabeça e ignoro a cara que Tony faz.

Logo a porta se abre e nos encontramos lá dentro. É um espaço grande com um palco em uma extremidade e um bar na outra. Todos temos um grande X nas mãos, que nos identifica como perdedores menores de idade pelo resto da noite. Serena mostra um colar que comprou na loja — uma corrente prateada com um pingente de pássaro bem pequeno. Tony e Jay estão perto dela, mas ainda mais perto um do outro.

Brooks só chega no intervalo entre a banda de abertura e o Chvrches. Ele está com o rosto vermelho de quem bebeu, mas não pega nada enquanto está com a gente. Seu sorriso bobo vai sumindo conforme ele recupera a sobriedade ao longo da noite. Quando a banda sobe no palco, é como se todos nós estivéssemos bêbados. Somos uma bola de energia delirante, e grito sem nenhuma vergonha quando eles começam com uma das minhas músicas preferidas.

Quando o show acaba, o público pede bis até eles voltarem ao palco. Já estão tocando de novo quando vejo Jay e Tony se beijando. Jay está um pouco vacilante, com as costas apoiadas em um suporte de metal, e Tony se inclina sobre ele, beijando sua boca em um ritmo constante e estável, como um coração batendo.

Finalmente nosso Vrónski e nosso Aleksei estão juntos, e fico mais animada com isso que com Kevin.

O show foi bom, ainda que na saída Jack diga o que eu estava pensando:

— Foi um pouco anticlimático.

Não fui a muitos shows, mas até agora a experiência me ensinou que a maior parte é assim — nunca bom o bastante se comparado a toda a agitação prévia.

Brooks parece firme quando saímos, mas rola alguma coisa entre ele e Serena que acaba com ela no volante. Nem cinco minutos depois de sairmos, Brooks começa a roncar no banco do passageiro. Nós rimos baixinho, e Serena aumenta o volume do rádio.

Estamos todos cansados, mas o clima é agradável. Todo mundo está quieto, dormindo ou sonolento. A luz forte e artificial do celular de um dos garotos atrás de mim se acende e apaga logo depois, deixando o carro no escuro.

Quando acordo, ainda estamos na interestadual, ultrapassando um trailer na pista da direita. Peguei no sono no ombro de Paul e vejo que babei na manga da camiseta dele. Ele está dormindo e nem vai notar a surpresinha nojenta. Jack respira profundamente do meu outro lado, e Brooks está desmaiado no banco da frente. Viro pra trás e vejo que Jay está acordado, ouvindo música e vendo os carros que passam. No escuro, consigo ver sua mão na de Tony. Jay sorri para mim. Sorrio de volta, aponto para os dois e faço sinal de positivo. Ele aponta para mim e para Paul e levanta os ombros como quem pergunta "E isso aí?".

Faço uma careta. Eu e... Paul? Ele está sugerindo o que estou pensando? Em seguida, Jay faz um beicinho e pisca, sem deixar espaço para dúvida. Fico olhando embasbacada, então balanço a cabeça e sussurro:

— Não.

Jay dá um sorriso ainda maior e fecha os olhos, retornando para o mundo do seu fone de ouvido. Viro para a frente e tento dormir, mas minha cabeça é um turbilhão.

Eu e Paul. Se Jay soubesse que ele me vê como uma irmã, igual a Jack... Que, mesmo se não fosse por isso, não daria certo porque eu não curto sexo e sei que ele certamente curte, graças à franqueza com que já falou sobre sua relação com Stephanie Crewe e com outras garotas.

Mesmo assim, não consigo parar de pensar no assunto. Aquela sensação de gás está de volta à minha garganta, como no dia em que Paul me abraçou na frente dos amigos e um deles achou que eu era sua namorada. Aqueles bobos que não sabiam de nada. Não sou a namorada de ninguém, e Paul é só... Paul.

Ele se mexe ao meu lado. Em pânico, concluo irracionalmente que ele consegue ler pensamentos e agora vai contar isso da maneira mais humilhante. Mas Paul não diz nada. Só sorri para mim, ainda com sono. Ainda em pânico, revelo:

— Babei em você.

Ele segue meus dedos até a mancha na manga. Em resposta, sorri e me puxa para mais perto, põe a língua entre os dentes e faz "Plrrrrrrr". Franzo o nariz e dou um soco no peito dele. Paul sorri e diz:

— Agora estamos quites.

Então ele fecha os olhos de novo, mas seu braço continua onde está, nos meus ombros. É um momento confuso, porque *sempre* foi assim e, aconchegada nele, acho que pode ser só a mesma coisa de sempre. Ou algo a mais.

Não é nada; é alguma coisa. Não pode ser; só pode ser. É Paul. Mas e Thom?

Os pensamentos martelam na minha cabeça, me mantendo acordada. Minha cabeça continua acelerada quando entramos na garagem, Serena abre a porta e o *tim-tim-tim* constante traz todo mundo de volta do mundo dos sonhos.

VINTE E UM

A Tuba Dourada é em exatas duas semanas. Gastei quase todas as minhas economias na passagem de avião e em duas noites no hotel Embassy Suites, onde vai ser a conferência. O dinheiro para o resto da viagem ficou apertado. Estou planejando detonar no café da manhã incluso e contrabandear algumas frutas e pães para um almoço improvisado no quarto, mas sei que, em algum momento, vou ter que pagar para comer.

Pelo menos Thom vai me pagar um café. Acho. *Espero.*

Depois de uma semana do que chamei de "Jejum de redes sociais", Jack e eu voltamos à ativa com um novo plano: vamos passar pelas notificações de modo mais eficiente, ignorando todo o ódio da melhor maneira que pudermos e respondendo apenas a perguntas de outras webséries ou a questões importantes. Não é o ideal, mas concordamos que é a única maneira de manter a sanidade.

Desde o dia em que vimos o nascer do sol no cemitério, Klaudie e eu não brigamos mais. Tampouco fazemos a unha uma da outra, mas chegamos a um acordo. Nossa manhã *aterrorilhosa* com o vovô e a vovó fez com que víssemos as coisas de um jeito diferente. Eu pensava que não éramos mais próximas por culpa dela. Que Klaudie era esnobe demais para perder seu tempo comigo, com Jack e Paul. Que cabia à mais velha se aproximar. Como ela nunca fazia isso, fomos nos afastando e ficando cada vez mais diferentes. Sempre a culpei por isso. Mas não acho mais que a culpa é dela. É uma questão de personalidade, ordem de nascimento e um monte de outros fatores que nenhuma de nós pode controlar.

Agora somos duas irmãs crescidas com um abismo entre nós. Não consigo atravessá-lo, mas pelo menos posso enxergar o outro lado, um lugar marcado pela pressão por um bom desempenho. Klaudie tem razão: nunca senti essa pressão nem pensei a respeito. Posso não sentir, mas, agora que sei que ela sente, as coisas estão um pouco melhores. Klaudie ainda não fez as pazes com nossos pais, mas as interações estão mais leves. Ela tem feito menos observações sarcásticas, não tem virado tanto os olhos e voltou a jantar com a gente na maior parte da semana.

O dia seguinte à viagem para Nashville é um desses em que você fica completamente estragado. Apesar de ter passado doze horas na cama, estou péssima quando sento para jantar. Mas fico animada quando vejo que o papai preparou calzones do jeito que cada um gosta: com pimentão verde e cebola para a minha mãe, de cogumelo para a Klaudie, bacon e pepperoni para ele mesmo e quatro queijos para mim. Esse é o único prato de que gosto mais do que as receitas tchecas tradicionais que ele faz. A visão do calzone, borbulhando de tão quente na mesa, é como uma injeção de adrenalina que vai direto para o meu coração. Desperto de imediato. Preciso de todos os meus sentidos alertas para apreciar essa explosão de queijo.

— Alguma ocasião especial? — pergunto, sentando à mesa.

— Noite de filme em família — meu pai diz. — Ocasião *muito* especial.

De certa forma, acho que é mesmo. A última vez que vimos um filme todos juntos foi em fevereiro, quando ficamos presos em casa por causa da neve e minha mãe e Klaudie estavam gripadas. Nos aconchegamos no sofá com cobertores e chá e assistimos aos três *Star Wars* originais. Por um tempo depois disso, quando as estradas já estavam liberadas, mas a neve continuava pesando sobre os gramados, meu pai saía para trabalhar todas as manhãs brandindo a escovinha de limpar neve do vidro como se fosse um sabre de luz e gritando: "Só mais um dia no planeta gelado de Hoth".

Hoje vamos ver *Os Goonies*, o que quer dizer que, antes de meu pai apertar o play, precisamos dar uma de Gordo. Klaudie e eu reclamamos, mas secretamente adoramos isso. Ficamos de pé no sofá, levantamos a camiseta, balançamos a barriga e imitamos o som que ele faz. Meu pai assente e diz:

— Muito bem.

Apontamos para ele e exigimos que faça também. Então meu pai vira solenemente, desabotoa a camisa e chacoalha a barriga de maneira muito mais dramática e precisa. Não acho que esteja desperdiçando seu tempo no trabalho — ele é um ótimo vendedor —, mas poderia se dar bem nos palcos também. Minha mãe se junta a nós duas no sofá. Suspeito que é um movimento calculado quando se coloca entre nós. *Concluo* que é quando ela "casualmente" passa o braço nas nossas cinturas.

— Mãe — digo —, não vamos a lugar nenhum.

Ela me dá um beijo. Eu me inclino para ver a reação de Klaudie e fico chocada ao ver que ela apoiou a cabeça no ombro da mamãe. A gravidez está começando a aparecer — uma protuberância por baixo da blusa verde. Como ela tomou a liberdade de me abraçar, ponho a mão na sua barriga. Ninguém diz nada. Ficamos relaxadas e vemos um crânio gigante sobre ossos cruzados encher a tela da tv.

Mais tarde, quando já estou deitada, troco mensagens com Thom. Toco no assunto da Tuba Dourada de novo. Não consigo evitar. Com o fim das filmagens se aproximando, a cerimônia parece o ponto em que tudo em que Jack e eu trabalhamos no último ano culmina. É como um encerramento orquestrado pelo universo de toda a experiência de *Famílias Infelizes*. A coisa ultrapassou a proporção épica na minha cabeça, e sei que isso é perigoso. Preciso ficar me lembrando de que a premiação e a convenção não têm como atender às minhas expectativas. Não tenho chance de vencer a Tuba Dourada de Melhor Série Estreante. Nenhuma. Metade de mim está convencida disso. A outra metade embarcou em uma onda de otimismo sem limites. Penso a respeito com muito mais frequência do que seria saudável, então é inevitável que o assunto surja nas minhas conversas com Thom.

A negatividade na internet não melhorou nem um pouco depois do vídeo dele. Não que eu esperasse isso. Mas, apesar do que Jack disse, sou grata pelo que Thom fez, porque mostrou que ele se importa com o que eu sinto e também porque foi um ponto de virada na nossa relação. Começamos a conversar muito mais depois disso. Thom prefere discutir ficção científica, o trabalho dele ou o último fenômeno da internet, mas tudo bem, porque esses tópicos também me interessam.

No momento, minhas mensagens estão cheias de ansiedade, e Thom, como sempre, me ajuda com isso.

Tash, RELAXA. Se você não ganhar, não ganhou. Pelo menos vai ter umas férias.

O que quero escrever é: *Mas não são férias de verdade, porque não tenho dinheiro pra ir no parque do Harry Potter.*

Em vez disso, escrevo: *É, eu sei, você tá certo.*

Há uma pausa. Ele não escreve nada nem eu. Estou prestes a mandar boa noite quando Thom começa a digitar. Espero a mensagem.

Você tá na cama?

Tô, respondo. *Toda aconchegada e sem maquiagem. Ia assustar você.*

É uma piada, mas me arrependo no momento em que envio. Talvez tenha ido longe demais. Será que parece que estou esperando um elogio? Odeio quando as pessoas fazem isso — destroem a si mesmas e depois entregam um tubo de cola para você, implorando "ME CONSERTA!". Dou um gritinho e enfio o celular debaixo do travesseiro, como se isso pudesse impedir a resposta de Thom de chegar. Tiro o aparelho um minuto depois para ler. *Tenho certeza de que está linda. AINDA MAIS toda aconchegada na cama.* Congelo.

Meus ossos se transformam em mármore e meus tendões, em granito. Meu sangue virou uma série de estalactites. Porque Thom Causer me escreveu isso. Ele me chamou de linda. Basicamente disse que estava pensando em mim na cama. E quero muito acreditar que a coisa para por aí. Um comentário inocente de improviso. Que ele está imaginando nós dois abraçadinhos e nada mais. Mas não pode ser, porque ele é um cara de dezessete anos, e as chances de que seja igual a mim são de um em um milhão. Está lá, entre os balões de conversas irrelevantes, entre o papinho todo: *sexo*. Serpenteando entre as mensagens, furtivo e obstinado, agitando sua língua bifurcada pra marcar cada palavra com sua presença. E eu provavelmente devia contar para ele. Odeio isso. Não consigo resolver *quando* nem *como*. Não tem um jeito normal de tocar no assunto, e tudo vai mudar depois que eu fizer isso.

Pesquisei sobre relacionamentos entre pessoas assexuais e sexuais. Há muitas opiniões diferentes a respeito, mas o consenso é que é muito difícil. Exige sinceridade e comprometimento. Às vezes uma parte se compromete emocionalmente, mas procura satisfação sexual em outro lugar — sozinha ou com outras pessoas. Às vezes, o assexual concorda em transar de vez em quando, para satisfazer o parceiro. Às vezes termina em lágrimas. Mas, de qualquer maneira, os detalhes parecem tão clínicos e terríveis... É errado ainda não querer pensar neles?

Olho para o teto, pensando em todas as noites em que fiquei fazendo exatamente isso, com a cabeça em outro lugar — tentando, tentando muito, visualizar um cenário em que eu gostaria de fazer sexo, sentiria vontade disso. Num fim de semana em que meus pais viajaram, levei vários filmes para o meu quarto. Filmes que eu sabia que tinham cenas de sexo. Vi todos e revi, pausando, me *esforçando*.

Cheguei à seguinte conclusão: minha falta de desejo não se deve à falta de esforço. Tentei mais que o suficiente sozinha. Não odeio o sentimento. É bom, até satisfatório, chegar a esse ponto de libertação. Mas não é como eu deveria me sentir. Não de acordo com todos os filmes e os programas de TV que já vi, não de acordo com o que dizem na escola ou com minhas conversas com Jack. Eu deveria sentir mais. Deveria querer como *eles* querem. Ou isso ou todo mundo à minha volta está fingindo. Às vezes gostaria que estivessem. Seria uma desilusão, mas pelo menos eu não ia me sentir a mais estranha das pessoas.

No começo do semestre de inglês do ano passado, meu professor, o sr. Fenton, disse que a motivação por trás de toda literatura é sexo ou morte, normalmente os dois. Jack discordou na aula e depois disse que ele só achava isso porque era homem.

— Tenho certeza de que a principal motivação de Jane Austen não era sexo — ela me disse. — Ou morte. Era a sátira e o comentário social, porque ela era adulta. Homens podem ser tão simplórios. Eles têm dificuldade de encarar os monumentos fálicos que a própria masculinidade deles construiu. Por isso os melhores escritores homens são gays ou bi. Wilde, Whitman, Capote... Fenton devia ser demitido.

Ele não foi demitido, mas virou uma piada recorrente na classe que, quando a gente não soubesse a resposta a uma pergunta, deveria dizer "sexo".

Talvez Jack e eu não concordássemos com o professor, mas acho que ele conseguiu o que queria. A ideia de sexo pesava sobre a sala, nos corredores da escola e mesmo fora dela, no mundo de modo geral. Está em toda parte, como uma segunda pele sobre todo mundo que conheço.

Fico imaginando se é demais pedir para ser teletransportada para outra dimensão, onde isso não seja importante. Porque, presa nesta, penso que a minha única possibilidade é ser uma decepção. Uma garota que precisa ser consertada. Se há apenas essas duas forças propulsoras por trás de toda história, isso significa que a única força que me move é a *morte*?

Gostaria que o sr. Fenton me respondesse isso. Que *qualquer um* respondesse.

Não escrevo mais nada para Thom.

Fico olhando para os contornos confusos do meu pôster do Tolstói no escuro.

— Leo — digo. — Topa ser o único homem na minha vida?

Está escuro demais para ver, mas sei que ele está franzindo a testa pra mim.

VINTE E DOIS

Tenho uma teoria de que a segunda metade do verão passa duas vezes mais rápido que a primeira. Junho começa como uma explosão de luz e calor. Toda a energia que se acumula durante a primavera finalmente pode ser liberada em piscinas, churrascos, parques e não fazendo nada, que é a melhor opção. Os dias são longos. A noite só começa às nove. Tudo é esticado e cheio de luz solar. O Quatro de Julho chega. Os dias ficam mais curtos, a volta às aulas se aproxima e parece que uma hora a mais é roubada a cada dia, até que de repente é agosto e o cheiro de protetor solar é substituído pelo de lápis apontados.

Este verão não é diferente. As semanas de julho passam correndo, como um trem veloz de cores borradas. É um ciclo de trabalho, diversão e, o mais importante, filmagem. Vamos nos aproximando cada vez mais da data final, até que, de repente, sem festa ou cerimônia, chegou: é o primeiro fim de semana de agosto e último dia de gravação.

É um sábado à tarde, e Serena e Eva estão sentadas na minha cama, com as costas apoiadas na parede decorada com flores secas e fotos de Paris tomada pela neve que Jack e eu colamos ontem à noite. É nossa quinta tomada, mas não porque elas não acertam as falas e me sinto frustrada. Só estou sendo perfeccionista. É a última cena da série; não pode ter uma falha que seja. Desde quando Jack e eu decidimos só responder às perguntas mais importantes nas redes sociais, temos muito mais tempo. Mas alguns dias, só por diversão, dou uma olhada nas hashtags e nos sites de fãs. O amor por Kevin só cresce, e tem até uma menina vendendo bijuteria no Etsy com citações da série. Provavelmente é uma infração de direitos autorais, mas não me importo, porque as pessoas estão querendo comprar coisas relacionadas ao nosso programa, e isso é maravilhoso. Fora que já roubamos toda a história do meu querido Leo.

As críticas continuam, mas, na última vez em que dei uma fuçada, há alguns dias, a maior questão não era sobre o que tínhamos feito, mas sobre o que *poderíamos fazer*. Até agora, houve alterações importantes no romance. É claro que não podíamos manter todos os personagens do livro. E ninguém é casado, só namora. Anna não engravida de Vrónski, só pega uma pneumonia bem séria. E, como silverspunnnx23 tão sabiamente apontou, ignoramos os comentários de Tolstói sobre o clima político na Rússia imperial; todo o relacionamento de Liévin com seu irmão ativista, Nikolai, foi cortado. Então, agora que estamos nos aproximando do fim, os fãs querem saber se Anna vai ou não se jogar embaixo de um trem, como no original.

Spoiler: ela não vai. Decidimos isso logo no começo. Queríamos uma mudança positiva. Queríamos que Anna encontrasse conforto não em seu relacionamento com Vrónski ou em qualquer outro cara, mas em sua amizade com Kitty. É mudar muito o original? Sim. No livro, as duas nem são próximas. Mas, no nosso roteiro, elas se aproximam e, quando seu ex e seu atual namorado saem de cena, Kitty continua ali para ajudar Anna a processar tudo e seguir em frente. É empoderamento feminino ao melhor estilo "Wannabe" das Spice Girls — exatamente o que Jack e eu queremos.

Foi desse jeito que planejamos desde o primeiro dia, quando éramos só nós duas no chão do meu quarto, fazendo um brainstorm e anotando as melhores ideias num caderno. Só estávamos pensando na história, no drama, em como ficaria na câmera. Era energia criativa pura, sem inibições, sem medo do que os outros pudessem pensar.

Agora, é impossível olhar para o roteiro sem imaginar o que nossos fãs vão dizer. Li comentários demais, positivos e negativos, e o resultado é que isso bloqueia os pensamentos. Já sei qual vai ser a resposta quando o último capítulo for ao ar. Alguns vão achar que é o encerramento perfeito, bem feminista, e fazer elogios. Outros vão achar que é simplista e decepcionante. Vão dizer que somos adolescentes idiotas que não entenderam o livro. Sei todas as variações das críticas que estão por vir. É assustador, mas também um pouco libertador, fazer algo que *sei* que outras pessoas vão odiar. Porque não tem outro jeito. Não importa como a gente termine a série, alguém vai ficar bravo.

Depois da décima e última tomada, Eva começa a chorar. É um choro silencioso. Ela está claramente envergonhada, e fica passando a mão nos cantos dos olhos. Quando Serena vê, dá um abraço gigante nela. Eu me junto às duas na cama, passando a mão nas costas de Eva para tranquilizá-la. Também choro um pouquinho. Assim como Serena. Só Jack se mantém à distância, nos acompanhando com os olhos, não julgando, mas como se fôssemos de uma espécie alienígena.

— Ei — finalmente digo. — Nada de chorar até a festa de encerramento, tá? É pra isso que ela serve.

Eva enxuga as últimas lágrimas e funga.

— Tá.

— É esquisito — diz Serena. — Nem posso acreditar que acabou.

— É uma coisa boa — digo. — Agora você pode focar em *Amor, sublime amor*.

Serena dá de ombros.

— É, mas sempre vai ter uma produção de *Amor, sublime amor* sendo feita. Só existe um *Famílias Infelizes*.

Serena é uma dessas pessoas que diz o que você não sabia que precisava escutar até o instante em que as palavras saem da boca dela.

Fico com medo de começar a chorar de novo, então só balanço a cabeça e digo:

— Estou muito feliz de ter conhecido você no verão passado.

Ela ergue o punho para mim. Bato com meu punho nele e afastamos as mãos balançando os dedos de maneira dramática.

Não importa o que aconteça no futuro, temos isto: contamos uma história que não poderíamos ter contado sem a ajuda um do outro. Ninguém mais compartilha essa parte de nossas vidas. Ninguém é capaz de entender isso como os nove membros da equipe. É o fim da nossa sociedade. Eu, Gimli, usarei meu machado outra vez, mas nunca na mesma companhia. Acho que isso merece umas lágrimas. E certamente uma balançada de dedos dramática.

A festa de encerramento é no domingo à noite, no quintal dos Harlow. Todo mundo está vestido de acordo com o calor opressivo — regata, chinelo, biquíni ou sunga. Pedimos quatro pizzas gigantes do Papa John e a festa consiste basicamente em nos encher de comida e ficar enjoados ao mergulhar rápido demais na piscina. Depois que todo mundo se cansa, vamos para a sala de entretenimento, onde Jack e eu arrumamos o computador para passar *Famílias Infelizes*. A série inteira é *longa* — tem mais de cinco horas. Então decidimos ver a última hora, o que inclui o último mês de filmagens, que ainda não está disponível. (Jack passou as últimas noites acordada editando a cena com Serena e Eva.)

Brooks não fica até o fim — ele é supervisor do andar do dormitório este ano e tem que ir a uma palestra obrigatória no campus. O resto de nós aguenta firme, inclusive Paul, que foi convidado para a festa. Quando o último episódio acaba, olho ao redor, verificando a expressão de todo mundo sem que percebam. Serena e Jay estão chorando abraçados. Quando a tela fica preta, há uma pausa antes que os aplausos e a comemoração comecem. Jay levanta e começa a bater a mão com todo mundo. Eva me derruba com um abraço de urso. Ela me dá um beijo e diz:

— Ficou ótimo, Tash.

Parece pronta pra fazer o mesmo com Jack, mas é interrompida:

— Aceito o elogio, mas não o abraço, obrigada.

Alguém põe "Another One Bites the Dust" para tocar no celular. Tony, claro. Ele faz uma triste tentativa de moonwalk enquanto Jay bate palmas no ritmo da música, olhando para ele com tanto carinho que quase dá pra ver coraçõezinhos piscando em seus olhos.

Isso me deixa feliz. Fico meio mal por isso e viro para Jack, que também está olhando.

Mas ela não parece irritada. Nem parece que está tentando fingir que não se importa. Jack *realmente* parece não se importar.

— Tudo bem? — pergunto.

— Claro — ela diz. — De verdade. Tony conversou comigo. Ele achava que Jay gostava de um cara da escola e estava tentando fazer ele ficar com ciúmes.

— Afe, parece tirado de Tolstói.

— É. Bom, Tony fica melhor quando está com alguém. E quem não torce pelo Jay? O cara é um santo. Ele merece ser feliz.

Acho que é muito maduro da parte de Jack, mas é claro

que não posso dizer isso, porque ela tem alergia a qualquer tipo de elogio. Formulo bem a frase antes de dizer:

— Que bom que tudo ficou bem.

— É — diz Jack.

—Você nem chega perto de ser uma santa, mas acho que merece ser feliz também.

— Afe, Tash. Acho que gastou toda a sua genialidade escrevendo o roteiro. Isso foi péssimo. — Então ela muda de assunto: — É melhor alguém parar Paul antes que ele quebre o pescoço.

Paul se juntou ao pessoal dançando Queen — agora está tocando "We Are the Champions" — e está em cima da mesa, cantando no controle remoto. Quando me vê olhando, faz sinal para eu subir também.

— Já quebramos muita coisa nesse porão, não acha? — digo.

Então ele pula da mesa, pega minha mão e me vira, ainda cantando no controle remoto. Caímos juntos no pufe e ficamos lá enquanto o resto do elenco se despede e vai embora. Todo mundo diz que *precisamos* manter contato e que tem certeza de que logo vamos nos ver de novo. George se aproxima de nós de um jeito estranho, como se Paul e eu fôssemos da realeza e ele um camponês vindo pedir mantimentos para o inverno.

—Acho que a gente se vê sexta de manhã, Tash — ele diz.

Balanço a cabeça sem me dar ao trabalho de parecer muito entusiasmada. É claro que estou animada com a Tuba Dourada, mas nem tanto com o fato de que George vai também.

— Acho que sim — digo.

— Está nervosa? — ele pergunta.

Se estou nervosa? Rá! Reclamo disso com Thom há tanto tempo que às vezes esqueço que nem toda a população mundial sabe que estou completa, absoluta e incuravelmente nervosa.

— *O que será, será* — respondo.

Tony, que estava indo embora pelo pátio de trás, aparece de novo e começa a cantar a música da Doris Day, fazendo floreios com a mão para nós dois:

— *Whatever will be, will beee! The future's not ours to seee!*

Jay fica do outro lado da porta de vidro. Ele ri, radiante.

Nada impressionado, George me lança um olhar que diz "Dá pra acreditar nesse cara?". Respondo com um olhar que diz: "É o Tony. Ele é assim".

— Bom — retoma George —, te vejo no aeroporto.

— Aham.

Aceno enquanto ele segue Tony e Jay para fora. E é isso — o encerramento da festa de encerramento.

Jack fecha a porta, balançando a cabeça.

— Espero que ele morra de medo de avião. Ou fique enjoado. — Então ela balança a cabeça para um lado, parecendo irritada. — Entrou água no meu ouvido. Vou pôr um pouco de água oxigenada e tomar um banho. Você vai dormir aqui?

— Ainda não sei — digo, embora minha preguiça atual e minha posição confortável com Paul no pufe indiquem que sim. Jack sobe a escada e eu fecho os olhos, ouvindo seus passos rápidos logo acima. Estou exausta, mas de um jeito gostoso. Minha pele ainda parece molhada e cheira a cloro. Sinto o gosto de pizza na boca.

Paul se mexe ligeiramente e pergunta:

— E aí, você está mesmo nervosa com o Saxofone Dourado?

Dou risada, apesar de saber que errou o nome de propósito.

—Você faz umas piadas tão de tiozão — digo.

— Responda à pergunta — ele insiste.

— Tá bom, tá bom. Estou supernervosa. Não sei se mais com a possibilidade de ganhar ou de perder. Os motivos são óbvios se perdermos, mas se ganharmos... Não sei. Parece que, quanto mais famosos ficamos, mais as pessoas postam coisas horríveis a nosso respeito. Como se o fato de termos um monte de views nos deixasse inatingíveis. Eu preferiria não ter o reconhecimento que mereço a ser detonada por ser popular.

— Ah, sim. O preço da fama.

— Para de tirar sarro.

Paul ri.

— Eu acho ótimo. Não tem muita gente da nossa idade que pode dizer que fez uma adaptação de cinco horas de *Anna Kariênina*. Independente do que acontecer no Trompete Platinado, pelo menos você tem isso.

— É verdade — repito distante, meus pensamentos rumando para um lugar familiar. — Se tudo for um desastre, pelo menos vou ter conhecido Thom.

— É. Isso também. — Paul se mexe de novo. Parece que

está tentando se afastar um pouco, mas é inútil, porque o pufe se deforma com a mudança de peso e nos aproxima de novo.

— É esquisito — digo. — Sabemos tanto um sobre o outro, mas só coisas insignificantes, tipo coisas que gostamos, nossos filmes favoritos, o que faríamos com uma máquina do tempo. Nada que realmente importa, como...

— Como o que se descobre numa conversa de verdade — Paul completa.

Sorrio.

— Mas acho que isso deixa tudo especial. Quando a gente se conhecer em Orlando, vai ser como reencontrar um velho amigo. Mas, ao mesmo tempo, vai ser como ver alguém pela primeira vez.

— É, vocês são virgens de voz. Vai ser emocionante.

Tem algo estranho na voz de Paul. Algo afiado que parece querer me atingir. É uma voz que só o ouvi usar com Jack e, raras vezes, com seu pai. Nunca comigo. A palavra "virgem" fica no ar, piscando como uma placa de néon. Paul e eu estamos perto demais.

Levanto do pufe com dificuldade, cambaleando antes de conseguir me endireitar.

— Tash — Paul diz. — Eu...

Viro para ele, sentindo meu rosto esquentar.

— Porque "virgem" é tão engraçado, né? Legal da sua parte, Paul.

— Não quis dizer isso, desculpa.

— Por que você sempre faz isso? Qual é o problema com Thom?

Paul está me encarando com uma expressão indecifrável, seus olhos castanhos fixos em mim.

Meu queixo treme.

—Você está com ciúmes? — deixo escapar.

Paul abre a boca, mas só o bastante para soltar o ar, não pra responder. Ele balança a cabeça e desvia o olhar para a coleção de DVDs atrás de mim. Eu me desloco para entrar no seu campo de visão.

— Está?

— Nossa, Tash.

Agora sou eu que balanço a cabeça depressa em reprovação.

— Porque você não tem esse direito — eu digo. — Não quando sabe tudo sobre mim. Não quando nem se interessa por mim. Não quando não consegue sequer ser um bom amigo.

Uma expressão reconhecível finalmente toma conta do rosto dele: confusão.

— Por que não sou um bom amigo?

Ele senta direito no pufe, que faz um som de peido. Em qualquer outra situação, daríamos risada. O que torna o ruído duas vezes mais desconfortável.

—Você não me conta nada — digo. — Esconde as coisas de mim.

—Tipo o quê? Só porque não falo o tempo todo...

— E o seu pai? — Dou um passo à frente, pressionando Paul com a pergunta. — Por que não me falou das dores de cabeça? É algo que um amigo contaria. Mas, em vez disso, você disse especificamente pra Jack esconder de mim.

—Você não pode dizer que sou um mau amigo por causa disso. *Você* não me conta um monte de coisas.

—Tipo o q...

— Como você realmente se sente em relação aos homens? Tenho um sobressalto, então fico parada e em silêncio.

— Eu... ainda estou tentando entender isso — ele diz. — Não estou dizendo que não apoio ou não acredito em você, mas não consigo *entender*. Porque num minuto você diz que odeia os homens...

— Eu nunca disse...

— E no outro está apaixonada por esse cara. Achei que esse tipo de coisa não acontecia com você. E, se soubesse, teria... Só estou *tentando entender*.

Engulo em seco. Eu deveria dizer que é culpa minha. Deixei tudo confuso porque *eu* fiquei confusa. Também não conseguia entender.

Eu deveria mesmo fazer isso, mas as palavras não vêm.

Quando fica claro que não vou responder, Paul afunda no pufe e olha pro teto. Seus olhos estão cheios de lágrimas.

— Eu gosto de você desde que a gente era pequeno. Acho que desde que nossas mães marcaram pra gente brincar no parque.

Essas palavras não estão vindo da boca de Paul. Não pode ser. É surreal, absurdo.

— Somos melhores amigos, Paul — digo. — Você, eu e Jack. É claro que gostamos um do outro.

Paul volta a olhar para mim. Para o meu alívio, não parece mais prestes a chorar. Até que ele fala, e tudo desmorona.

— Beleza, Tash, eu estou com ciúmes. Feliz? Estou mesmo. Porque você tem todo esse romance com esse cara da internet e nem quis tentar comigo.

Balanço a cabeça, sem poder acreditar.

— *Você* nem quis tentar *comigo*. Você namorou a Stephanie Crewe.

— Eu *terminei* com a Stephanie Crewe.

— Nem vem dizer que foi por *minha* causa. Você nunca me viu desse jeito. Nunca. Sempre me tratou como uma irmã mais nova ou uma amiga. Só está tentando mudar isso agora que sabe que não pode me ter. E por quê? Porque sou a garota misteriosa que disse que não tem vontade de transar? Acha que pode me fazer mudar de ideia?

O rosto dele se contorce de desgosto.

— *Quê?* Não. Eu nunca disse isso. Nunca *pensei* isso.

— Ah, é? Então você é um idiota. Porque você é um cara normal, Paul. Você quer sexo. E não vai conseguir comigo. Se quer ficar comigo, é um idiota.

— Me deixa ver se eu entendi: ou sou um babaca ou um idiota, nada no meio. É isso?

Sei que estou sendo injusta, mas é tarde demais para voltar atrás.

— Mais ou menos.

— Porra nenhuma — Paul diz, levantando a voz. Ele salta do pufe e vem na minha direção a uma velocidade descontrolada, parando à minha frente. — Porra nenhuma, Tash. Você não tem o direito de me dizer como eu me sinto ou o que eu quero.

— Então você é um adolescente de dezenove anos completamente normal que não quer fazer sexo?

— Eu não disse que não queria...

— Eu não vou mudar, Paul.

— Eu nunca...

— Só porque a gente se conhece a vida toda, só porque ninguém me entende como você, isso não significa que você é o cara perfeito que vai mudar quem eu sou. Sei que tenho sido confusa, mas disso tenho certeza.

— Se você...

Pode ser a adrenalina tomando conta do meu corpo. A adrenalina, a raiva ou meu alter ego autodestrutivo. Independente do motivo, não deixo Paul terminar a frase; tiro a regata e a jogo no chão.

Ele já me viu com menos roupa. Uma hora atrás, eu estava de biquíni na piscina brincando com ele. Mas agora é diferente. O clima mudou, e não estou de biquíni, mas de sutiã.

Paul dá uma olhada rápida, depois sussurra:

— O que você está fazendo, Tash?

— Você é um mentiroso — digo. — Estou provando isso. Que é um mentiroso.

Desço o zíper da saia e deixo que a peça caia aos meus pés. Aponto para o peito dele.

— É assim que eu sou. Do jeito que aparentemente pessoas como você gostam. Se quer ser meu namorado, tem que saber o tempo todo o que *não* pode ter. E você pode dizer que tudo bem a princípio, mas não vai ficar tudo bem, porque você quer o que está por baixo, e isso vai estragar tudo. Vai acabar com a nossa amizade. Vai acabar com a minha amizade com Jack. E não vou deixar isso acontecer. Então é isso mesmo, você é um babaca ou um idiota, e prefiro que seja um babaca porque aí pelo menos podemos continuar amigos.

Ouço uma movimentação na escada atrás de mim.

— Que merda é essa? — Jack pergunta.

Não viro para ver a cara dela. Pego minhas roupas e saio correndo. Jack grita meu nome. Giro a maçaneta e vou embora, deixando a porta aberta atrás de mim.

Me escondo atrás da cerca viva bem cuidada do sr. Harlow, onde me visto de qualquer jeito. Esqueci os chinelos no porão. Corro descalça na escuridão, ralando meus pés no asfalto em baques desiguais enquanto meu cérebro grita: "No que você estava pensando, por que ele disse aquilo, por que agora?".

Quando finalmente me tranco no quarto, percebo que minha regata está ao contrário. Nem me importo. Não quero saber de nada além de ir para a cama e me enfiar embaixo das cobertas.

VINTE E TRÊS

NÃO FALO COM PAUL OU COM JACK. Nem eles falam comigo. Estamos na mesma rua, a doze casas de distância, mas não entramos em contato por quatro dias. Na terça e na quinta de manhã, novos episódios de *Famílias Infelizes* sobem, como sempre. É como se nada tivesse acontecido.

Mas tudo aconteceu.

A última briga que tive com Paul e Jack foi sobre qual cor de bicicleta era mais legal. Nunca discutimos a respeito de nada tão importante, complicado e adulto. Nada perto de Paul me dizer que gosta de mim desde a primeira vez em que brincamos no trepa-trepa decrépito do parque. Nada remotamente relacionado a sexo ou à falta de interesse por ele. Isso é território desconhecido, inexplorado. Sem vegetação ou qualquer sinal de vida. Sei que não vou sobreviver por muito mais tempo assim. Mas não consigo ligar, mandar mensagem ou aparecer no porão deles e dormir no sofá. Não consigo, e

287

parece que eles tampouco. Fico pensando se é assim que as amizades terminam — não com uma declaração, mas num beco sem saída, num desaparecimento vagaroso.

Não que seja o fim da nossa amizade. Me recuso a deixar isso acontecer. Mas não consigo pegar o telefone. Ainda não.

Mando uma mensagem para Thom. Não sobre a briga, óbvio. Ele não sabe que Paul e Jack são meus melhores amigos, muito menos o motivo da briga. Falamos das coisas de sempre: o que ele acha de J. J. Abrams e do episódio mais recente de *Tempestade em Taffdor*.

Na quinta à noite, dou adeus para o Leo. É uma despedida emotiva. Ele se esforça para esconder a angústia atrás da testa franzida, mas sei que ficar longe de mim parte seu coração, mesmo que seja por poucos dias.

— Não é a mesma coisa que criar escolas para servos que acabaram de ser emancipados — digo —, mas essa indicação é meio que a minha maior conquista até agora.

Leo franze a testa.

— Ei, para de me julgar. Não sou superficial por querer um troféu em forma de tuba.

Testa franzida.

— Não começa. Você estava perdido quando tinha a minha idade. Ficava por aí como um aristocrata privilegiado gastando toda a sua herança com apostas, largando a escola e entrando pro Exército.

Mais testa franzida.

Dou de ombros.

— Tá bom, mas sei que vai sentir minha falta.

Então começo a fazer a mala. Vou passar só duas noites fora, mas, de alguma maneira, ela fica cheia. Não paro de me lembrar de pequenas coisas, como minhas meias de dormir, perfume e óculos de sol de reserva.

No silêncio entre duas músicas do álbum *Actor* da St.Vincent ouço alguém bater na porta. Abro e dou de cara com Jack. Pela cara dela, percebo que estava batendo há um tempo. Ela está sem maquiagem e de pijama — calça de flanela e uma camiseta de Jack Esqueleto. Entra no quarto e senta na beirada da cama.

—Você tem *tanta* coisa pra explicar — Jack diz.

O som de uma guitarra distorcida sai dos alto-falantes do meu laptop. Eu fecho o aparelho, dando um fim abrupto à música, e afundo na cadeira da escrivaninha, de frente para ela.

— Por onde você quer que eu comece? — pergunto.

— Embora eu fique tentada a perguntar por que encontrei você fazendo striptease na frente do meu irmão, ele já deu informações suficientes. O assunto mais urgente é *este*.

Ela me passa o celular. Um blog está aberto. Reconheço o título e o logo imediatamente: Meninas de Óculos. O post mais recente é: "*Famílias Infelizes*, uma produção insatisfatória". Deve ser a entrevista que Heather Lyles fez comigo em meados de julho. Só então percebo que nunca contei a Jack. Por um tempo, esqueci em meio à loucura da filmagem. Depois decidi não contar. Jack não interage bem com estranhos, e uma entrevista com ela junto seria muito mais complicada do que responder às perguntas sozinha, que foi o que eu fiz. Disse a mim mesma que eventualmente contaria, e o eventualmente chegou. Enquanto passo os olhos pelo texto, não vejo nenhum sinal das perguntas e respostas, nada de blocos de textos após nomes em negrito. É um post de um parágrafo, e só preciso de algumas frases para perceber que se trata de uma crítica da série. Uma crítica *demolidora*.

— Preciso saber se as citações realmente são suas — Jack diz. — Caso contrário, temos que processar o blog por difamação ou algo assim. Mas se são...

Não tenho nada a dizer; Jack adivinha a resposta pelo meu silêncio. Sua expressão continua a mesma, mas sei que está brava. Como não estaria? À medida que leio, só piora. Heather Lyles ridiculariza a série, e usa as respostas que mandei para apoiar seus pontos. O parágrafo final é assim:

A jovem "produtora" Natasha Zelenka tem apenas dezessete anos, o que, infelizmente, fica evidente. A escolha de Anna Kariênina *para algo tão leve é toda a prova necessária. A série já foi criticada por simplificar o romance de Tolstói. Eu diria que ela o destrói. Por trás de toda a loucura dos fãs com Kevin há uma trama cheia de meandros sem o drama e a paixão do original. Ao tornar os protagonistas "jovens adultos", Zelenka e Harlow sacrificam elementos críticos que fazem o livro funcionar. O fato de Anna trocar o antigo namorado Aleksei por Vrónski, seu novo interesse romântico, não é nem de perto a confusão desoladora que representa para Anna deixar seu marido e seu amado filho e viver como uma pária na Rússia imperial. Quanto ao famoso final da heroína, Zelenka diz que "Não pode entregar o que vai acontecer, mas esperamos que agrade e faça justiça ao resto da série". Não é difícil fazer justiça a uma série de tão baixo calibre, mas não prenda a respiração à espera de um final satisfatório.*

Devolvo o celular para Jack e aperto os lábios, na dúvida entre rir, chorar ou desmaiar.

— Então... — Jack diz. —Você não ia me contar que deu uma entrevista exclusiva pra um blog conhecido? Sem mim?

— Sinto muito.

— Sente mesmo? Porque parece que planejou a coisa toda. Não sei como responder e não tenho essa oportunidade.

— Achei que você devia saber dessa merda antes de ir pra Orlando — Jack diz. — Me deixou de fora e teve suas próprias palavras usadas contra você. Isso que é carma, né?

— Desculpa — sussurro. — Desculpa mesmo.

Jack balança a cabeça.

— O que está acontecendo, Tash? Entendo que as coisas estejam esquisitas com sua família por causa do bebê e de Klaudie. Mas não é desculpa pra tratar Paul do jeito que tratou. Só *eu* posso fazer isso, e em ocasiões especiais, quando ele merece. Quer me contar seu lado? Ele mereceu?

— Não. — Minha voz se transforma em poeira. — Claro que não.

— Quer saber? Pensei muito a respeito e cheguei a uma conclusão. Você não dá valor pra gente. Principalmente pro Paul, mas faz o mesmo comigo. Tive que lidar com a sua autoindulgência quando pensava em ir para uma faculdade fresca e badalada. Mesmo sabendo que isso não é nem de perto uma possibilidade pra mim. Mesmo considerando que não mencionou uma vez sequer que ia me deixar pra trás. Como se viver em outra cidade não fosse nada, como se não fosse afetar você. Aguentei todo o seu planejamento e sua preparação porque acho que é ótimo o quanto você se importa com a série. Mas o quanto você se importa *comigo*, Tash? E com Paul?

Meu peito treme. Me resta apenas um fiozinho de voz quando digo:

— Ele falou que gosta de mim.

Jack joga as mãos para o alto, como se eu tivesse feito uma piada totalmente inapropriada.

— Porra, Tash. É óbvio que ele gosta de você. Crescemos juntos e vocês não são parentes. É meio que inevitável.

Ela chuta a lateral da minha cadeira. Parece pensar por um momento antes de dizer:

— Ele ia te convidar pro baile de inverno. Dá pra acreditar? Passou um ano inteiro falando de você pra mim depois que terminou com a Stephanie. "Será que ela gosta de mim? Vou estragar tudo pra sempre" e blá-blá-blá. Aí finalmente veio com um plano superelaborado. Ia comprar quinze abóboras, entalhar uma letra e acender uma vela dentro de cada uma e colocar do lado de fora da sua janela, soletrando "Dança comigo, Tash". Não consegui fazê-lo mudar de ideia, mesmo sendo absurda. E daí, juro, nem uma semana depois, você deu a notícia.

— Jack. Eu não tinha ideia.

— Pois é, você meio que ignora os sentimentos de todo mundo à sua volta.

Isso é meio duro, mas eu aceito. Mereço muito mais que isso agora.

— A gente ficou... confuso — Jack diz. — Do jeito que você contou, achei que não gostasse de garotos e pronto. Como se não sentisse atração por ninguém. Nem eu nem Paul quisemos tocar no assunto com você. Tínhamos medo de dizer alguma coisa errada. Sei que isso também é absurdo, mas... Bom, você tem que entender, foi difícil pra ele.

— Porque até então ele achava que eu era uma garota normal.

Se Jack tem o direito de ser dura, acho que tenho o direito de ser melodramática e autodepreciativa. Mas ela me olha de um jeito que diz que não vai cair nessa.

— Ele estava começando a aceitar quando você começou... *seja lá o que tenha* com o Thom da internet. Toda essa história que parecia bem diferente do que você tinha dito. É claro que você não é obrigada a gostar de Paul, mas tem que entender o outro lado. É como se estivesse brincando com os sentimentos dele.

— Não, agora eu entendi. Meu Deus. Ele... Ele ia mesmo cavoucar quinze abóboras?

Jack assente.

— *Quinze?* Ele podia só escrever "dance".

— Bom, ele achava que você merecia as quinze.

Afundo na cadeira. É como se alguém tivesse feito um furo na minha pele e o ar estivesse saindo de dentro de mim. Esvazio cada vez mais rápido.

— Não é que eu não gosto dele — sussurro. — Tive uma

queda por ele quando éramos menores. Como você disse, é inevitável. Mas aí... Não sei. É impossível agora. Não daria certo.

— Porque... ele gosta de sexo?

— Jack. Não acredito que estamos tendo essa conversa.

Ela joga as mãos para o alto de novo, como se dissesse "Fazer o quê?".

— Eu conheço Paul — digo. — Conheço as garotas com quem ele saiu. Sei o que disse sobre elas. Stephanie Crewe e tudo mais. Sei o que ele quer. Não vai dar certo.

— Tá, mas talvez você esteja sendo pessimista demais. Não estou dizendo que *vai* funcionar, mas se ele quer tentar... E, de qualquer forma, o que Thom tem de diferente? Só porque vocês não se conhecem direito acha que vai ser magicamente perfeito pra você?

— N-não.

Não posso dizer a Jack que ela acertou. É exatamente isso. Mesmo sabendo que é impossível, que não funciona desse jeito, fico esperando que, enquanto Thom e eu não falarmos sobre sexo, isso não será uma questão. Jamais. É burrice. E Jack já percebeu isso a um quilômetro de distância.

— Tá. — Ela desce da cama e se aproxima de mim. — Olha, não te culpo pelo modo como se sente. Você entende isso, né? Pode sentir e querer o que e quem quiser. De verdade. Só não entendo por que tirou a roupa na outra noite.

— Eu queria provar que ele estava errado — digo, mesmo que não faça o menor sentido agora. — Não sei, eu não...

— Bom, você pode não fazer mais isso? Pode não mexer com a cabeça dele *de propósito*?

Ela me corta antes que eu possa responder.

— Olha, não posso ficar brava com você por sair do armário quando eu mesma nunca precisei fazer isso. Mas posso ficar brava por um monte de outras coisas. Como por não ter me contado sobre Thom. E por tratar Paul mal. Por tratar *nós dois* mal.

— Jack, eu...

Ela balança a cabeça vigorosamente e me corta.

— Não. Continuo brava. Principalmente porque acho que você ainda não entendeu.

Então ela vai embora. Fico olhando da varanda enquanto ela atravessa os doze jardins que nos separam. A essa mesma hora amanhã, não serão doze jardins, mas mil e duzentos quilômetros.

VINTE E QUATRO

DE MANHÃ, minha mãe me leva até o aeroporto. Meu voo é às sete. Nada justifica sair da cama às cinco em plenas férias, e estou uma bagunça cambaleante e semiconsciente quando sento no banco do passageiro.

Ela me dá um sorriso simpático.

—Você vai conseguir?

— Por isso o voo foi tão barato — reclamo.

— Mas vai valer a pena, não acha?

Penso a respeito. Concordo de má vontade.

— Me liga quando chegar — ela diz. — E quando estiver no quarto. Ainda não gosto da ideia de você sozinha.

—Vai ficar tudo bem, mãe. E não vou estar sozinha. George Connor também vai, lembra?

— Sim, e isso não me deixa mais tranquila.

—Você realmente não precisa se preocupar. George e eu não pensamos *nem um pouco* um no outro desse jeito.

Não conto a minha mãe sobre Thom. Não parece necessário, considerando que não o conheço na vida real. É uma lógica deturpada, eu sei.

A única coisa boa da crítica horrível do Meninas de Óculos ter saído imediatamente antes da convenção foi que estou ocupada demais para pensar nela. Nem fiquei revirando o blog ontem à noite para reler as piores partes e ver os comentários. Sei que só ia me desanimar, e não quero chegar a Orlando nesse clima. Aprendi nos últimos meses que as coisas ruins gostam de martelar na minha mente muito mais que as positivas. Se não quero que isso fique para sempre gravado na minha memória, é melhor não ler de novo.

Paul é outro assunto no qual tento não pensar, mas isso é muito mais difícil. Enquanto espero sentada ao lado do meu portão, tentando ler a *Entertainment Weekly*, imagens e fragmentos da discussão ficam piscando na parte mais escondida da minha cabeça. A cara dele quando tirei a blusa. *Quinze abóboras. Confuso. Tentando entender.* Afasto tudo isso, repetindo para mim mesma que não posso pensar nessas coisas agora. É melhor focar em Orlando. Nas mesas e nos encontros nos quais pretendo comparecer, em como vou usar meu cabelo no jantar de hoje à noite e no que vou dizer se *Famílias Infelizes* vencer. Em Thom.

Pego o celular e vejo a última mensagem que ele me mandou ontem à noite: *Nos vemos JÁ JÁ.*

Porque finalmente vamos nos *ver.* Finalmente vamos falar. Isso é importante. É nisso que preciso me concentrar. Minha vida em Lexington pode ficar em modo de espera por dois dias.

Levanto o rosto depois de ter lido a mesma frase cinco vezes, me considerando uma analfabeta. Viro o pescoço, procurando por George, e o vejo algumas fileiras à frente, mexendo no laptop. Tento fazer com que olhe para mim e até aceno em sua direção, mas isso só chama a atenção da garota ao seu lado, que me olha como se eu fosse um trasgo montanhês. Desisto e volto à revista. Ainda sou incapaz de ler, mas pelo menos posso ver as fotos dos bastidores de *Tempestade em Taffdor*.

Só consigo chamar a atenção de George quando embarcamos. Ele já está sentado em uma das fileiras da classe econômica quando passo pelo corredor.

— Oi — digo.

Ele balança a cabeça.

— Acho que a gente se vê na chegada.

Ele balança a cabeça de novo.

E é isso. Ótima companhia. George é a única pessoa que poderia tornar essa viagem desagradável.

Dou uma olhada na passagem. A julgar pelo número do assento, devo estar no fundo do avião. E estou mesmo. A boa notícia é que o lugar ao meu lado está vazio, então tenho mais espaço. A má notícia é que os biscoitos já acabaram quando a aeromoça chega.

— Isso *nunca* acontece — ela diz, e me dá o dobro de amendoins para compensar. Fico pensando em como é possível que as companhias aéreas ainda ofereçam amendoim, com tanta gente alérgica. O que me faz pensar em Paul e em sua criptonita, a manteiga de amendoim. Fico horrivelmente triste. Então pego o iPod e ponho St. Vincent para tocar alto o bastante para estourar meus tímpanos.

— Quer dividir um táxi? Acabei de pegar minha mala da esteira do aeroporto quando encontro George à espreita atrás de mim como uma assombração. Ele finalmente se dignou a usar palavras. É um avanço, suponho.

—Tem uma van que vai pro hotel — digo. — É bem mais barato. Pensei em pegar.

— Ah, é? Hum.

George faz parecer que sugeri que façamos o caminho no lombo de um burro sem sela.

— Desculpa — digo, puxando a alça da mala e me dirigindo para a placa que indica ÔNIBUS E VANS.

— Ei, espera! — ouço. George se apressa em me acompanhar e diz: — Com que frequência elas passam?

— Acho que a cada meia hora. Por que, você tem um compromisso? Tem fãs esperando seu autógrafo, Liévin?

George sorri.

— Acho que elas aguentam.

Não esperamos tanto tempo. A van chega em dez minutos e tem ar-condicionado, uma bênção no calor grudento de trinta e dois graus. Tenho que me lembrar disso e não reclamar tanto do verão no Kentucky: é muito pior na Flórida. Quando chegamos ao hotel, pego a mala do bagageiro antes que o motorista faça isso por mim, porque não preciso de ajuda e não quero correr o risco de precisar dar gorjeta pra esse tipo de coisa.

George e eu ficamos na fila para fazer o check-in. Estou irracionalmente preocupada com o fato de que minha mãe fez a reserva por mim. Fico achando que não vão me deixar fazer o check-in e vão chamar a segurança. Como se eu fosse uma menor de idade tentando comprar uma garrafa de gim. Mas ninguém faz isso. O problema não é minha idade, mas o fato de ter chegado cedo demais. A recepcionista me diz para voltar em algumas horas, quando o quarto estará disponível.

Vou com minha mala até um sofá no canto do enorme saguão. Está tocando Mozart. A mesa em frente parece uma ametista gigante. É meio exagerado, mas meio legal também. Apoio os pés na beirada e mando uma mensagem para minha mãe dizendo que estou no hotel. Então escrevo para Thom.

Cheguei! O encontro ao meio-dia está de pé?

Foi o que planejamos há uma semana. Vamos nos encontrar no cadastramento e depois ir ao jantar de abertura juntos. Talvez, em algum momento nesse meio-tempo, Thom me pague um café no quiosque do Starbucks e me conte que está secretamente apaixonado por mim desde que viu meu vlog.

Talvez.

Ele não responde de imediato, não importa quantas vezes eu olhe para a tela. Então ouço alguém pigarrear atrás de mim. Por um momento insano, penso que é Thom, que chegou mais cedo para fazer uma surpresa.

Mas é George.

— Não deixaram você fazer check-in também?

Balanço a cabeça.

Ele senta ao meu lado, parecendo irritado.

— Qual é a vantagem de chegar cedo então?

Faço uma cara feia. Não é intencional, é puro instinto. Não quero George sentado ao meu lado, estava considerando seriamente deitar no sofá e tirar uma soneca revigorante em público, sem me importar com minha dignidade.

—Viu alguém conhecido? — ele pergunta, estranhamente simpático.

— Não — digo —, mas não estava procurando.

— Greta Farrow está bem ali — George diz, apontando na nossa diagonal. — Sabe, do *Greta Tagarela?*

— Ah. — Noto uma garota bem pequena com cabelo curto cor-de-rosa e macacão preto, conversando alegremente com dois caras mais altos. — Ela é fácil de reconhecer.

— Não é engraçado pensar que qualquer um deles pode estar no quarto do lado do nosso?

— Nem pensei nisso. Mas é verdade. São gente como a gente.

— Não exatamente — diz George. — A maioria é de Los Angeles.

Balanço a cabeça para ele.

— Ser de Los Angeles não torna ninguém especial. Talvez mais bronzeado e folgado. Mas são pessoas normais, George.

— É, eu sei, mas... Esquece. Você não entende.

— Não sou paga-pau — digo. — Celebridades não valem um décimo da atenção que damos a elas. Só temos um buraco enorme pra preencher agora que não acreditamos em Hércules e Medusa.

George bufa.

— O pessoal da produção sempre tem complexo de inferioridade.

Lanço um olhar furioso pra ele.

— O pessoal da produção é quem *faz* os filmes. Os atores não ficariam famosos se não fosse o *pessoal da produção*.

— Aham, é.

Aperto os olhos.

— Você tem um discurso pronto caso a gente ganhe, não tem?

Ele olha para mim.

— Esse é o seu papel. Você é a produtora.

— É, mas aposto que mesmo assim você tem um discurso pronto.

George não diz nada, mas mantém um sorriso autoindulgente no rosto. Ele levanta e põe a mochila nas costas.

— Vou dar uma volta.

Balanço a cabeça, com medo de dizer qualquer coisa que o faça mudar de ideia. Eu o vejo partir, então olho o celular. Thom mandou uma mensagem: *Desculpa, rolou um negócio, não vou poder essa hora. Ligo depois.*

Fico olhando para a tela. *Ligo depois?* Ele está me dando um bolo no último minuto sem uma explicação? Tudo que ganho é um "Ligo depois"?

Digo a mim mesma para não ficar nervosa, não exagerar. Algo importante deve ter acontecido. Uma emergência familiar, um atraso no voo ou qualquer outro obstáculo legítimo. O que quer que seja, é tão urgente que ele não tem nem tempo de explicar. Quando me ligar — *em breve*, imploro ao universo —, vai explicar tudo. Então vamos nos encontrar e vai ser ótimo. Provavelmente é melhor assim. Se nos encontrássemos no cadastramento, eu estaria tão distraída absorvendo todas as informações que não poderia mostrar todo o meu charme. Vai ser ótimo assim. É a melhor opção.

Mas, já que Thom não vai aparecer logo, é melhor eu me cadastrar e ir dar uma volta. Volto à recepção e pergunto se posso deixar minha mala por ali. O atendente concorda com uma animação assustadora, e logo estou guardando um papel com o número da mala e seguindo uma placa em cima de um cavalete que diz TUBA DOURADA — CADASTRAMENTO.

O hotel é ainda maior do que eu imaginava. Eu me vejo em um corredor amplo com pé-direito alto lotado de gente, a maior parte na faixa dos vinte ou trinta, rindo de forma estridente, cochichando e contando histórias em voz alta e com gestos exagerados. Tudo e todos à minha volta fervem de vida e ansiedade. Inúmeras portas duplas estão alinhadas, com placas do hotel (SALÃO DE BAILE A, SALA DE CONFERÊNCIA 2) e, acima delas, os nomes alternativos (TROMPA, SAXOFONE). De novo, penso em Paul e sinto um aperto no coração. Volto minha atenção para as longas mesas no fim do corredor. Uma faixa acima delas indica CADASTRAMENTO.

Entro na fila que vai de P a Z, ainda percorrendo o corredor com os olhos. Estamos do lado de fora das portas duplas marcadas como SALÃO DE BAILE C e TUBA. Imagino que seja onde a cerimônia de premiação vai acontecer amanhã à noite. Do meu ponto de visão obstruído, vejo mesas redondas com toalhas brancas de linho, o que me faz acreditar que o jantar de abertura vai ser aqui também.

— Nome, por favor?

Chegou minha vez, e uma mulher animada com batom pink e uma camiseta de *Doctor Who* olha para mim.

— Natasha Zelenka — digo.

Ela assente, vai até a última folha da lista e passa o dedo indicador pelos nomes dizendo:

— Zelenka, Zelenka, Zelen... Aqui!

Passa um marca-texto verde no meu nome, pega um envelope gordo embaixo da mesa e entrega pra mim.

— Tudo de que precisa está aí. Programação, convite pro jantar de hoje e tudo mais. Não se esqueça de já colocar o crachá com seu nome! Você tem que ficar com ele durante todo o evento.

Balanço a cabeça educadamente, agradeço e saio da fila.

O corredor parece duas vezes mais cheio agora do que quando cheguei. Tem tantas conversas se desenrolando, tanta gente andando pra lá e pra cá. É impressionante, e não sei dizer se no bom sentido. É... *aterrorilhoso*. Meus olhos e meu corpo inteiro estão cansados e tensos da viagem logo cedo. Só quero ficar sozinha no quarto, jogar água fria no rosto e dormir por uma hora.

Como isso não é possível e como meu sofá ao lado da mesa de ametista foi ocupado por uma família de quatro pessoas, vou para o quiosque do Starbucks e peço um frapê grande.

Então me acomodo em uma mesinha perto da janela e abro o envelope. Tem papéis suficientes lá dentro para me manter ocupada por um tempo. Só espero que Thom me ligue antes que eu termine.

Horas depois, Thom não deu nenhuma notícia. Estou no meu segundo frapê, lendo o único livro que trouxe comigo, *A morte de Ivan Ilitch*, do meu talentoso namorado Leo. A essa altura, não posso evitar a irritação. Já passaram das três e Thom não ligou, não mandou mensagem, *nada*. Nem umas palavras rápidas para dizer que sente muito e está tentando chegar o mais rápido possível. Marco onde parei a leitura e tento olhar pelo lado positivo: pelo menos meu quarto já deve estar disponível. Guardo tudo na bolsa, ponho o crachá no pescoço (risquei *Natasha* e escrevi *Tash* no lugar) e me dirijo à recepção.

Recebo o cartão de um quarto no sétimo andar, o que considero um bom sinal, afinal, por que não? Então pego minha mala e subo com um único objetivo em mente: pular na cama queen.

É um pulo merecido, que me deixa feliz. Sei que não devo dormir no meio da tarde, porque sempre viro uma espécie de abominável homem das neves quando pego no sono depois das duas. Decido que é melhor aguentar, então ligo a televisão antes de ir ao banheiro tirar as roupas da viagem e tomar um banho. Quando saio, está passando *Um maluco no pedaço*. As vozes familiares da família Banks melhoram meu humor enquanto tiro a touca e solto o cabelo. Decido já me vestir para a noite, considerando que o jantar é em duas horas. Estou passando rímel quando o celular vibra. É uma mensagem de Thom, não uma ligação.

Chego em meia hora. Quer me encontrar no saguão?

Em algum lugar no fundo do meu cérebro sei que deveria estar brava, mas não quero estragar meu bom humor recém--adquirido. Então escrevo de volta: *Pode ser*, e passo os próximos vinte minutos escolhendo um dos dois pares de brincos que levei e tentando superar a sensação de que vou vomitar os dois copos de frapê que tomei.

Depois vou para o saguão.

Conhecer alguém assim é muito esquisito. Sabemos qual é a cara e a voz do outro por causa dos vlogs, mas nunca nos vimos ou ouvimos pessoalmente. Então vamos nos reconhecer no saguão, mas não da maneira como a maior parte das pessoas do mundo se reconhece. Só por causa dos vídeos e da internet. As maravilhas do mundo moderno.

Eu o vejo primeiro. De todos os lugares, ele escolheu sentar justamente no sofá em frente à mesa de ametista. Acho que é um bom sinal, porque resolvi achar que *tudo* é um bom sinal. Thom está com jeans preto justo, uma camisa branca e uma gravata mostarda fina. O cabelo está curto, mas meio bagunçado, como sempre aparece nos vídeos. Mas ele é *diferente* da versão de si mesmo no vlog. Os ombros são mais estreitos do que eu imaginava e seu perfil é quase irreconhecível. É como se ele só existisse como uma figura monocromática e achatada até então. Agora ele é tridimensional, cheio, em

Technicolor. Parece que vou vomitar, mas estou aqui e o vi primeiro, o que quer dizer que sou eu quem tem que fazer isso acontecer.

Thom não me vê até que eu me aproximo o bastante para cutucar seu ombro e dizer:

— Oi, estranho.

Ele olha para mim e abre um sorriso instantâneo.

— Olha só quem está aqui.

Thom levanta e tenho a impressão de que vamos nos abraçar, mas ele só põe o braço no meu ombro, tipo um abraço de lado. É esquisito — como não seria? Somos nós, Thom e Tash, amiguinhos virtuais, nos conhecendo pessoalmente.

Eu me afasto e digo com uma formalidade fingida, fazendo uma reverência:

— Olá, Thom Causer.

Ele retribui o gesto com sua própria reverência e diz:

— Olá, Tash Zelenka.

Ele pronuncia meu nome errado. *Tésh*, em vez de *Tásh*. Fico enjoada de novo. É um erro minúsculo, mas também enorme, e eu me pergunto como ele pode não saber algo tão simples como a maneira de pronunciar *meu nome*.

Porque nunca falamos um com o outro, por isso. É uma explicação lógica que o torna inocente. Ainda assim, me sinto magoada — até ressentida.

Thom continua falando, e percebo que o momento passou. Não tenho como corrigi-lo agora. Seria muito antipático interromper o que está dizendo para comentar: "Ei, aliás, Tash é diminutivo de Na*tash*a".

Então tento esquecer isso e me concentrar no que ele está dizendo.

— … é chato e fica muito cheio, então achei que a gente podia jantar em outro lugar. Tem um restaurante italiano muito bom que eu fui no ano passado, Giuseppe's. Não fica muito longe.

Fico olhando para Thom como uma idiota, demorando para entender do que se trata. O que ele acabou de sugerir?

— Você está pensando em pular o jantar de abertura? — Odeio o tom da minha voz. É alto e fino, como o apito de uma chaleira. — Mas é de graça. E não vai ter vários anúncios importantes?

Thom dá de ombros.

— Nada que eu não possa te dizer. É a mesma coisa todo ano: comida mais ou menos e companhia condescendente. Fora que vamos ter que dividir uma mesa com outras seis pessoas e nem vamos conseguir conversar direito.

Da voz de Thom eu gosto. É baixa, rouca e fica no meu ouvido por mais tempo que todo o restante.

— É, pensando assim… — digo, sorrindo.

Thom se dirige às portas do hotel.

— Então vamos. Uns tios meus que moram aqui me emprestaram o carro.

Passa pela minha cabeça que ele pode ser um psicopata que vai acabar me matando. Mas ele é *Thom*, o nerd bonitão que postou um vídeo me defendendo dos haters da internet. É Thom, e, mesmo que ele não saiba como pronunciar meu nome, sabe várias outras coisas sobre mim, como o fato de meu prato favorito ser fettuccine alfredo. E agora vai me levar a um restaurante italiano.

Parece que a realidade está prestes a superar o sonho. Um jantar é muito melhor que um simples café.

VINTE E CINCO

— Sério, eu já estava esperando na fila por duas horas quando, do nada, um cara vestido de Chewbacca veio correndo e me derrubou. Voou pipoca pra tudo quanto é lado, foi o maior *caos*, e Matt se inclinou sobre mim achando que tive uma concussão e só conseguiria sair dali de ambulância. A melhor parte é que o Chewbacca simplesmente *continuou correndo*. Ele saiu do salão pro estacionamento e só Deus sabe pra onde depois disso.

Minha barriga dói de tanto rir. As pessoas nas mesas em volta estão olhando, mas nem me importo. É sexta à noite e estou com Thom Causer em carne e osso, comendo o melhor fettuccine alfredo da minha vida.

—Você teve mesmo uma concussão? — pergunto, quando consigo controlar o riso. Procuro parecer preocupada, mas as lágrimas correm pelo meu rosto.

— Não, até parece. Só fiquei um pouco dolorido e coberto de manteiga de pipoca.

— E você conseguiu ver o filme?

— Tash, você não estava ouvindo? Fiquei na fila mais de *duas horas*. Era a pré-estreia, à meia-noite. É *claro* que vi o filme.

Só pisco uma vez quando ele pronuncia meu nome errado. Ainda não tive a oportunidade de corrigi-lo, mas já não me incomoda tanto. Só me sinto muito feliz que tudo terminou assim: comigo rindo e uma história se seguindo à outra, sem silêncios desconfortáveis. Estava com medo de que as coisas fossem diferentes ao vivo, de que houvesse silêncios estranhos, trocas de olhares esquisitas, de que a noite inteira fosse um desastre. Mas não foi nada disso. Está sendo muito melhor do que eu esperava. Esse é o melhor molho alfredo que já experimentei — desculpa, pai — e Thom está me matando de rir com uma história depois da outra. Não tinha ideia de que ele era tão engraçado. Acho que mensagens de texto não conseguiriam expressar tão bem as coisas que ele está me contando agora. Agora que nos encontramos. Agora que ele poderia estender a mão e segurar a minha, se quisesse.

É exatamente o que ele faz, enquanto esperamos pela sobremesa. Sua mão é mais quente que a minha e está um pouco suada. Aperto os lábios para me impedir de sorrir demais.

Dividimos um tiramisù e, quando a conta chega, insisto em dividir. Thom parece um pouco ofendido, mas acaba concordando. Ele solta minha mão para pegar a carteira e diz:

— Não fiz nada de errado, fiz?

— Hum? — Levanto o rosto depois de mexer na bolsa. — Não, por quê?

— Dizem que dividir a conta é sinal de que o encontro não foi bom.

Abro um sorriso bobo.

— Então isso é um encontro?

Thom assente.

— Claro que é.

— Dividir a conta não é sinal de nada. Hoje em dia as coisas são assim, só isso.

Falo como se soubesse alguma coisa sobre o assunto. Como se fosse uma garota que vai a encontros refinados e adultos todas as sextas-feiras em restaurantes italianos. No momento, me *sinto* esse tipo de garota.

Dou uma gorjeta generosa para a garçonete, que trouxe mais pão não uma, não duas, mas *três* vezes. Quando saímos do restaurante, eu mais bamboleio que caminho, e estou convencida de que meu corpo não tem nada além de água e carboidrato.

— Thom — digo quando coloco o cinto de segurança.

— Minha barriga não para de crescer. Talvez eu exploda no seu carro.

— Não vai dar uma de Violet Beauregarde, vai?

Dou risada e digo:

— Eu *amo A fantástica fábrica de chocolate*. E o livro também.

Minha amiga Jack é completamente obcecada por tudo do Roald Dahl, principalmente *As bruxas*. Ela diz que seu maior arrependimento é ter nascido depois que ele morreu.

— Então já sabemos o que *ela* faria com uma máquina do tempo.

Pela centésima vez na noite, dou risada.

Só depois que Thom sai com o carro eu me pergunto para onde podemos ir a esta hora. Dou uma olhada no relógio. São dez, mas parece muito mais tarde. É como se eu tivesse envelhecido um ano naquele restaurante.

— Pra onde vamos? — pergunto.

Thom olha pra mim.

— De volta pro hotel, não?

— Ah. — Não tenho certeza de por que me sinto tão desanimada de repente. — Quer ficar conversando no saguão?

— Hã, claro, pode ser. Ou no seu quarto. Se você quiser.

De repente, fico alerta.

No meu *quarto*?

É o que eu penso que é? O que todo filme adolescente sugere que é? Ou Thom quer ir para o meu quarto ficar de boa, longe do barulho e da confusão do pessoal da Tuba Dourada? Do nada, ouço a voz de Jack gritando na minha cabeça: *Não seja tão inocente, Tash!*

Ai, Deus.

Chegou.

O momento que eu estava fingindo que nunca chegaria.

Sei que deveria dizer alguma coisa.

Antes que Thom estacione, vá até o saguão e entre no elevador, antes que eu aperte o botão e a gente chegue ao sétimo andar. Deveria, mas tudo está tão perfeito. Tem sido uma sucessão de bons sinais e risadas, e eu não quero que acabe.

Mas, conforme pego o cartão do quarto no bolso de trás, a voz de Jack volta com tudo. *Não seja injusta. Ele merece saber.*

Primeiro, eu me pergunto quando foi que permiti que meu subconsciente assumisse a voz da minha melhor amiga e me desse lição de moral sobre identidade sexual.

Depois, molho os lábios e me preparo pra falar.

Mas o que posso dizer? Não pensei em nada, não de verdade. Como começar? "Escuta, Thom..."

— Escuta, Thom...

Agora é tarde. Saiu, e não posso voltar atrás. Então continuo, já no meio do corredor do sétimo andar, olhando para um Thom que parece cada vez mais preocupado.

— Hã, só pra deixar claro, eu não quero...

Não tenho que explicar tudo agora, penso. *Posso só dizer que não quero transar esta noite. É uma coisa totalmente normal pra uma garota de dezessete anos dizer num primeiro encontro.*

Mas isso não é tudo. É uma meia-verdade desconfortável. Se essa história com Thom for continuar, vou ter que contar a metade mais desconfortável assim que possível.

Demoro muito para escolher as palavras. O rosto de Thom se contorce de um jeito esquisito quando ele diz:

— Nós não... Hum, se você acha esquisito ficarmos no seu quarto, tudo bem.

Assinto. Então balanço a cabeça.

— Não, pode vir. Mas preciso contar uma coisa pra você.

Não quero que ele entre no meu quarto, mas parece pior ter essa conversa no meio do corredor, onde alguém pode passar ou aparecer a qualquer momento. Então continuo em frente, passando por mais algumas portas até chegar à minha. Abro a porta com o cartão e acendo todas as luzes possíveis.

Meus olhos recaem imediatamente sobre a cama. Não podemos ficar sentados nela. Mas só tem isso e a cadeira da escrivaninha, então corro para pegar a cadeira antes dele. Sei que aparento estar nervosa. Já estraguei essa noite perfeita e ainda nem contei para ele.

Estou me preparando para falar, tentando juntar frases que nunca seriam boas o suficiente e vão ter que bastar, mas Thom é mais rápido que eu.

— Tash — ele diz. *Tésh*, na verdade. — Se estiver preocupada com o que vai acontecer... Não precisamos fazer nada. É só que me diverti muito com você e achei que podíamos ficar um pouco sozinhos.

— Não, tudo bem — digo. — Mas preciso contar uma coisa antes. Que acho que é importante que você saiba.

— Tá — Thom diz devagar. — Você está me assustando um pouco.

— Desculpa. — Sinto um calor tomar conta do meu corpo. — Sou uma idiota e não pensei antes em como ia explicar isso pra você. Então. Então, o que preciso dizer é que... não gosto de sexo. Nem um pouco. Tipo, não quero fazer sexo com garoto nenhum. Nem com garotas. Não penso em ninguém desse jeito. E entendo totalmente se você perder todo o interesse em mim, porque, bom, sexo é importante pra maior parte das pessoas. Não toquei no assunto quando só estávamos trocando mensagens porque não sabia se era pra isso que estávamos caminhando... Mas, hum, é, agora você sabe.

Esse momento simplesmente não pode fazer parte da minha vida. Sou uma personagem de um filme feito para televisão que acabou de recitar suas falas de um roteiro muito mal escrito. Sou uma paródia de mim mesma.

Thom está me olhando como se eu tivesse dado um tapa na cara dele. Não o culpo. Sei que deve ser a última coisa que estava esperando. Eu me sinto uma enganação, uma versão falsa de Tash Zelenka. Mas de que outro modo poderia fazer isso? Ainda não sei.

— Quê? — Thom permanece imóvel na frente da cama.

— Desculpa, você está dizendo que não gosta de mim?

— *Não*. Não é nada disso que estou dizendo. Gosto muito de você. Não é pessoal, é só que... Não sinto esse tipo de atração por ninguém. Sexual, quero dizer. Tenho, tipo, noventa e nove por cento de certeza de que sou assexual.

Digo essa última parte de um jeito alegre, quase leve. Não sei de que outra forma conseguiria deixar tudo menos monumentalmente desconfortável.

— Você não sente atração por ninguém? — Thom repete.

— Mas fica falando de caras que curte no seu vlog o tempo todo. O sr. Tilney, o sr. Darcy...

Balanço a cabeça.

— É diferente. Eu curto mesmo esses caras. Pela personalidade e pelo visual deles. É algo, tipo, *estético*.

— Então é só de um jeito... objetivo. Como se eles fossem obras de arte.

A voz de Thom endurece. Ele parece incrédulo.

— Bom, não exatamente assim. É só que não fantasio a respeito deles nem nada do tipo. Não quero que desatem meu espartilho e tal.

Continuo tentando manter o tom da conversa leve e preservar qualquer ponto positivo da nossa interação anterior. Mas identifico a expressão no rosto de Thom e sei que é uma batalha perdida. Ele não entende.

— Você é assexual? — ele pergunta. — Você tem, tipo, dezessete anos. Ninguém sabe que é assexual com essa idade. Sem querer ofender, Tash, mas não acha que talvez só esteja com um pouco de medo de sexo? Ou que ainda não é hora? Porque não tem problema nenhum nisso, mas acho difícil acreditar...

— O que a minha idade tem a ver com isso? — respondo, precipitada. — Sei o que quero e o que não quero. Nunca quis fazer sexo. Nunca. Não sei por que precisa estar em todo livro, filme e programa de televisão já feito. Nunca entendi por que pornografia é algo tão onipresente. Não faço a menor questão que um cara tire a camiseta na minha frente. Não tenho medo, só não tenho *vontade*.

Thom balança a cabeça.

— E você está se definindo como assexual por que, exatamente? Porque a internet diz que é assim? Ninguém nunca se definiu como assexual antes da internet.

Meu corpo está queimando. Chega de tentar aliviar o clima. Chega de explicações tímidas.

— O que você está querendo dizer? — exijo saber. — Que isso não existe? Que estou *mentindo* pra você?

— Não sei. Só acho que talvez esteja com medo de para onde isso está caminhando. Que pode estar confusa. Não dá pra gostar de garotos e dizer que é "assexual". Isso não existe.

Você nunca vai encontrar um cara que vai dizer o contrário. É uma coisa ou outra, não dá pra ter as duas.

Agora é minha vez de ficar incrédula.

— Não preciso que ninguém me confirme que o que eu sinto é real. A única razão pela qual contei pra você foi porque queria ser honesta. Não preciso da sua opinião pra saber se meus sentimentos são legítimos ou não.

Thom solta um grunhido.

— Ah, por favor, não transforme isso numa questão feminista. A gente só estava se divertindo. Se te assustei ou você mudou de ideia no meio do caminho era só ter me dito.

— Por que você se atrasou tanto?

Fico chocada com a minha própria pergunta e pela maneira repentina e veemente com que falo. Ela fica no ar entre nós, exigindo uma resposta.

— Quê?

Dessa vez, pergunto com uma resolução fria.

— Por que demorou tanto pra vir me encontrar? Tínhamos marcado ao meio-dia. Você não deu nenhuma desculpa. O que aconteceu? O voo atrasou?

Thom balança a cabeça devagar.

— Não, foi só que... Outra coisa apareceu. Encontrei uns caras que conheci no ano passado e eles sugeriram de almoçar. Fui embora assim que pude, não que isso seja da sua conta.

— Então você preferiu fazer networking — digo, direta. — Isso é mais importante pra você que cumprir uma promessa.

— Nossa, Tash, que exagero. Não era uma promessa. Era tipo um combinado.

— Certo — digo. — Eu era *tipo um combinado.*

— Quer saber? É, acho que você era exatamente isso.

Ele se dirige à porta, e eu me sinto incapaz de ir atrás. Virei pedra, assim como a cadeira. Somos uma única estátua sólida. Thom gira a maçaneta.

—Vou embora daqui. É claramente o que você quer.

Eu poderia ir atrás dele. Poderia até beijá-lo. Poderia tentar fazer dar certo, como fiz com Justin Rahn. Mas não estaria fazendo isso por mim, estaria fazendo isso por Thom, e me recuso a me anular dessa maneira.

Além disso, estou presa à cadeira.

Fico desse jeito por um longo tempo. Até muito depois de Thom fechar a porta. Tempo o bastante para o meu sangue coagular. Tempo o bastante, parece, para eu me decompor e me desfazer por completo. Só me mexo quando minha garganta começa a coçar de sede. Tiro o plástico de um dos copos ao lado da máquina de café e encho de água da torneira da pia do banheiro. Bebo três copos cheios, mas continuo com sede. Pego minha carteira na bolsa e saio do quarto. Me lembro de ter visto uma máquina de refrigerante perto da máquina de gelo, e é para lá que eu vou. Talvez meu corpo só esteja precisando de um pouco de açúcar e gás.

Estudo as opções de bebida antes de inserir uma nota de dois dólares na máquina e ir embora com uma garrafa de coca zero e cinquenta centavos de troco. Estou na porta procurando meu cartão quando ouço alguém atrás de mim dizer meu nome. Viro e encontro ninguém menos que George Connor no corredor. Ele está a duas portas de distância, com seu próprio cartão nas mãos.

— Ei — George diz, apontando para as nossas portas. — Que coincidência.

Assinto com firmeza.

— Pois é.

Por que justo agora George quer bater papo?

Ele franze a testa e se aproxima um pouco.

—Tudo bem?

Bufo alto, esfregando as duas moedas de vinte e cinco centavos na mãos.

— Claro.

— Parece que você estava chorando.

Por que justo agora George tem que estar *preocupado*?

— É, acho que eu estava chorando.

— E, bom, está tudo bem?

Estou sendo tão honesta esta noite que simplesmente digo:

— Não.

George guarda o cartão e anda até minha porta. Ele olha atentamente para mim, como se eu estivesse desenvolvendo uma mutação genética diante dos seus olhos.

— O que foi?

Tento pensar em algo que vai assustá-lo. Me contento com:

— Um cara me tratou mal.

George nem hesita. De um jeito simpático, ele diz:

— Caras podem ser péssimos.

Começo a chorar e a rir ao mesmo tempo, então George sugere:

— Não quer sentar? Você está parecendo meio instável.

Então sento diante da minha porta, e ele senta ao meu lado.

Depois de um tempo, eu falo:

— O que você acha mais importante: ser honesto ou feliz?

— Ser honesto — George responde, sem hesitar. É como se ele estivesse esperando por essa conversa existencial a vida toda.

— Por quê?

— Bom, minha filosofia artística é: honestidade em primeiro lugar. Mesmo se todo mundo odiar você por isso, seja um ator honesto. Sério, dedicado e autêntico. Felicidade não tem nada a ver com isso.

Sinto como se pudesse rir na cara dele.

— Você é tão babaca — digo, mesmo que George nunca tenha sido tão bonzinho comigo.

— Eu sei — ele diz. — Mas é o custo de ser um bom ator. É difícil lidar com alguém honesto e dedicado. Um monte de gente não vai gostar do seu jeito. É algo que simplesmente não dá pra evitar.

Isso me deixa frustrada.

— Quem disse isso?

— É só pensar nos grandes: Marlon Brando, Dustin Hoffman, James Dean.

— Kubrick — acrescento, pensativa. — Coppola.

— Acho que a maior parte dos grandes artistas é babaca.

— Por isso nunca podemos conhecer nossos heróis — digo, mais tranquila.

— Então você me entende.

Tento ignorar o fato de que George basicamente se considera James Dean e digo:

— É, acho que sim.

— Dá pra notar pelo jeito como dirige — diz George.

— Peraí. Você acha que *eu* sou babaca?

— Não, você é dedicada. Mas se preocupa demais com o sentimento dos outros. *Famílias Infelizes* é ótimo, mas seria melhor se você não fosse tão boazinha. Se a gente realmente começasse a filmar no horário em vez de esperar todo mundo aparecer, sabe? Se continuasse pedindo mais tomadas mesmo sabendo que os atores estavam cansados. Você é mole demais, Zelenka.

Lanço um olhar demorado e estupefato para ele.

— Não sei dizer se você está sendo legal ou maldoso agora.

— Estou sendo honesto.

— Viu? Esse tempo todo achei que você era um cretino sem noção e agora descubro que tem toda uma filosofia te embasando por trás disso.

— Pense a respeito — diz George. — Você me manteve no elenco mesmo eu sendo um cretino e ninguém se dando bem comigo.

— É.

— Porque sou um bom ator.

— É.

— Então minha filosofia funciona.

Não tenho argumentos contra isso. Abro minha coca e tomo um gole grande.

— Então, respondendo sua pergunta — George continua.

— É melhor ser honesto que feliz. Porque, mesmo que a princípio você seja feliz, uma hora ou outra vai ter que ser honesto consigo mesmo.

— Isso quer dizer que pessoas honestas uma hora vão ser felizes?

— Acho que não é assim que funciona.

— Droga.

Depois de um segundo, George diz:

— Aliás, onde você estava essa noite? Achei que fosse ao jantar. Guardei um lugar na minha mesa.

Balanço a cabeça, surpresa.

— Achei que você ia estar ocupado fazendo social.

— Claro, mas também queria sentar perto da mulher que alavancou minha carreira.

— Aham. O que aconteceu com aquela bobageira de "complexo de inferioridade"?

— Não sei, estou muito generoso esta noite. Peguei o número de telefone de quatro fãs de Kevin.

Olho para George. Nem tento mudar minha cara de desconserto.

— Você é legal, George — digo.

— Porra nenhuma — ele diz, pegando minha garrafa de coca e levantando.

Olho descrente enquanto ele vira o resto do refrigerante de uma vez só. Ele me passa a garrafa vazia e diz:

— É a taxa pelos meus sábios conselhos.

— Boa noite, George.

— Aham. Até amanhã. Você vai na Taylor Mears?

Olho nos olhos dele e digo:

— Nunca devemos encontrar nossos heróis.

VINTE E SEIS

Já que estou sendo honesta, sinto que devo contar algumas coisas sobre meu querido Leo. Coisas não tão impressionantes. Porque, embora eu goste de fingir o contrário, ele não era perfeito. Então aqui vai a verdade — toda a verdade — sobre Tolstói.

Ele teve um casamento tumultuado. Sua mulher, Sofia, pertencia à mesma classe social que ele — a alta aristocracia russa. Dizem que estavam loucamente apaixonados quando casaram, apesar da diferença significativa de idade (Leo era dezesseis anos mais velho). Aparentemente, não conseguiam manter as mãos longe um do outro. Quando não estavam fazendo *aquilo*, Sofia copiava e corrigia os manuscritos de Leo, que respeitava sua contribuição. Mas eles envelheceram. Ela teve treze — repito, *treze* — filhos. Leo desenvolveu ideias cada vez mais radicais sobre dinheiro e camadas sociais, das quais Sofia discordava. Foi um casamento repleto de ciúmes, suspeitas e ódio puro e simples. Uma relação quintessencial de amor e ódio, que durou *cinquenta* anos. Eles eram uma Família Infeliz como nenhuma outra. A maior parte das pessoas diz que Leo foi realmente injusto com Sofia. Por fim, ele a deixou para ser leal a seus ideais. Pouco depois, morreu.

É uma imagem bem menos cor-de-rosa que a que imagino, eu sei, mas é precisa. Leo seria um péssimo namorado. Nunca daria certo entre nós, não apenas por causa das dificuldades cronológicas ou do fato de meu pai não aprovar o relacionamento. Se pudesse encontrar esse herói algum dia, acabaria desencantada. É um pouco como me sinto depois de conhecer Thom Causer.

Passo a noite pondo e tirando as cobertas. Minha cabeça não desliga. Os pensamentos tomam conta da estação, com muitos trens indo para muitos destinos. Só queria que os engenheiros do meu cérebro entrassem em greve.

Continuo me perguntando se poderia ter contado de outro jeito, dito de outra maneira. Caminho perigoso a seguir porque é claro que eu poderia ter feito de um jeito diferente: poderia ter mudado uma dúzia de coisinhas, das preposições à duração da pausa entre as palavras. Mas não sei se o resultado seria outro.

Por meses, Thom e eu tivemos um potencial incrível para uma subida rumo ao Grande Desconhecido. Porém, o Desconhecido se revelou feio e anticlimático. Tudo isso pra ele nem tentar me entender. Pra dizer que só estou confusa. Sei que era muita informação para jogar nele, mas também sei que, mesmo que tentasse muito daqui em diante, as coisas não voltariam a ser como antes.

326

Finalmente apago às cinco da manhã. O despertador toca às sete. As mesas começam às oito. Fico debatendo se quero dormir mais meia hora ou me arrasto da cama para tomar o café da manhã. Escolho a comida. No caminho, bato na porta de George, mas ele não responde. É ridículo, mas estou com um pouco de medo de encontrar Thom no saguão. Não quero estar sozinha se isso acontecer, como se todo o meu ser gritasse: "Ei, sou assexual *e* não tenho amigos!".

Mas não vejo Thom no café ou em nenhuma das mesas da manhã. Durante todo o tempo que fiquei à toa ontem, montei minha própria programação. É uma sequência interminável de discussões com temas como "Metamídia", "Vlogs de comédia" e "Divas do faça você mesmo", com intervalos de apenas dez minutos. Nem vou ao banheiro para garantir um lugar bom e, quando chega a hora do almoço, minha bexiga está estourando. Na saída do banheiro vislumbro o cabelo desgrenhado de Thom e volto imediatamente, quase derrubando a garota atrás de mim. Peço desculpas gentilmente, esperando uma cara feia em resposta. Em vez disso, ela diz:

— MINHA NOSSA. *Chá com Tash?*

Pisco para a garota como uma idiota. Ela deve ter a minha idade e está com um laço gigante de bolinhas na cabeça. Dou uma risadinha boba e digo:

— É, sou eu.

— Ah, meu Deus, eu *amo* o seu vlog. — A menina dá passagem para algumas mulheres que querem sair do banheiro e eu a acompanho. — Fiquei tão chateada quando você deu uma parada. Tipo, eu amo *Famílias Infelizes* como todo mundo, mas seu vlog era incrível. E concordo: Wentworth é o melhor galã da Jane Austen.

Balanço a cabeça, incapaz de falar de tão feliz.

— Você devia pensar em lançar produtos *Chá com Tash*. Eu queria muito uma caneca.

— Ah, acho que é... uma boa ideia.

A garota ajusta seus óculos hipsters de armação grossa e concorda entusiasmada. Na camiseta dela está escrito LUFA--LUFA É A MELHOR.

— Bom, só queria te dizer isso — ela diz. — Ei, posso tirar uma selfie com você?

— O-oi? Aham.

Mal consigo formar uma frase coerente, mas meu sorriso lunático parece confirmação suficiente. Ela pega o celular e põe a câmera no modo selfie. Então franze o nariz e diz:

— Podemos ir pro corredor? Tá na cara que aqui é o banheiro.

Saímos, e a garota vai até um pôster da Tuba Dourada.

— Perfeito — ela diz depois da terceira tentativa. — Muito obrigada.

— Obrigada *eu* — digo, ainda um pouco atordoada. — Sério, muito obrigada por ter dito que gosta do vlog. Significa muito pra mim.

— Claro! — ela cantarola, se afastando entusiasmada. — E sou fã de Kevin também!

Isso faz duas garotas que estavam passando virarem para mim. Uma delas olha meu crachá e grita:

— Fala sério! *Famílias Infelizes*?

Balanço a cabeça. Me sinto uma impostora, como se tivessem me confundido com Meryl Streep e eu não tivesse dito nada. As duas dão gritinhos incompreensíveis e, antes que eu perceba, estou fazendo outra selfie.

— Liévin também veio — digo. — Deve estar em algum lugar por aqui.

Elas ficam de queixo caído. Uma delas pergunta:

— ONDE?

— Hum, não sei. Foi mal.

As garotas saem correndo, como se velocidade pudesse ajudar a encontrar George Connor.

Começo a me sentir extremamente nervosa. *Fãs*. Elas gostam do programa de verdade e me trataram como se eu fosse famosa. Tiraram *selfies* comigo. Tudo bem que preferiam mil vezes uma selfie com George, mas, mesmo assim, eu não estava esperando — não sei se porque sou modesta ou só burra mesmo.

Percebo uma coisa enquanto me espremo em meio à multidão no corredor: a primeira garota sabia o meu nome e pronunciou corretamente. *Tash*. Porque sempre começo os vídeos dizendo meu nome. Então não era que Thom não soubesse o jeito certo de pronunciar; ele só não se importa o bastante. E, por alguma razão, isso me deixa ainda mais brava do que tudo o que aconteceu ontem à noite.

Tento deixar pra lá. Não vou permitir que um garoto estrague minha experiência na Tuba Dourada. Vou focar nas duas gloriosas selfies. É claro que aqui também deve ter pessoas que odeiam *Famílias Infelizes*. Vai saber, de repente a própria silverspunnnx23 está entre essas paredes. Mas não importa. O importante é que definitivamente temos fãs, e fãs incríveis, e isso é muito mais do que eu poderia dizer há um ano, quando *Famílias Infelizes* era só um sonho.

Estão vendendo sanduíches a cinco dólares no almoço, mas não há nenhuma opção vegetariana, então tenho que recorrer a uma máquina de vendas, onde consigo uma barrinha de cereal, balas, batatinhas e uma fanta. Levo tudo para o quarto e me banqueteio como se fosse da realeza na cama queen. Sei que se fosse uma profissional de verdade estaria lá embaixo fazendo "networking" — o que quer que isso signifique. Mas, uma vez na vida, não estou com vontade de ser profissional.

Dou uma olhada no celular. Não sei por que espero sinal de Jack e Paul. Ainda não estamos nos falando. A única mensagem é de George.

Vamos juntos pra cerimônia, né? Umas 18h30?

Nunca achei que fosse ficar animada para me vestir e ir a algum lugar com George Connor, mas o convite aquece meu coração. Quero, sim, ir à cerimônia com ele. Nem tinha pensado em como seria estranho chegar sozinha.

Isso porque achei que iria com Thom, tonta que sou.

Escrevo: *Na verdade, acho ótimo.*

Reconsidero e deleto o "Na verdade".

Nos encontramos na frente dos elevadores.

Na descida, George dá uma olhada no meu vestido safira e diz:

—Você está bonita.

Ignoro o fato de que ele parece surpreso.

— Você também, Konstantin Dmítritch Liévin — digo, apontando para seu terno preto com gravata.

Saímos do elevador e, lembrando minha sessão de selfies mais cedo, pego George pelo braço e o puxo até um espaço vazio no saguão.

— Precisamos documentar isso antes que as fãs enlouquecidas levem você embora — digo, pegando meu celular.

Tiro algumas fotos, depois dou uma olhada nelas, satisfeita.

— Agora tenho evidências fotográficas de que conheci você nessa época.

— Eu também — George diz, sem nenhum sarcasmo.

O salão de baile C/ Tuba sofreu uma transformação desde a última vez que dei uma espiada. As mesas foram embora e as cadeiras estão dispostas em inúmeras e longas fileiras diante de um palco elevado. A iluminação é fraca e música pop sai dos alto-falantes. Um atendente na porta olha nossos convites e nossos nomes nos crachás, então diz que podemos sentar onde quisermos. Encontramos dois lugares juntos no fim da quinta fileira.

Como temos algum tempo para matar, vou ao banheiro. No caminho, vejo Thom. Ele está conversando alto com Chris Marano, que faz parte da equipe de Taylor Mears. Quando parece estar chegando ao ponto alto da história, me vê. Há uma breve pausa, durante a qual tenho medo de que vai largar Chris e vir até mim. Para dizer que sente muito. Ou para fazer algum comentário desagradável, como "Olha só quem teve que vir sozinha pra cerimônia".

Mas Thom não faz nenhuma dessas coisas, porque isso é a vida real e não um filme. Ele olha de volta para Chris e continua falando, com ainda mais entusiasmo. E então sei que é o fim. É o fim de meses de e-mails desconexos, mensagens engraçadinhas, incerteza e expectativas irreais.

No banheiro, que é bem chique, pego o celular e apago toda a minha troca de mensagens com Thom Causer. Estou prestes a desligar o aparelho quando recebo uma mensagem da minha mãe.

Primeiro só as palavras: *Olha só o bebê.*

Então, alguns segundos depois, vem uma imagem.

É uma foto do ultrassom.

Não consigo ver nada. Sério. O borrão na tela nem lembra um ser humano. Preciso dos meus pais aqui para dizer onde estão a cabeça, o nariz, os braços. Mas sei que uma coisa nem eles vão poder me dizer: se é menino ou menina. Optaram por não saber até que o bebê nasça.

Outra mensagem: *Desculpa a demora! Você sabe que sou péssima com isso. Klaudie teve que ajudar.* ☺

E então: *Espero que a noite seja ótima! Estamos orgulhosos de você.*

Estou respondendo quando outra mensagem chega.

E acabei de saber dos Harlow. É muito triste.

Congelo.

De saber dos Harlow? O quê?

Câncer, penso.

A palavra é cortante e faz meu corpo inteiro se arrepiar.

O câncer do sr. Harlow voltou. Só pode ser isso. Mas Jack e Paul não disseram nada.

Claro que não. Porque não estamos nos falando. Afundo no sofá do banheiro, sem saber se tenho forças para levantar de novo. Ligo para minha mãe.

— Tasha? — Ela atende no segundo toque, parecendo preocupada. —Você não está na cerimônia?

— Não. Quer dizer, estou, mas... Mãe, o que aconteceu com os Harlow?

— Ah. Eu... achei que Jack tivesse contado. Ela não disse nada?

— Não. O que aconteceu?

Minha mãe fica em silêncio por um tempo, enquanto lágrimas se acumulam em meus olhos.

— O oncologista recebeu o resultado dos exames — ela finalmente diz. — O câncer voltou. E se espalhou. É... É bem ruim, querida.

As lágrimas começam a rolar. Finjo que não reparo nos olhares preocupados das mulheres que passam pelo banheiro.

— Tasha?

— Tenho que ir, mãe — sussurro.

Encerro a ligação. Fecho os olhos. Posso ouvir o refrão de "Firework", da Katy Perry, tocando do lado de fora, seguido pela voz abafada de um homem nos alto-falantes. A cerimônia vai começar. Enxugo uma leva de lágrimas, depois outra.

Preciso voltar para a cerimônia. Me obrigo a me movimentar. Cruzo o corredor em um transe desfocado, mostro meu convite para o atendente e entro no salão de baile agora escuro. Um vídeo está passando na tela do palco. É uma montagem dos melhores momentos das webséries do ano, ao som de uma música indie. De repente, o rosto de George e Eva aparece. É a cena do beijo no episódio do Scrabble. O público estava aplaudindo e comemorando o tempo todo, mas os gritinhos ficam especialmente altos agora. É tão chocante que demoro alguns segundos para me dar conta de que é o nosso vídeo passando. *Nosso* vídeo — meu e de Jack.

Jack.

Ela deveria estar aqui. É tão criadora da série quanto eu. Igualmente responsável por *Famílias Infelizes*. De repente percebo como é absurdo eu ter vindo sem ela. Como posso ter pensado que não havia problema?

Se ganharmos Melhor Série Estreante, a equipe inteira deveria receber o prêmio. Eu ia querer Jack do meu lado. Ia querer Paul, até Klaudie. Se ganharmos e só George e eu subirmos no palco, não vai estar certo. Vai ser sacanagem.

O vídeo termina e as luzes se acendem. Taylor Mears entra e vai até o microfone no centro do palco. Ela começa seu discurso, mas nem ouço o que está dizendo.

Tenho que ir embora.

A constatação me sufoca enquanto me afasto do público e abro as portas do salão. Preciso ir para Lexington ficar com Jack e Paul. *Agora.*

Ligo para minha mãe quando estou no quarto, guardando minhas coisas na mala de qualquer jeito, sem me importar de pôr a escova de dentes ainda molhada dentro da nécessaire.

—Vou pra casa — digo. — Só tenho que descobrir quando é o próximo voo.

— Querida. — Minha mãe parece extraordinariamente calma, considerando a minha insanidade. — Sei que deve estar muito chateada, mas tenho certeza de que Jack e Paul não se importam. Um dia vai fazer tanta diferença assim?

A lembrança de Jack sentada na cama toma conta da minha cabeça, visceral e brilhante: *Você não valoriza a gente.*

—Vai — digo. —Vai, sim.

—Você não pode simplesmente trocar sua passagem, Tasha. Vai ter que pagar uma taxa...

— Eu sei, mãe. Mas... preciso fazer isso.

O silêncio pesa. Estou parada na porta do quarto, com a mão na maçaneta, pronta para ir.

Então minha mãe fala:

—Tome cuidado. Me ligue assim que souber do voo. Pego você no aeroporto.

Sinto um nó na garganta. Deixo um suspiro escapar.

— Obrigada.

Sei que minha mãe vai ter que fazer muita meditação até se tranquilizar, mas eu não poderia estar mais grata.

Faço o check-out, tentando me livrar rapidamente das perguntas preocupadas do recepcionista excessivamente atencioso. Não tenho tempo de esperar a van, então pego um táxi.

No caminho para o aeroporto, mando uma mensagem pra

George: *Desculpa, surgiu uma emergência. Mas tenho certeza de que seu discurso é bem melhor que o meu.*

O que não escrevo é que o que ele me disse ontem à noite agora está me incomodando.

De acordo com George, se você quer ser um bom artista, tem que sacrificar muito, inclusive os sentimentos das pessoas à sua volta. Quando ele disse que eu era uma boa diretora, falou de todas as vezes em que eu tinha errado — quando não fui implacável ou honesta o bastante. Agora estou chocada com a perspectiva de George Connor, a maior de todas as estrelas, achar que sou boa no que faço. Porque isso significa que *sou* implacável, honesta e egoísta além da conta.

É isso que está acontecendo comigo? Me deixei levar pela fama e pela repercussão de *Famílias Infelizes* a tal ponto que nem considerei o absurdo que seria ir para Orlando sem Jack?

Meus pensamentos são uma confusão de culpa quando chego ao aeroporto, mas, de alguma maneira, consigo bolar um plano e reservar um assento na rota mais rápida para casa: um voo da Delta para Atlanta que parte em menos de uma hora, seguido por uma conexão noturna pra Lexington. Nem penso no fato de que gastei todo o dinheiro que ganhei trabalhando na Old Navy no verão. Tudo em que consigo pensar é: *Preciso ir para casa.*

Em Atlanta, encontro uma cadeira perto do portão e verifico o celular. Minha mãe já está por dentro da programação. Ela me mandou mais uma mensagem perguntando se estou bem e para me lembrar de não falar com nenhum desconhecido no terminal.

George também me mandou uma mensagem: *Tudo bem. Não ganhamos mesmo.*

Nem tento processar a informação. Acho que perdi meu direito a isso.

Não escrevo para Jack nem Paul. Não ligo. Não seria o bastante. Eles merecem mais que isso. Merecem minha presença, para provar que os valorizo.

Só quero que o avião aterrisse logo.

VINTE E SETE

QUANDO CHEGO, minha mãe está esperando por mim no desembarque. Já passou da meia-noite e o céu está sem lua, o que deixa tudo particularmente escuro. Agradeço pelo menos cinco vezes, mas ainda não parece o bastante. Peço mais detalhes sobre a doença do sr. Harlow, mas ela não sabe de nada. Minha mãe quer saber se *Famílias Infelizes* ganhou, e eu digo que não com uma voz firme e sem emoção que impede mais perguntas. Nem preciso pedir que me deixe a doze casas da minha, mas faço isso mesmo assim.

Os dois carros dos Harlow estão na garagem. Vou direto para o porão. Só quando tento abrir a porta percebo que está trancada e que as luzes estão apagadas lá dentro. Estou prestes a correr para a entrada principal, onde pretendo bater por quanto tempo for necessário. Então vejo que a sala de entretenimento não está totalmente escura. Tem uma luz azul e roxa vindo da TV. Quando aproximo o rosto do vidro, vejo Paul sentado no chão, com o controle do videogame nas mãos.

Bato no vidro, primeiro de leve, afinal, que direito eu tenho de incomodá-lo depois da maneira como o tratei da última vez em que estive aqui? Mas logo o desejo de estar com ele e com Jack sufoca minha vergonha. Então bato com força, assustando Paul. Ele larga o controle e corre para abrir a porta. No momento em que ela desliza, jogo meus braços em volta dele. Esqueço tudo o que se passou entre nós há alguns dias, pelo menos por enquanto. Esqueço isso e o abraço, porque é instintivo e a única coisa que sei que posso fazer sem errar. Ele também me abraça imediatamente. Eu o ouço dizer em um sussurro abafado pelo meu cabelo:

— Porra, Tash.

Então percebo que tem alguma coisa errada. Passo as mãos no alto de suas costas, procurando a cascata familiar do seu rabo de cavalo.

— Paul — digo, me afastando. — O que você fez com seu cabelo?

— Ele cortou e doou. Porque é um idiota.

Sobre o ombro de Paul, posso ver Jack descendo a escada de braços cruzados.

— O que está fazendo aqui? — ela me pergunta.

— Adiantei meu voo — digo, sem ter certeza de que é a resposta que ela espera.

— Não quero um abraço — Jack avisa quando me aproximo.

Então paro e vou para o sofá, onde nós três sentamos e

ficamos olhando para o *Call of Duty* pausado. Depois de um tempo, Paul acende o abajur da mesinha e desliga a televisão. Ficamos sentados em silêncio sob a luz amarela. Olho para Paul de tempos em tempos, incapaz de compreender seu cabelo curto.

— Não sei o que dizer — finalmente sussurro. — Sinto muito, muito mesmo. E estou aqui.

Paul coça a nuca, seus dedos tocando bem onde acaba o cabelo. Pelo jeito ele também está com dificuldade de aceitar o novo visual.

— Você pode ajudar me fazendo pensar em outra coisa — diz Jack. — Sei lá, tipo na Tuba Dourada. Vi sua foto com George. Estou louca ou você estava feliz de verdade ao lado dele?

— Tudo pela publicidade. Você sabe como é.

— Bom, eu estava esperando uma selfie com *Thom*.

— É — Paul diz. Ele parece tranquilo e interessado. Tranquilo e interessado *demais*. Como se estivesse tentando consertar as coisas. — Como foi?

Dou risada. Cubro o rosto com as mãos. Rio um pouco mais.

— Estou confusa — diz Jack. — É uma risadinha de comédia romântica ou uma gargalhada horrorizada?

— Gargalhada horrorizada — digo, com uma voz rouca bastante apropriada. — Com certeza.

— Ah, meu Deus, eu sei o que aconteceu. Ele era o silverspunnnx23, não era? Enganou você direitinho.

— Jack, isso não faz o menor sentido — diz Paul. — Ele postou um vídeo defendendo a Tash, lembra?

340

— Defendendo de um jeito supermachista — Jack retruca. — E isso é ainda mais suspeito. Ele deve ter planejado a coisa toda pra escrever o post e subir o vídeo no mesmo dia. Pra fingir que estava salvando a Tash ou algo do tipo.

— Gente — digo, levantando a cabeça. — Ele não era silverspunnnx23. Só era... pouco compreensivo.

Silêncio.

— Então você contou pra ele? — Jack pergunta.

— Ele achou que era mentira. Basicamente disse que a internet inventou a maneira como me sinto e que isso não existe. Foi a pior reação possível.

Jack responde de maneira imediata e veemente:

— Imbecil.

Na sequência, ela emenda meia dúzia de variações sobre o mesmo tema.

Paul se mantém em silêncio. Qualquer coisa que disser agora vai soar rancoroso e não ter validade. Depois de tudo o que aconteceu... Nós dois sabemos disso.

— Ele não... Tentou nada, né? — Jack pergunta.

— Não, nada do tipo. Só foi embora. Sei lá, talvez eu já estivesse esperando, porque nem estou chocada.

Jack murmura mais algumas palavras escolhidas a dedo sobre o tipo de homem que Thom é, então para de profanar e diz:

— Bom, você também precisa de uma distração. Paul. Ei. Como podemos distrair a Tash?

Isso é meio insensível da parte de Jack. Acho que ela percebe logo em seguida, porque não deixa que ele responda ao dizer:

— Já sei. Podemos começar a discutir os detalhes do financiamento coletivo. Objetivos, brindes, como vamos usar os fundos, qual vai ser nosso próximo projeto... Acho que o do Oscar Wilde é o que está mais adiantado, mas não sei se queremos ir nessa...

— Jack. Sério?

Fico olhando para ela como se tivesse confessado que caça veados. Honestamente, acho que é até uma reação tranquila da minha parte.

— O que foi?

—Você acabou de descobrir que o câncer do seu pai voltou. Nem me contou os detalhes da condição dele e quer discutir detalhes do nosso canal no YouTube?

— Que parte de "distração" você não entendeu? Não ouviu o que eu disse? Discutir os detalhes do próximo projeto é exatamente o que preciso fazer agora. O show tem que continuar. É o que chamam de profissionalismo.

— Na verdade, é o que chamam de reprimir os sentimentos.

— Olha só. — A voz de Jack parece instável. — Eu vou perder o controle. Em algum momento, provavelmente num futuro próximo, vou começar a chorar, me afundar na bebida e você vai ter que segurar meu cabelo enquanto eu vomito. Então vou contar todos os detalhes da porra do câncer do meu pai. Mas não quero fazer isso agora, tá?

— T-tá.

— Calma, Jack — Paul murmura. — Como ela vai saber o que você quer?

— Ela não vai. Esse é o ponto: somos melhores amigos,

mas nenhum de nós sabe o que nenhum de nós quer. Somos um grande ensopado de sentimentos reprimidos. Pelo menos estou dizendo pra Tash exatamente como me sinto.

Jack levanta, joga a almofada que estava segurando na minha barriga e sobe as escadas correndo. Simplesmente atira a granada e foge. Não consigo decidir se isso é corajoso ou covarde. Nem se devo sair correndo também.

De repente fico muito consciente da presença de Paul ao meu lado. O espaço que ele ocupa, o ritmo de sua respiração, sua... falta de cabelo. Estou incomodada.

— É melhor eu ir — digo, com a certeza de que *isso* é covardia.

Estou chegando à porta quando Paul diz:

— Eu me senti mal.

Paro e viro para ele.

— Oi?

Paul apoia os pés no sofá e vira pra mim.

— Me senti mal quando disse que achava que ele ia ter câncer de novo. É meu pai, e eu deveria ser otimista. Mas não fui. Sempre me senti culpado por ter dito aquilo. Como se, de alguma maneira, por ter falado em voz alta, fosse se tornar realidade. E se tornou.

— Paul.

— Foi por isso que não falei pra você quando meu pai reclamou das dores de cabeça. E foi por isso que pedi pra Jack não comentar nada. Porque pensei que se dissesse em voz alta seria verdade. Não porque não confiasse em você. Não estava tentando esconder nada, só... me senti mal.

— Não é culpa sua, Paul.

Ele dá um sorriso triste. Quanto tempo vai levar para o cabelo crescer de novo? *Anos?*

Volto a falar.

—Você é a melhor pessoa que eu conheço. Com exceção da minha mãe, talvez.

— Ninguém supera a sua mãe.

— É — concordo. — Não tem como. Acho que me precipitei.

O sorriso de Paul parece ainda mais doloroso, como se ele tivesse sido forçado a engolir querosene.

— Não estou pronto pra perder meu pai. É só isso que consigo pensar. Não quero ser o garoto sem pai. É tão egoísta. Bem pior que Jack não querer conversar a respeito.

— Não é egoísta. — Eu me aproximo do sofá, para poder ver melhor o rosto dele à luz do abajur. —Você ama seu pai. Não quer que ele morra. E não quer ser órfão. Tudo isso é muito natural.

— Você ficaria muito decepcionada comigo. Não estou nada zen nos últimos dias.

— Somos dois, então.

Tem muita coisa no ar. Muita coisa que *eu* deveria estar dizendo. Eu deveria me desculpar. Mas pedir desculpas traria de volta tudo o que aconteceu antes de Orlando, e esse não é o momento.

— Estou aqui se você precisar — digo.

— Não se preocupe, a gente sabe. E você conhece Jack. Ela só...

Concordo com a cabeça. Eu sei.

Mas, quando saio, me pergunto se isso é inteiramente verdade. Sei que Jack simplesmente vai embora quando está chateada. Sei que gosta de filmes esquisitos de stop-motion. Sei que não gosta de abraços. Mas não sei por que ela é assim. Não é que ela seja egoísta, amargurada ou incapaz de sentir qualquer coisa. Seriam explicações possíveis para esse comportamento, mas não o porquê dele. Não sei o motivo, e Jack é minha melhor amiga. O que isso quer dizer sobre a humanidade de modo geral?

As pessoas adoram ficar falando sobre o apocalipse — se tudo vai acabar em uma guerra nuclear, uma epidemia zumbi ou uma invasão alienígena. Mas acho mais provável que o fim venha em um dia normal, quando a gente parar de tentar entender os motivos dos outros, viver em casas separadas e apodrecer sozinho.

No caminho de volta, noto um formigueiro se formando no jardim do vizinho, iluminado pelo poste da rua. Começou no gramado e agora está chegando à calçada. Há uma fila de formigas entrando e saindo, tão focada que nem enxerga a gigante parada acima delas, observando seu trabalho.

Eu me pergunto se as formigas se conhecem ou se ao menos tentam se conhecer. Talvez nem tenham que fazer isso. Talvez não possuam autoconsciência. Talvez só *sejam*.

Na cama, tentando pegar no sono, sinto uma sensação estranha nos braços. Não sei se é um arrepio ou formigamento, mas sei que não vai me abandonar tão cedo.

VINTE E OITO

JACK E EU NÃO CHEGAMOS A BRIGAR. Foi chato ela ter dito tudo aquilo e ter me deixado sozinha com Paul? Com certeza. Mas o pai dela foi diagnosticado com câncer de novo e ainda nem sei quão grave é. Se estivesse em seu lugar, certamente ia me comportar da mesma maneira. Ou pior.

Ligo para ela de manhã. Jack diz que o pai vai começar a químio na semana que vem. De acordo com os médicos, o câncer voltou de forma agressiva e atingiu o fígado, então o tratamento vai ter que ser ainda mais intenso que da primeira vez. Eles nem vão tentar a terapia hormonal, já vão direto para a químio. Ela me conta tudo isso com a voz firme, sem nenhum sinal de perturbação.

É o que eu esperava. Jack pode perder o controle depois, mas por enquanto está lidando com tudo dessa forma. Por isso não faço um pedido de desculpas muito elaborado pelo telefone, não choro e digo que ela estava certa, que não valorizo os dois e vou melhorar. Jack não gosta desse tipo de coisa. Vomitar isso em cima dela só para ser perdoada seria egoísta da minha parte. Sei que Jack me perdoou, ela sabe que estou arrependida e vamos deixar por isso mesmo. Se, daqui um tempo, precisar que eu implore por seu perdão, posso fazer isso. Agora entendo que faria qualquer coisa pela nossa amizade. Mais ainda do que faria por uma boa tomada de *Famílias Infelizes*.

Câncer de próstata deve ser o tipo mais esquisito de câncer. Especialmente quando você é uma garota e está falando com sua melhor amiga sobre a doença do pai dela. Quando o sr. Harlow ficou doente pela primeira vez, eu não tinha ideia do que era a próstata, e vivia confundindo com "próstase", inclusive quando fui procurar na internet, o que me levou a pensar que o câncer do sr. Harlow só afetava seu humor e que de resto ele poderia levar uma vida normal.

Mas é um câncer esquisito e horrível, e o fato de ter reaparecido nas nossas vidas parece uma inevitabilidade traiçoeira. Como se o câncer sempre retornasse. É o que acontece em todos os filmes e livros deprimentes sobre o assunto. É o que aconteceu com o sr. Harlow, como numa vingança maligna. Na ficção, a segunda onda é sempre fatal. Digo a mim mesma para não pensar nisso, mas é a mesma coisa que tentar não pensar no número quarenta e dois. De acordo com Jack, os médicos acham que as chances são boas, de sessenta por cento. Um copo mais cheio que vazio.

Minha mãe entrou no modo santa. À tarde, ela liga para amigos e vizinhos para montar um calendário de entrega de comida. A sra. Harlow ainda tem que viajar a trabalho e não está em casa a maior parte da semana. Com a ajuda da minha mãe, os Harlow logo vão ter mais lasanha e frango assado do que podem dar conta. Essa é uma tradição que apoio totalmente. Flores em enterros? Sem sentido. As pessoas estão tristes demais para notar. Charutos no nascimento? Vamos celebrar o início de uma nova vida enchendo nossos pulmões de toxinas, sério mesmo? Mas comida quando alguém está doente, *isso* eu entendo. Sempre vem a calhar.

Uma semana depois, estou passando pelos Harlow quando noto um Jeep preto familiar estacionado. Jay Prasad desce os degraus da frente com uma cesta vazia nas mãos.

Ele sorri e acena, se apressando para me encontrar no meio do jardim.

— Que saudaaaaades — cantarola num leve falsete, tocando a ponta do meu nariz. — Como você está?

Sinto certa pena na voz dele, o que imagino que se deva à decepção com a Tuba Dourada.

Penso em dizer que estou ótima, até que me dou conta de que estou no jardim de um homem com câncer.

— Bom, você sabe — me corrijo.

— Câncer é uma merda — Jay diz.

— É... — Sinto que estou prestes a chorar. Em uma tentativa de disfarçar, digo: — E você? E o Tony?

Jay não consegue segurar o sorriso.

— Hum. Bem. Muito, *muito* bem.

Levanto as sobrancelhas.

— Então — Jay continua —, não sei se você ouviu que estão fazendo uma websérie nova em Louisville. Mandei um vídeo com um teste e o link do episódio em que Tony e eu estamos pulando em cima um do outro como Alek e Vrónski. E... consegui o papel.

— Jay, isso é ótimo! Sobre o que é a série?

— Ah... — Ele parece envergonhado. — É meio trash. Com muito sangue falso.

— Ah. Uau. Vai deixar seu currículo bem eclético.

— É, acho que sim. Eles me ligaram e disseram que eu nem precisava fazer o teste pessoalmente. São fãs de *Famílias Infelizes*.

— Nossa.

— Então o que estou dizendo é que você é famosa e todo mundo te ama.

— Ah, Jay, você sabe como fazer uma garota se sentir especial.

Ele dá de ombros, feliz, e então nos abraçamos. Jay é o tipo de pessoa que sinto que sempre posso abraçar mais vezes.

— É melhor eu ir — ele diz. — Tony está com uma banda nova e tenho que ficar de tiete no ensaio.

Guardo essa informação para compartilhar com Jack quando o humor dela tiver melhorado. Aceno enquanto Jay sai com o carro e, por alguma razão, estou mais triste agora do que estava na festa de encerramento. Talvez porque tenha ficado mais claro que não teremos nenhuma atividade em comum no próximo ano — nada que nos mantenha juntos. Mas vivemos na era digital, então tem um monte de coisas que posso fazer. Posso descobrir as peças em que ele e Serena estarão neste ano. Posso ir e levar flores. Posso mandar mensagem nos aniversários, e eles serão meu Aleksei e minha Anna até o fim dos tempos.

No sábado, levamos Klaudie até a Vanderbilt. A SUV está tão lotada que nós duas temos que apoiar os pés em caixas amontoadas no piso do carro como se fossem peças de Tetris. Tem um travesseiro e um cobertor gigante entre nós duas, então pelo menos temos algum conforto. Acabamos de sair e meu pai já fez uma dúzia de piadas sobre quanta coisa Klaudie está levando. Ela não deixa barato e discute, cada vez mais irritada.

— É a minha vida inteira! Minha vida inteira está nesse carro!

Minha mãe dá um jeito de dormir em meio à discórdia familiar. Meu pai coloca um audiobook de Malcolm Gladwell para tocar e Klaudie e eu ficamos em silêncio olhando a paisagem. Quando tento me espreguiçar — sem sucesso —, noto que Klaudie está olhando pra mim.

— Credo — digo. — Que sinistro.

Ela não responde e não para de olhar, o que torna a coisa ainda mais assustadora.

— Para com isso.

Pego o travesseiro e tento cobrir meu rosto. Quando dou uma espiada noto que ainda está olhando.

— É culpa minha? — ela diz. — Quero que me diga se é culpa minha.

Saio de trás do travesseiro.

— O quê?

—Vocês terem perdido a Tuba Dourada. Porque desisti no meio, vocês tiveram que mudar todo o roteiro e a série não foi tão boa quanto poderia ser?

Essa conversa é totalmente inesperada. O fato de Klaudie ter saído da série nem passou pela minha cabeça nas últimas semanas, muito menos no papel que isso desempenhou na votação.

— Klaudie — digo. — Acho que não teve nada a ver com isso. Como você mesma disse, foi bem no finzinho e alguns episódios nem estão disponíveis ainda.

Ela ainda não parece convencida. A culpa é evidente nos seus olhos castanhos.

— Estou falando sério — digo, com mais segurança. — Tenho certeza de que não teve nada a ver com você. As outras séries eram muito, muito boas. Era uma disputa acirrada.

— Acho que talvez... — Klaudie olha para a estrada do outro lado do vidro. — Não sei, talvez tenha sido um erro. Nem estou falando com Jenna agora.

Alguns meses atrás, eu teria adorado isso. Agora, nem tanto. Estou mais focada no fato de que Klaudie não vai estar no carro na viagem de volta. Não vamos nos ver até o Dia de Ação de Graças.

— Já passou — digo. — Tudo bem, é assunto encerrado.

Não falo isso com desdém. Falo de um jeito tranquilizador. Porque essa é a minha intenção.

Quando chegamos ao campus, parece que estamos num acampamento. Um acampamento de verão, com uma paisagem mais bem cuidada. Alunos animados usando camiseta amarela e segurando uma prancheta dizem para onde devemos ir. Nós quatro nos matamos carregando as coisas de Klaudie até o quarto dela, que fica no terceiro andar. Morrendo de fome, vamos ao nosso restaurante mexicano favorito na cidade, El Palenque.

—Você já vai conhecer *todos* os restaurantes bons da próxima vez que viermos — digo a Klaudie com a boca cheia de feijão.

— Duvido muito. Vou sobreviver à base de suco. E sonhar com a comida do papai.

Ela olha com pesar para ele, que olha com pesar de volta. Então, quando todo mundo na mesa está prestes a chorar, há uma erupção de palmas e vozes do outro lado do restaurante. Os garçons estão cantando "Cumpleaños feliz" para uma menininha de aparelho nos dentes. Eles colocam um prato de sorvete frito à sua frente e um sombreiro pink na sua cabeça. O chapéu afunda de um jeito engraçado na cabeça dela, tampando seus olhos, e a família começa a tirar fotos. Ver essa menininha tão feliz levanta o astral da nossa mesa. Meu pai acerta a embalagem do canudo no bolso do vestido de Klaudie e ficamos abismadas com a precisão.

Já escureceu quando voltamos ao dormitório. Estacionamos na única vaga livre para visitantes e abrimos as portas para o ar úmido e o barulho dos grilos.

Mais ou menos nessa mesma época no ano passado, quando trouxemos Klaudie para visitar o campus, eu achava que estudaria aqui também. Agora não olho para a torre de pedra e os prédios de tijolinhos como se fossem ser minha futura casa. É só o lugar onde minha irmã mora. Não tenho certeza de que estou totalmente bem com isso, mas vou estar. Em algum momento.

— Sei que dizem que vocês não devem ligar na primeira semana — minha mãe começa —, mas... você liga?

Todo mundo chora, principalmente papai.

— Ligo.

— Se sua colega de quarto for uma psicopata — digo —, você sempre pode voltar pra casa. Mas talvez eu tenha ocupado seu quarto.

Klaudie revira os olhos e diz:

— Vou ter que correr esse risco.

A voz dela sai tremida.

Damos um abraço coletivo suado. Então Klaudie se dirige ao dormitório, recusando a oferta do meu pai de acompanhá-la até a porta.

Fazemos a viagem de volta no escuro e em silêncio. Minha mãe chora na primeira metade, enquanto meu pai repete "Ela parece tão feliz lá" e ela replica "Eu sei, Jan, eu sei".

Fico pensando que vão ter a mesma conversa daqui a um ano e também daqui a *dezoito* anos, sobre um Zelenka cujo rosto nem vi ainda.

Ainda não entendo todos os motivos pelos quais vão ter esse bebê. Acho que nunca vou entender. Se tivesse a idade deles e já tivesse acompanhado o crescimento de duas meninas, com toda a certeza ia preferir me aposentar cedo. Mas não sou meus pais, e eles estão felizes. Vejo no modo como se dão as mãos em cima do câmbio quando meu pai pega a I-65. Como se fossem adolescentes completamente apaixonados dirigindo à noite.

Penso no que Klaudie disse quando fui buscá-la de carro — sobre o bebê aumentar a família reduzida dos dois. É verdade, independente de ter ou não sido acidente. E penso que é uma coisa boa. Isso não faz com que deixar Klaudie em Nashville seja fácil, mas faz com que o amanhã pareça um pouco melhor.

Pela manhã, ando até o parque. Ainda é cedo, acabou de clarear. Não consegui dormir mais e decidi que ficar sentada num balanço decrépito era melhor que passar mais um segundo suando dentro do quarto.

Estou balançando há um minuto, dando impulso com os calcanhares no cascalho de forma apática, quando vejo um par de tênis à minha frente e levanto a cabeça.

Paul diz alguma coisa que não consigo ouvir. Tiro o fone e pergunto:

— Quê?

Ele balança a cabeça, impressionado.

— Te chamei quando passou na frente de casa, mas você não escutou.

— Ah, desculpa.

— Quer ficar sozinha?

Considero a oferta seriamente. Se quisesse ficar sozinha, Paul iria embora sem problemas. Ele entenderia.

— Não — digo finalmente. — Não quero.

Paul senta no balanço ao meu lado, que cede com seu peso.

— Como está seu pai? — pergunto.

— Cheio de macarrão, então tão feliz quanto poderia estar nessas circunstâncias. Alguém levou um bolo de chocolate ontem à noite. Com cobertura de caramelo. Quem faz esse tipo de coisa?

Meu sorriso se desfaz.

— A gente não mandou um bolo pra vocês. Querem mais um?

Paul ri.

— Claro que não. Vocês já estão fazendo demais.

— Será? Porque parece que não estamos fazendo nada. Nada que ajuda de verdade.

— Sabe — ele diz —, as pessoas sempre dizem que sofreriam no lugar de alguém que amam se pudessem. Mas imagina só se isso fosse possível. Seria um pesadelo. Você sofreria por outra pessoa, mas essa pessoa também ama você, então sofreria no seu lugar, ou alguma outra pessoa faria isso, e alguém que ama essa pessoa sofreria no lugar dela, e isso continuaria até que a dor acabasse com alguém que ama outro, mas não é amado por ninguém. Uma pessoa com uma vida bem triste. A dor sobraria pra ela.

— Nossa, Paul. Que pensamento sinistro.

Ele começa a balançar. A corrente produz um chiado enferrujado, como se resmungasse irritada.

355

— Só quero dizer que vocês estão fazendo tudo o que podem pra ajudar, e fico meio feliz que não possam fazer mais.

O céu está avermelhado. O sol atinge meus olhos. Os pássaros cantam nas árvores por perto. Olho para Paul e seu corte de cabelo com o qual nunca vou me acostumar.

É hora de me desculpar. Abro a boca e estrago o momento.

— Sinto muito. Pela maneira como tratei você antes de Orlando. Nem sei o que queria com aquilo.

Paul para o balanço com o pé. Ele parece em dúvida.

— Não mesmo?

— Bom... Eu...

— Porque pra mim pareceu que você tirou a roupa pra me convencer de que amar você sem poder transar seria uma tortura e, portanto, impossível. Estou errado?

Não respondo. Ele falou em amor, por isso estou com dificuldade de respirar.

— O que foi totalmente inútil, aliás, porque já vi você com menos roupa. Considerando que faz quinze anos que somos inseparáveis e tudo mais.

— É, eu sei. Foi péssimo.

Por inúmeras razões.

— Beleza, está desculpada — diz Paul. — Fim.

Ele fala isso como se tivesse acabado de contar uma história para uma criança antes de dormir — de um jeito aliviado, conclusivo e doce.

— Afe — sussurro. — Não consigo levar você a sério com esse cabelo. *Não dá.*

Paul ri. Sorrio e volto a olhar para o cascalho.

— Eu não sabia mesmo que você se sentia assim — digo.

—Você sempre me tratou igual a Jack.

— Isso não é verdade.

— Pra mim é. Nunca vi diferença nenhuma.

— Eu me sentia diferente em relação a você.

— Bom, desculpa, mas não posso ver seus sentimentos.

Paul suspira.

— Já disse que você está desculpada. Não temos que ficar remoendo isso.

Estou fazendo um buraco no chão com a ponta do tênis. A terra vai ficando cada vez mais escura conforme cavo.

— Paul — digo. — Gosto muito de você.

— Estão dizendo por aí que sou a segunda melhor pessoa que você conhece.

Meu tênis está sujo e molhado.

— Não, eu *gosto* de você. Como garoto. Desse jeito.

Não ouço nada além do *cric-cric-cric* dos balanços.

—Você me conhece — continuo. — Não tenho que explicar nada ou tentar impressionar você, porque me conhece e já viu o pior de mim. Então pra mim seria muito fácil dizer "Claro, vamos sair". Mas também seria egoísta. Mesmo que você não pense isso agora, vai acabar se ressentindo e não posso deixar que aconteça.

—Você não...

— Espera, ainda não terminei. Pesquisei bastante sobre o assunto. Sobre assexuais que namoram pessoas sexuais e... é muito complicado. Exige muita comunicação e comprometimento, e sei que você gosta de sexo, o que é totalmente compreensível, o motivo de você querer me namorar é que está além da lógica.

Paul está me encarando. Então diz:

— Que frase longa, não?

— Hum — respondo.

— Então o que você está dizendo é que sou um animal controlado pela minha libido.

— Não. Só estou sendo realista.

— Na verdade, acho que você está sendo meio preconceituosa. Nunca perguntou minha opinião sobre o assunto.

— Paul...

— Tá, isso vai parecer maluco, mas lá vai: gosto de você mais do que gosto de sexo. Tipo, gosto de sexo. Muito. Mas... pode me chamar de louco, mas ter um pai com câncer de próstata faz você reconsiderar seu pau.

É tão inesperado que não consigo controlar a risada.

— Por que estamos falando do pênis do seu pai?

— Eu não toquei no assunto. Foi você quem falou.

— Ai, Paul, credo.

Estou morrendo de vergonha, mas não tenho onde me esconder, então fecho os olhos.

— Só estou sendo honesto — ele diz.

Quando não respondo, ele começa a cantar "Hey Ya!", do Outkast:

— *I'm... I'm... I'm just being honest.*

— Para com isso.

Dou um chute na direção do balanço dele, o que resulta numa cacofonia de rangidos.

Quando nos controlamos, olho para ele com a bochecha apertada contra a corrente do balanço.

— Paul — digo.

Reparo que repito o nome dele muitas vezes. Só isso. Porque é algo familiar, bom. Algo que soa melhor do que qualquer "hã", "é" ou "hum".

— Se você gosta de mim — ele diz —, por que não podemos tentar? Pode ser um desastre total, mas mesmo assim. Sabe, também tenho pesquisado bastante, e sou ótimo em me comunicar e me comprometer. Pensei em como lidar com isso. E acho que consigo.

— Você diz isso agora...

— Quer saber? É, eu digo isso agora mesmo. *Agora* é tudo o que a gente tem. Então talvez você deva dizer "Sim". Diga "Sim" agora e pode mudar de ideia daqui a dez minutos, dez horas, dez meses. Quando quiser. Talvez seja muito difícil pra mim, talvez seja muito difícil pra você, mas pelo menos vamos tentar.

— Você gosta da ideia porque sou diferente das outras garotas, mas...

Paul afunda os pés no cascalho e desce. Ele segura a corrente direita do meu balanço e ajoelha no chão. Seus olhos escuros estão completamente acesos.

— Tash. Escuta. A gente se conhece há um século. Beijei outras garotas, saí com outras garotas, dormi com outras garotas. Você sabe disso, porque estava por aqui. Agora me ouça. Eu. Prefiro. Abraçar. Você. A. Ficar. Com. Outra. Pessoa. Só. Abraçar. Você. Topa?

Ele parece um robô que está desenvolvendo emoções humanas e, se não estivéssemos no meio dessa conversa, eu daria risada. Mas só quero chorar. Perdi a voz. Ela sumiu. Só consigo encontrá-la na parte inferior do esôfago, então a arrasto de volta ao lugar apropriado. Quando consigo fazer isso, a luz nos olhos de Paul está quase apagando.

— Topo — digo.

— Tash — ele diz.

Então me dou conta. Paul se sente em relação a mim do mesmo jeito que eu me sinto em relação a ele: confortável, tranquilo. O som do meu nome também faz ele se sentir bem. Desço do balanço e me ajoelho também. Ele se aproxima, me envolvendo num abraço. Me pergunto quantas outras vezes já nos abraçamos. Centenas? Milhares? Centenas de milhares? Nos abraçamos todas essas vezes e este abraço é exatamente igual aos outros e totalmente diferente deles. Apoio o rosto em seu peito e sinto seu coração bater. Me sinto segura, aquecida e compreendida.

Porque eis outra coisa de que me dou conta, abraçada com ele no cascalho enquanto os minutos passam, com as correntes rangendo à nossa volta: Paul sabe um pouco dos meus motivos. Ele viu algumas das minhas partes mais sombrias e não saiu correndo. Eu seria uma idiota se não tentasse. Pelo menos agora, e por não sei quantos agoras que vierem pela frente.

À noite, bato um papo com Leo. Sento na beirada da cama e franzo a testa de volta pra ele.

— Leo — digo —, não me leve a mal, mas às vezes você é uma verdadeira decepção.

O Liev Tolstói de vinte anos só franze a testa pra mim.

— Estou terminando com você — continuo. — Acho que já deve estar esperando isso há um tempo.

Ele continua franzindo a testa.

— Mas estou adorando *A morte de Ivan Ilitch* e espero sempre gostar do seu trabalho.

E franze mais um pouco.

Fim de papo. Pelo menos fui educada o bastante para explicar por que vou deixá-lo, que foi mais do que ele fez pela pobre Sofia.

Tiro o pôster da parede, enrolo com cuidado e guardo na prateleira mais alta do meu guarda-roupa. Como não estamos terminando brigados, mantenho suas frases na parede. Até sorrio para a minha favorita: "Se você quer ser feliz, seja".

Há duas maneiras de compreender isso. Se eu fosse conhecedora das línguas eslavas, poderia ler a frase diretamente do russo e esclarecer a dúvida. Mas gosto do fato de que pode ter duas interpretações. A primeira e mais óbvia me parece simplificar uma questão que na verdade é muito complexa. Você não pode se *fazer* feliz. A felicidade não é uma questão de força de vontade, mas de sentimentos, biologia, circunstâncias e uma dúzia de outros fatores. Então não é assim que a entendo.

Minha interpretação é: se você quer ter uma *chance* de ser feliz, simplesmente *exista*. Porque, sim, a vida pode ser uma droga, mas, desde que você esteja vivo, a chance de ser feliz existe. Talvez seja uma forma horrível de encarar a vida, mas vejo alguma esperança nisso. O final de *Famílias Infelizes* faz parecer que um pedaço do meu peito foi arrancado e nunca mais vai ser preenchido, mas há a esperança de outro projeto, uma nova empreitada. A possibilidade de seguir em frente para fazer algo ainda melhor.

Eis uma coisa que sei que me fez mais feliz: a honestidade. Como George diz, é importante viver de acordo com ela. Esta noite, estou sendo honesta comigo de um jeito que nunca fui. Gosto bastante dessa sensação — de que me conheço e de que outra pessoa me conhece também.

É essa honestidade que me mantém acordada muito depois de ter apagado a luz. Minha mente vai para uma terra familiar que há muito eu não visitava. Há um novo projeto dando as caras por aqui. Fico acordada esperando pelos raios e trovões.

VINTE E NOVE

Este ano, Paul e eu vamos tentar algo novo no nosso aniversário. Nada de festa na piscina. Nada que exija pratos de papelão, bexigas ou um bolo enorme com cobertura de chantili. Decidimos que já houve festas na piscina demais neste verão. Chegamos à conclusão de que, já que vou fazer dezoito e ele, vinte, vamos comemorar feito adultos. Essa decisão foi tomada com um pouco de ironia, mas também de seriedade.

Então planejamos um jantar conjunto em família, na minha casa. Vai ser dia 27 de agosto, exatamente entre o meu aniversário e o dele. É quinta à noite, nada de mais, e vamos preparar tudo sozinhos. Paul chega em casa às quatro, depois da aula de astronomia na faculdade, e nós dois cozinhamos ouvindo uma playlist que mistura músicas do Travis para ele e da St. Vincent para mim. Perto das seis, acendo as velas, mesmo que ainda esteja claro lá fora.

A sra. Harlow está viajando a trabalho, mas Jack e o sr. Harlow chegam e se juntam aos meus pais na sala de jantar. Paul e eu arrumamos a comida na mesa: salada verde com vinagrete, uma cesta de pãezinhos e fettuccine alfredo, o prato principal. Porque esse também é o prato preferido dele.

— Isso é muito errado — Jack diz quando estamos todos sentados. — Não acredito que vocês fizeram seu próprio jantar de aniversário.

— Mas não o bolo — meu pai diz. — Fui eu que fiz.

Isso porque ele ameaçou me deixar de castigo se fizesse a sobremesa. Aparentemente há um limite que aniversariantes não podem cruzar.

— Somos adultos — digo a Jack. — Adultos fazem o próprio jantar de aniversário.

— Nem pensar — ela retruca. — Adultos vão a restaurantes caros e ficam bêbados de vinho. É *isso* que eles fazem.

— De onde você tirou isso? — o pai de Jack pergunta, mas ela só dá um sorriso enigmático e se estica para pegar a salada.

O sr. Harlow não parece bem. Está magro, mas não sei se já estava assim antes da químio e só agora estou notando. Mesmo assim, mantém seu sorriso costumeiro no rosto. De acordo com Jack e Paul, continua trabalhando no jardim todos os dias.

Passo a travessa de fettuccine para ele primeiro, ignorando a cara feia de Jack, que me acusou de estar tratando o pai dela diferente depois do diagnóstico. Ela disse que lidei de modo muito mais tranquilo com o câncer quando era mais nova, e tive que lembrá-la que só pensava em mim mesma e não sabia o que era uma próstata. Apesar dos olhares dela, acho que o sr. Harlow merece se servir primeiro.

Faz anos que nossas famílias não jantam juntas assim. Fazíamos isso com muito mais frequência quando éramos pequenos. Os Harlow e meus pais comiam na sala de jantar, e nós, as crianças, devorávamos a comida na mesa da cozinha antes de ir correndo para a sala de estar ver filmes da Disney. Eu estava com saudade disso, então comentei com Paul que deveríamos voltar a fazer aqueles jantares. Ele concordou, e que ocasião seria melhor que a celebração conjunta do nosso aniversário?

As coisas nunca vão voltar a ser o que eram, claro, porque Klaudie não está aqui, e descolar uma taça de vinho sem que ninguém veja parece bem mais interessante que ver *A pequena sereia* de novo. Mas estou gostando do jantar. Talvez ainda mais do que das lembranças.

Meu pai fez um bolo de chocolate com suspiro, o que é tão ridículo quanto parece. Ele pôs uma única vela no centro, todo mundo cantou "Parabéns pra você", e Paul e eu sopramos a vela. Meu pai despedaçou o bolo quando foi fatiá-lo — impossível fazer isso de um jeito delicado — e começamos a trabalhar em nossos pedaços crocantes com o garfo.

De alguma maneira, nossos pais começam a falar de política, então jogo o guardanapo na mesa e digo:

— Tudo bem se a gente for pra sala de estar?

— Tash, querida, o que foi que eu ensinei a você? — pergunta meu pai. — Aniversariantes não *pedem*, só *informam*.

— Certo. Pai, mãe, sr. Harlow, estamos indo pra sala de estar.

Isso deixa meu pai satisfeito, que aponta como se fosse um ditador benevolente.

De certa maneira, esta noite está bem parecida com as das minhas memórias. Estou quase sugerindo que a gente ponha um DVD velho da Disney quando Paul põe uma caixa quadrada na minha mão, embrulhada em papel listrado branco e preto.

— O que é isso? — pergunto. — Meu presente?

Dei o presente de Paul no dia do aniversário dele, três dias atrás. Era uma sacola gigante cheia de cookies de chocolate branco e macadâmia, barras de chocolate Hershey's e três garrafas de dois litros de refrigerante Dr Pepper — as porcarias de que ele mais gosta. No fundo da sacola havia um livro estranho que encontrei na Urban Outfitters chamado *Onde estão os universitários agora? Mortos, infelizes ou na crise da meia--idade.* Saindo do livro tinha uma folha de papel mal cortada com VALE UMA MESA DE PINGUE–PONGUE QUANDO EU TIVER DINHEIRO escrito à mão.

Eu não estava esperando meu presente até meu aniversário de verdade, daqui a três dias. Jack provavelmente também pensou isso, porque disse:

— Paul, seu idiota, como você se atreve?

Ele ergue os ombros e dá um tapinha no meu presente com um sorriso satisfeito no rosto.

— Quer que eu abra agora? — pergunto.

— Claro.

Sento no sofá ao lado de Jack, que está tentando matar o irmão com um olhar de raio laser.

Paul nem se importa e se espalha no chão, na sua posição de descanso costumeira.

Rasgo o papel e vejo um amontoado de tecido macio, que abro diante do corpo. Na frente está o logo da Seedling que Paul fez pra gente. As cores da melancia e do fundo radiante são vibrantes; é como se pulassem da camiseta. Nas costas, está escrito: TIME ZARLOW.

Jack xinga alto e por bastante tempo. Ela dá um chute na canela do irmão e diz:

—Valeu. Agora vou ter que comprar uma ilha pra ela.

Paul se apoia nos braços dobrados e me lança um sorriso esperançoso.

— Por que está me olhando desse jeito? — pergunto. — Você sabe que é perfeito.

Ele volta a deitar, tranquilo.

— Seedling Produções, nosso carma — Jack diz.

— Nossa maior bênção e maldição — concordo.

Em momentos assim ainda tenho dificuldade de acreditar que *Famílias Infelizes* acabou e não estamos apenas dando um tempo. Talvez não acredite nisso até que finalmente comecemos a filmar alguma coisa nova.

— Bom, dei uma de Tash outro dia e comecei a fazer uma lista de como podemos melhorar nosso trabalho — Jack diz.

— Ah, é? — pergunto com cuidado.

— Acho que uma das nossas metas deveria ser *não* aumentar nossa base de fãs. Não consigo lidar com mais pressão.

Sorrio.

— Nem eu.

— Na verdade, talvez a gente devesse fazer alguma coisa pra assustar alguns deles.

Paul levanta a mão e diz:

— Posso trabalhar na próxima produção. Ou melhor ainda: cantar.

— Não — Jack diz. — O YouTube vive de gente fazendo papel de idiota. Só ia fazer a gente bombar mais.

— Tenho certeza de que vamos pensar em algo — digo. — Quem sabe? Talvez a gente tenha sorte e descole mais alguns silverspunnx23 e Meninas de Óculos.

— Vamos torcer pra isso.

Não é engraçado como algo pode ser sério por tanto tempo até que de repente não seja mais? Um dia, vira uma piada. Você se pega rindo disso, sem se machucar ou cutucar nenhuma ferida no processo. É engraçado e não dói nadinha.

É assim que eu sei que a Seedling vai começar outro projeto. É como eu sei que superei os haters, as decepções e os momentos pouco profissionais de *Famílias Infelizes*. É como sei que estou preparada para uma nova onda de ódio, decepção e falta de profissionalismo.

Algumas semanas depois, quando conto a Paul e Jack minha nova ideia para um vlog, os dois me perguntam se não me importo de me expor tanto assim. Porque um projeto desse tipo não envolve uma história inventada ou comentar romances enquanto tomo chá. Quando os críticos vierem atrás de mim, vão ter mais armas com que me atingir.

368

Mas já pensei a respeito. Pensei muito a respeito. Decidi que não posso ser a única garota no mundo que já estava saindo da adolescência quando a mãe engravidou de novo. Cujos melhores amigos estão sofrendo com o câncer do pai. Que ama Jane Austen e J. J. Abrams. Que tem amigos incríveis e talentosos. Que morre de medo da faculdade. Que sente falta da irmã mais velha. Que se identifica como assexual romântica. Não um robô, não uma aberração, não *confusa*. Só uma garota.

Dos atuais oitenta e quatro mil duzentos e três seguidores da Seedling, tem que haver mais alguém que sente e experimenta pelo menos uma dessas coisas. Então decidi falar sobre elas, sem chá e sem literatura russa. Posso nunca ter uma vida tão impressionante quanto a do conde Liev Nikoláievitch Tolstói. Posso não ser a próxima Francis Ford Coppola. Mas agora que entendo um pouco mais o que é necessário para me tornar uma dessas pessoas, não acho que é o que quero. Só pretendo ser... honesta. Vou dizer o que está passando pela minha cabeça em um vídeo temático toda segunda de manhã. Talvez seja um desastre. Pode liberar os haters escondidos em todos os cantos da internet. É uma perspectiva *aterrorilhosa* — no momento, mais aterrorizante que maravilhosa. Mas talvez seja exatamente aquilo de que preciso.

Ligo a câmera. Me acomodo no lugar. Olho diretamente para a lente.

Oi, pessoal! Aqui é a Tash, oficialmente de volta depois de um tempinho distante. Estou muito animada para anunciar um novo projeto...

AGRADECIMENTOS

Eba, cheguei de novo à minha parte favorita! Aqui vai meu agradecimento às muitas pessoas que tornaram a história de Tash Zelenka possível.

Primeiro, minha eterna gratidão à superagente Beth Phelan e à fantástica equipe da Bent Agency. Beth, muito obrigada por trabalhar incansavelmente, ser tão destemida e criar fanarts da Tash antes mesmo de eu saber que a história dela chegaria às prateleiras.

À minha editora maravilhosa, Zareen Jaffery, muito obrigada pela contribuição inestimável e por permitir que a história ficasse mais divertida. Trabalhar com você faz com que eu me sinta extremamente sortuda. Uma gratidão gigante a todo mundo na Simon & Schuster BFYR: a inigualável Mekisha Telfer, a assessora de primeira linha Aubrey Chuchward e muitos outros que ajudaram a transformar *Tash e Tolstói* em Algo Real. Muito obrigada à minha editora de texto superstar Ka-

370

tharine Wiencke e um agradecimento especial a Lucy Ruth Cummins por ser tão cuidadosa com o design ma-ra-vi-lho--so do livro.

Obrigada, Kathryn Benson, por avaliar outro manuscrito com suas críticas sempre incisivas. Você é incrível, minha xará, e ainda não consegui superar o fato de que construiu uma parede inteira de prateleiras de livros com suas próprias mãos. É inspirador. Obrigada, Kim Broomall, por investir em mim, uma pessoa aleatória que mandou uma mensagem pelo Twitter. Seu feedback, apoio e brilhantismo em geral significam tudo para mim. Muito obrigada para a mulher-maravilha Ashley Herring Blake, que leu *Tash e Tolstói* logo no começo e me encorajou quando eu mais precisava.

Marci Lyn Curtis, Jennifer Longo e David Arnorld — muito obrigada por sua crítica incrivelmente generosa do meu livro anterior, *Lucky Few*, e pelo apoio em geral. Sou muito fã de todos vocês. Jean Gaska, Nicole Brinkley, Nita Tyndall e Rachel Patrick — vocês apoiaram meus livros de uma maneira muito especial, e é um privilégio conhecer mulheres tão criativas e apaixonadas. Também agradeço a Amanda Connor e Joseph-Beth por tornar um sonho de infância realidade. Minha vida e meus livros ficaram melhores graças a inúmeras outras pessoas ligadas à literatura jovem adulta, tanto ao vivo quanto pela internet. Agradeço a você, a você e a todos vocês.

Amigos, ah, meus amigos, vocês me viram passar por poucas e boas. Shelly Reed, minha outra metade, ainda fico surpresa com a maneira como o destino nos uniu tantos anos atrás. Nunca termino uma conversa com você sem dar um sorriso. Hilary Rochow Callais, por favor, nunca pare de me mandar #RockFacts. Kristen Comeaux, como seu cabelo está sempre tão bonito? Seoling Dee, acho que temos direito à nossa viagem para Paris agora, *oui*? Badger, mais conhecida como Nicole Williams, mais conhecida como Honey Badger, mais conhecida como Badge, mais conhecida como Badge- -Badge — obrigada por enfrentar o frio congelante carregando um monte de equipamentos de filmagem, porque isso é AMIZADE VERDADEIRA. Katie Carroll, minha melhor amiga no mundo todo, obrigada por não me matar quando eu estava fazendo não uma, mas duas webséries; você aguentou coisas que só uma melhor amiga poderia. E você se lembra de quando chamava Samantha e só falava com sotaque inglês em um filme de máfia? Ha-ha-ha, eu também.

Muito obrigada a todo mundo envolvido nas filmagens de *Shakes* e *Weird Sisters*. Abraços para Alec Beiswenger, Anna Stone, Beth Posey, Cathy Koch, Channing Estell, Cody Sparks, Ellis Oswalt, Garrett Bass, Matthew D. Whaley, Melanie White, Thim Childers e Victoria Smith — atores talentosos que tenho o orgulho de conhecer. Rebecca Campbell e Nicole Roberts, obrigada por sacrificar seu tempo, seu espaço e sua sanidade para ajudar os amigos. Clare "Cleh" Thomson, você é a melhor dramaturga e fantasma de mentira do mundo. Erin Wert — só, tipo, uau. Você é a rainha das webséries. Obrigada por apoiar Destiny e eu em tudo o que fizemos. E, é claro, agradeço à minha amiga, conspiradora e cocriadora de webséries Destiny Soria. Conseguimos. Fizemos duas webséries e não nos matamos ou iniciamos uma catástrofe (não que a gente saiba). Somos uma dupla invencível.

Um alô a todas as pessoas fantásticas por trás das minhas webséries favoritas: o pessoal da Pemberley Digital, Candle Wasters, Kate Hackettt Productions e Shipwrecked Comedy. E, claro, Felicia Day. Se a Tuba Dourada existisse, eu daria para você. Espero que isso não tenha soado como algo sacana.

Liev Tolstói, obrigada por ter escrito alguns livros bem legais. Tash te ama, e eu também — mas não tanto quanto amo Dostoiévski, shh.

Mamãe e papai, amo vocês. Obrigada por sempre encorajar sua filha estranha a ir atrás do que ela queria. Obrigada a Matt e Annie Snow por serem meus torcedores mais barulhentos e irmãos maravilhosos. Agradeço a toda a minha família por seu amor e apoio. KIDRON, ei, acabei de citar seu nome em um livro.

Finalmente, uma lembrança especial a todos os meus leitores assexuais. Vocês não estão sozinhos. Vocês são perfeitos e a parte *maravilhosa* de *aterrorilhosa*. Continuem sendo vocês mesmos.

<3
Kathryn

GLOSSÁRIO

SEXO DESIGNADO AO NASCER Atribuição e classificação do sexo das pessoas com base em uma combinação de anatomia, hormônios e cromossomos, que estabelece uma diferenciação dos seres humanos dentro de um sistema binário polarizado — masculino e feminino.

IDENTIDADE DE GÊNERO Gênero com o qual uma pessoa se identifica e ao qual pertence, que pode ou não concordar com o sexo que lhe foi designado ao nascer.

ORIENTAÇÃO SEXUAL Indica por quais gêneros uma pessoa se sente atraída — física, romântica e/ ou emocionalmente. A orientação sexual independe da identidade de gênero e do sexo designado ao nascer.

HETERONORMATIVIDADE É o padrão de comportamento imposto à sociedade, segundo o qual as pessoas devem se relacionar afetiva e sexualmente apenas com pessoas do gênero oposto, levando à marginalização e perseguição das pessoas cuja orientação sexual se difere da heterossexual.

QUEER Termo guarda-chuva para todos cuja identidade de gênero ou orientação sexual estão fora dos padrões de cisnormatividade e heteronormatividade. São as pessoas que fazem parte da comunidade LGBTQA.

ALOSSEXUAL OU SEXUAL Pessoa passível de sentir atração sexual, não relacionada a outros fatores.

HETEROSSEXUAL Orientação sexual de pessoas (cis ou trans) que sentem atração por pessoas do gênero oposto.

HOMOSSEXUAL Orientação sexual de pessoas (cis ou trans) que sentem atração por pessoas do mesmo gênero.

BISSEXUAL Orientação sexual de pessoas (cis ou trans) que sentem atração tanto por pessoas do gênero feminino quanto masculino.

ASSEXUAL Pessoa que não sente atração sexual (mas não necessariamente romântica), ou tem interesse baixo em atividade sexual.

ÁREA CINZA Espaço que abrange desde a alossexualidade até a assexualidade. Entre esses extremos, se encaixam, por exemplo, as pessoas que apenas eventualmente sentem atração sexual; as que sentem atração sexual, mas não querem concretizá-la; e as que têm atração sexual, mas apenas em condições muito específicas.

DEMISSEXUAL Uma das categorias presentes na área cinza. Aquele que só sente atração sexual depois que laços afetivos e emocionais já foram estabelecidos.

INTERESSE ROMÂNTICO Muitas pessoas que se identificam como assexuais podem ter interesse romântico — ou seja, embora não sintam atração sexual, podem se apaixonar e têm vontade de construir relacionamentos românticos. Assexuais românticos podem ser heterorromânticos, homorromânticos, birromânticos ou pan-românticos (quando o interesse ultrapassa a ideia binária de gênero). Por outro lado, um assexual arromântico seria aquele que não sente atração sexual e não tem interesse em relacionamentos românticos.

ESTA OBRA FOI COMPOSTA PELA VERBA EDITORIAL EM BEMBO
E IMPRESSA PELA GRÁFICA BARTIRA EM OFSETE SOBRE PAPEL PÓLEN SOFT DA
SUZANO PAPEL E CELULOSE PARA A EDITORA SCHWARCZ EM JULHO DE 2017

A marca FSC® é a garantia de que a madeira utilizada na fabricação do papel deste livro provém de florestas que foram gerenciadas de maneira ambientalmente correta, socialmente justa e economicamente viável, além de outras fontes de origem controlada.